公元787年,唐封疆大吏马总集诸子精华,编著成《意林》一书6卷,流传至今

意林:始于公元787年,距今1200余年

青春最美,梦想出发

中国式好看轻小说优鲜品牌

听说萌主未满级

YINGSHUO MENGZHU WEIMANJI

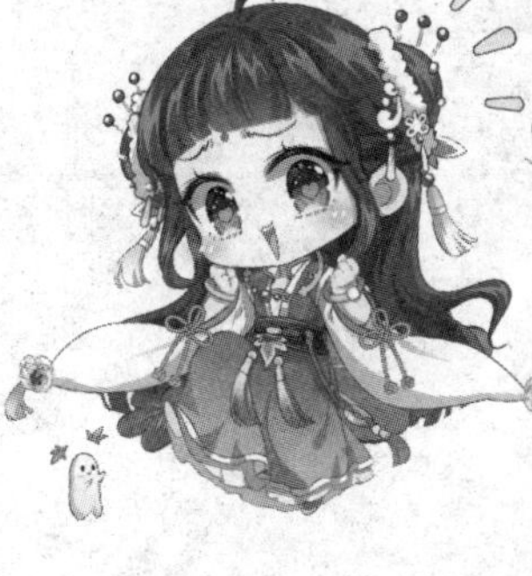

小R / 著

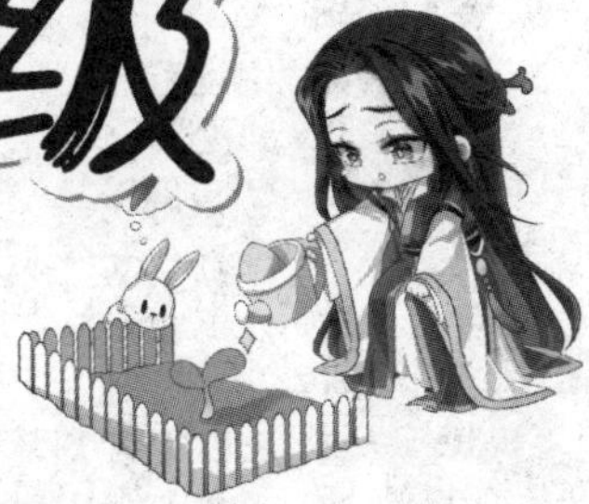

北方妇女儿童出版社
·长春·

图书在版编目（CIP）数据

听说萌主未满级 / 小R著. -- 长春：北方妇女儿童出版社，2018.7
（意林·轻文库. 萌萌部落系列）
ISBN 978-7-5585-2394-6

Ⅰ. ①听… Ⅱ. ①小… Ⅲ. ①长篇小说-中国-当代 Ⅳ. ①I247.5

中国版本图书馆CIP数据核字(2018)第143067号

听说萌主未满级
TINGSHUO MENGZHU WEI MANJI

著　　者	小 R
出 版 人	刘 刚
总 策 划	安 雅　张 星
特约策划	师晓晖
责任编辑	吴 强　王 婷　孟健伊
图书统筹	凉小葵
特约编辑	杨 宁　张玉玲
绘　　图	32
书籍装帧	胡静梅
美术编辑	赵艳红
作家经纪	卢晓凤
开　　本	700mm×1000mm　1/16
字　　数	400千字
印　　张	14
版　　次	2018年7月第1版
印　　次	2018年7月第1次印刷
印　　刷	北京市兆成印刷有限责任公司

出　　版	北方妇女儿童出版社
发　　行	北方妇女儿童出版社
地　　址	长春市人民大街4646号
	邮编：130021
电　　话	0431-85678573

定　　价　26.80

版权所有　侵权必究

如发现印装质量问题，请与印务部联系退换，电话：010-51908584

001 第一章
收服一只镇宅男神

021 第二章
传说中的山寨危机

039 第三章
萌心多甜蜜

057 第四章
不好意思，劫个狱

071 第五章
守护兽别乱来

085 第六章
小狐求亲一波三折

103 第七章
双生姐妹花

121 第八章
休想抢走师父

135　第九章
　　　祈雨巫女多苦难

153　第十章
　　　一不小心回到千年前

171　第十一章
　　　我们一起回家

185　尾　声

189　番外一
　　　种参人和小仙女

199　番外二
　　　小皇子和隐世王妃

207　番外三
　　　眉掌柜和小不点

217　后　记

一

三伏天的荒漠，如同炙烤中的国度。

放眼望去，是无穷尽的沙漠，仿佛滚着热浪，炙烤着脚下这片黄沙海洋。一度热闹的关内小镇，如今只留下磨蚀的残垣断壁。

许多自远方而来的商队，想要横跨这片沙海，却都不幸被埋葬于沙暴之下。即使这是人尽皆知的风蚀地带，这些年仍有人前赴后继而来。他们甘愿冒险，只因觊觎着深藏在黄沙深处的巨大宝库——穆族皇陵。

没有人知道皇陵准确的入口方向，传言在风来镇旧址以南，沙暴退去后会出现一幢古怪的建筑，像从沙漠底下蔓延出一角。往往想去一探庐山真面目的那些人，都有去无回。偶有诡异森冷的兽猞徘徊，据说那是深居穆族皇陵的守护兽，它凶猛暴戾，会将每个贪婪的闯墓者残忍吞食……

才怪呢！

事实上，那只传言中"凶猛暴戾"的守护兽，不仅对吃人不感兴趣，还丝毫没有尽职保护皇陵的样子。

由寒冰玉石砌成的榻上，横卧着一抹慵懒的身影，柔顺如瀑的青丝垂落在他的肩上，英挺的眉宇下，是精致立体的深邃五官，他的俊美异于常人，双眸幽深如黑曜石，若仔细瞧，还能从那深邃的瞳仁里发现一弯曼妙的铂金色新月。

可谁又会相信传说中的嗜血凶兽，竟是这样俊俏优雅的公子郎呢？

"久微，再往左一点儿。"一道酥软磁性的声音幽幽响起。

身后的娇小身影立马将双手移至他的左肩，稍加力度，伴随着狗腿般的甜美笑容，问道："力道还可以吗，云哥？"

男子点了点头，舒服地半眯着眸，连眼皮都不抬一下："为兄饿了。"

久微立马端起一旁的托盘，毕恭毕敬地朝那薄唇送来珍珠。晶莹透亮的珍珠被他一口咬得粉碎，轻易得像咬碎一颗糖球。

骨节分明的大掌轻轻一扬，挥退久微再次喂食的珠宝，又是一道嘱咐："久微，为兄渴了。"

"得令，马上来。"话音刚落，小小的身影立马消失在青铜门外。随后一刻钟不到，她又抱着一只玉壶"咚咚咚"地跑来，将泉水送到懒洋洋的男人面前。

第一章 收服一只镇宅男神

这就是白慕风刚从宝库外回来看见的情景。

他忍不住皱起眉头，拦下了久微，并夺去她手中的茶杯，亲自送到男子面前："貔貅大人，您使唤了我们几日，也该心满意足，可以放我们离开了吧？"他的语气里毫不掩饰心中的不满。

貔貅，古籍中所记载的一种凶猛瑞兽。

古往今来，貔貅皆有纳食四方之财的寓意，不仅能赶走厄运、招财纳福，还是上至君王、下至百姓所钟爱的镇宅神兽。它们喜爱富有财气的地脉，据说但凡有貔貅出没的地方，将会降临福祉，可以说是一块宝地的吉祥象征。

然而，这位神兽大人却与貔貅爱财的习性背道而驰。在这样阴暗森冷的皇陵里当镇宅神兽，别说是聚拢财气了，带有晦气的入葬品根本吸引不来任何一只貔貅，他也从未听说过有哪只貔貅会喜欢到墓地觅食。

烈云大概就是那个特例。

面对白慕风委婉的询问，烈云终于抬眼看向他，露出浅笑，不咸不淡地反驳道："瞧你这话说的，我从未阻拦过你们离开，你们若是想走，直接走便是。"

问题就是他们走不了呀！

这皇陵宝库被设下了结界，寻常妖物无法入内，而一旦进入，又无法轻易离开，比曾经囚禁沈梦雨的结界更难破解，足见布下结界的人法术有多么高强。

他们一不图财，二不图八卦，闯入皇陵纯属意外。况且，久微与这位神兽大人还是旧识，于情于理，也该送他们离开此地，而不是被当作仆人使唤困在这里吧？

至于为何会被困在这里，还得从几日前，他们误打误撞来到皇陵宝库时说起。

私闯穆族皇陵的人中不乏盗宝者，多是冲穆族先祖的入葬品而来，据说，这些墓葬品是穆族先王生前四处征战所得的战利品，其价值不言而喻。

然而误闯此地的久微和白慕风，却对宝藏丝毫不感兴趣，一心只想着离开皇陵。可就在他们即将走出皇陵时，久微却误踩机关，导致两个人坠落到皇陵底层的秘密宝库中去了。

久微始终不知道，底层宝库的机关究竟是她无意间触发，还是冥冥之中有人在操纵着这一切。除了从上方跌落的窄小暗道，底层四面皆是坚实的墙壁，一扇朝西的青铜大门更是紧紧关闭着。久微试图用法术从原路回去，但通道口仿佛被一股无形的力量阻挡着，形成一个结界，将他们困在其中。

"这皇陵也是藏得有够隐秘，连宝库都设在机关之下。难怪这么多年过去，从未听说过有人找到穆族皇陵。"久微试探着敲了敲铜门，却只能听到一声声闷响。

"穆族皇陵一直是传说中的隐陵，也许初代穆王并不想让人发现墓室，扰他安宁。我曾听说穆王让人在陵墓中修建了多处机关，看来要进入墓中盗宝且全身而退，并非易事。"白慕风拉下她胡乱触碰的小手，取笑她说，"还是我来吧，省得你又误按了什么奇怪的机关。"

久微鼓了鼓腮帮子，反驳道："我只是一时失误嘛。"

比起久微那漫无目的的摸索，白慕风要显得老练多了。他一会儿伸手摸摸铜门上凹凸的纹路，一会儿又沿着门墙摸索，终于摸到一块略高于墙砖的石块。他施力按压下去，然而石室内一点儿动静也没有。

久微见状，满脸失望地说："难道这机关也是障眼法？"说着，脚下突然踢到了什么东西，她"哇"的一声，一个激灵躲到了白慕风身后，瑟瑟发抖地指着脚下说："地……地上有东西。"

看见紧揪住他衣服的双手，白慕风不禁哑然失笑。他从行装中取出火折子，点燃后往地面照了照，发现久微所说的不明异物竟是一具白骨。

"别怕，只是些残骸。"

"什么？该不会是来盗宝的人……"久微捂住惊讶的嘴，从他身后探出头来，好奇地看了一眼地面。

借着火光，白慕风查看了一下四周，最后得出结论："也许，这密室本就没有出路。宝库看似与这里相连，事实上也有可能是造墓者设计的陷阱，目的就是为了囚住盗宝的亡命之徒。"

当前最可疑的是那扇青铜门，没有开启的机关，也没有明显的钥匙孔，难道造墓者从一开始就打算让宝物与穆王长眠于地下吗？

就在两个人摸不着头脑时，那扇大门竟自己打开了，伴随着一阵刺骨的凉风，一名陌生的男子缓缓地朝他们走来。

他的周身闪烁着耀眼的金光，仿佛一颗颗坠落的星辰。

在密闭的宝库里突然出现一个男人已是奇怪至极，更何况那男子的嘴里还衔着半块金条。

在两个人惊诧的眼神中，他慢条斯理地吃掉金条，随后像拍掉手中的食物碎屑一般拍了拍手，抬起眼，语气不太和善："来者何人？竟敢私闯宝库重地！"

白慕风将目瞪口呆的久微护在身后，毕恭毕敬道："我们是因为躲避追捕才无意间闯入此地，如今只想赶紧找到出口离开这里，不知这位公子是否知道离开这里的方法？"

男子似乎并不相信他的解释，只冷笑道："这'无意'也未免太过巧合，竟让你们轻易找到了皇陵中最重要的宝库所在地，你当秘道里的障碍都是摆设吗？"他说着，施法在指尖凝出一支冰矢，甩向两个人，速度之快，几乎让人来不及躲避。

白慕风一把搂过久微滚向后方，仍是慢了半步，冰矢擦过他的手臂，在上面划开了一道血口。

待男子收手，久微立马从地面上爬了起来，她拉过白慕风的手臂一看，发现那里已经添上了染有血迹的新痕。

白慕风扶着受伤的右臂安慰她说："没事，不过流了点儿血而已。"话音刚落，便觉肩膀上传来一阵刺痛，原是久微掀开了他的衣襟。

他的手臂前不久才脱臼过，因为这次撞击，伤势又严重了不少。

久微望着他红肿的手臂责备道："这还叫没事？我说过，我不是凡人，可以保护自己，这种时候你应该优先考虑自己的安全。"

"不是凡人，莫非你是妖怪？"不知何时，男子已经走近了他们，掌心上是凝固着的细长冰锥，正散发着森然冷光，"多少来历不明的盗墓者都葬身在通往皇陵之路的黄沙下，虽说也有幸运的人踏足皇陵，但至今没有人能够找到宝库。说吧，你们是怎么做到的？"

"言下之意，秘道上的沙虫都是你的杰作？"白慕风在久微的搀扶下站了起来。

男子微微一笑，不吝解答："如此下三烂的手段，并不是我的作风。不过也多亏这些闯入皇陵的沙虫，让我免受打扰好长一段时间。"

但安宁的日子并没有维持太久，沙虫不知何时突然被人歼灭，他正疑惑着皇陵内是否闯入了高人，这些不速之客就不请自来。

"作为瑞兽，我不爱杀生，但也不能放过知道皇陵秘密的人，只好让你们永远沉睡在地底下了。"他掌心上的冰锥慢慢消融，继而化作风雪，将白慕风和久微团团围住。

两个人被困于风雪中逃脱不得，就在这千钧一发之际，久微惊叫出声。

"等等，云哥！"

二

久微只来得及吼出这一句，她用双手结起一个护盾，试图将头顶的风雪挡住，奈何风雪势大，护盾难以抵抗它的威力，久微的手臂上渐渐浮出一层白色的薄雾。

男子突然停下手中的动作，困惑地挠了挠下巴："嗯？你刚叫我什么？"

久微疲惫地跪坐在地，这一路上消耗的灵力太多，她真担心无法挺过这一次。她叹了口气，抬头望向俊美男子："云哥，我是久微。"

不仅那个被称作"云哥"的男子感到惊讶，连白慕风都投来了疑惑的目光。

久微顾不得解释，而是转过身，搜出了在混乱中被打掉的布包，从里面翻出了完好的金创药。又现出原形，从自己的身上折下一枝参须，混合着金疮药，敷在白慕风受伤的手臂上。

烈云看着这个身上长着参须的女子，不禁挑起了眉，这情景，他好像在哪里见过。

"小丫头，你是树妖还是参妖？"

树妖？

久微顿时哭笑不得，仅仅是几百年没见，怎么云哥的记性变得这么差？

"云哥，我是你的义妹久微，天山的灵参精，你不记得我了吗？"

烈云的眉头皱得更深，脑海中却突然闪过一道身影。他发出一道难以置信的声音："莫要胡乱相称，我义妹是公认的天山小仙女，怎么会是你这种没有长开的小矮子？你是不是想骗我，好继承我的皇陵宝库？哼，你想得美！"

久微默默翻了个白眼。

"哎，等等，你突然靠这么近是要做什么？"烈云察觉到了一丝危机，紧接着，肚子上便挨了一记冷硬而又极具威力的拳头。

喀喀，感觉午膳吃的金条都快要被打出来了……

久微收回拳头，亮出随身携带的貔貅小木牌，脸上的笑容略显森冷，她眯着眼："那你总该记得这信物吧？"

烈云接过她递来的木牌，看了看，发现这的确是当年义结金兰时他赠予义妹的信物，上面还留有他注入的灵力。

他若有所思地捂住生疼的下腹，果然还是熟悉的配方，熟悉的味道，连打人的力度都分毫不差，绝对是他的义妹久微无误了。

他却又很是不解："你怎么会变成这副模样？"

记忆中，他的义妹堪比天庭七仙女，那甜美可人气质脱俗的美貌，可是他作为义兄时常向外人炫耀的资本。倒不是说如今这可爱的模样不好，只是和从前的仙女相比差别也太大了些。

"说来话长，我的灵珠坏了。"

烈云看向她的脖颈，印象中属于她的赤色灵珠不见了。他原以为那只是单纯的饰品，没想到竟是封存久微大部分灵力的法器。灵珠被破坏，灵力随之流失，从而影响了她的修为，也难怪她连从前的小仙女模样都变不回来。

"你原来的修为，少说也有一千年，现在看来怕是一半也没有。"烈云拉过久微在一旁坐下，"掐指算算，这个时候你不是早该去天庭报到了吗？怎么会来到这里？"

久未相聚的两兄妹一下子有了说不尽的旧事，那气势高傲的美男子摇身变成憨傻兄长，听义妹讲述这一路来的点滴，时而义愤填膺，时而又心疼地摇摇头。尤其在听到天山被毁时，他不由得心下一紧。

"总之，现在平安就好，平安就好。"烈云抱紧久微，象征性地安抚几下，手却不安分地从她身上偷了颗参果来吃，给自己治疗内伤。曾经的天山一霸舍她其谁？虽然现在的久微灵力变弱，但打起人来丝毫不手软，那一拳打在他肚子上，他的五脏六腑到现在还疼着呢。

"云哥，我听说穆族皇陵有只可怕的守护兽，说的该不会是你吧？"久微打趣道。

烈云立马口是心非道："那是误会，我不过是图这里财气充沛，在这里安个窝罢了。守护兽一听就是给人看门的，一点儿也不符合我高贵的身份。"

而一直处于状况之外的白慕风，在兄妹俩相认后终于忍不住插上一句："你就是传闻中那只吃人不吐骨头，形似枸状山犬，还长有六条腿的皇陵守护兽？"

"你说什么？"烈云惊呼道。

白慕风面不改色，又重复了一遍："传闻穆族皇陵里有一只六足守护兽，外貌像条大型犬，它会把闯入墓陵的盗宝者残忍吃掉，并把玩恶徒们的骨头。"

曾经他随沙虎帮出任务的时候，途经驿站的商队总会把逸闻翻来覆去说个遍，也难怪会令他对这个富有神秘色彩的传说充满了好奇。

"还啃骨头？"久微同情地看了眼烈云，终究是憋不住哈哈笑了起来，"虽然云哥的原形确实有点儿像狗，但你这描述实在是……哈哈，逗死我了。"

作为传说中的主角，烈云听了这些一点儿也高兴不起来，他觉得自己的仙格受到了莫大的侮辱。不禁恼羞成怒道："你才六条腿呢，我好歹也是身份尊贵的神兽，你们少把我跟那些低等妖怪相提并论！还吃人把玩骨头，你们当我是狗吗？什么乱七八糟的传说！"

"云哥，你别气嘛。"久微连忙拍拍他的肩安慰道，"那些传说都是百姓想象出来的，你又何必当真？"

"那你还笑！"云烈完全没有被安慰到的感觉，尤其是那个信口开河的男人，此时还用一种有待考究的目光打量他，简直太欺负人了。

为了挽回神兽的尊严，他决定变回原形以示清白。

于是，白慕风惊讶地看到一头巨兽突然出现在他的眼前，毛色原本是雪白的，却因偏食金银，也会呈现出亦金亦银的色彩，背上附有一对短小的羽翼，气势上丝毫不输虎豹雄狮。

"怎么样，拜服在我威武的雄姿下了吧？"烈云得意地看向发怔的白慕风，岂料他一句话又把他气得七窍生烟。

"原来是没有六条腿的。"白慕风盯着他背上的那对小翅膀喃喃自语，"倒是挺像一条长有翅膀的大白狗。"而后煞有介事地看向久微，惊喜道："果真和传言不一样，你的义兄威武许多。"

如果不是他脸上的表情太过认真，烈云会以为他在挖苦自己。

看着走向角落的沮丧身影，久微忙追上去："你要去哪儿，云哥？你还没有告诉我们离开皇陵的方法。"

而那只巨大的貔貅则垂下尾巴，嗷呜几声后，以无言抗议一切。

想离开这里？想得美，哼！

就这样，白慕风和久微二人便被困在了皇陵中。他们想方设法地讨好烈云，希望他能早日消气，打开结界让他们离开，然而烈云的小心眼却超乎了他们的想象。

白慕风扶额，有感而发道："我觉得你的义兄气的应该是我。"

与其说是生他们的气，倒不如说是他单方面被针对。

白慕风能明显感觉到烈云对待他和久微的态度天差地别，在久微面前他永远是那个温柔仗义的兄长，而对自己，就只会冷言相向，简直是一只毒舌神兽。

显然，他仍对自己那日的"大白狗"称呼十分介意。

"毕竟有伤云哥自尊，以他那好面子的脾性，还会再闹一段时间的别扭的，你多哄哄他就好了。"久微似乎一点儿也不担心的样子，只顾着为他更换手臂上的药膏，"伤口愈合得很好，脱臼的地方还疼吗？"

白慕风摇了摇头。她用灵参入药，效果比寻常的膏药要显著百倍，被冰矢划伤的地方不过短短数日，就已经愈合得几乎看不见伤口，现在右臂已经能活动自如了。

"你看他那样子，像是能轻易驯服的神兽吗？"在沙虎帮时，白慕风没少驯服野马雄鹰，但这只高傲的貔貅，他可没有自信收服。

久微笑道："这倒不是什么大问题，我知道云哥有一个致命的弱点。"她狡黠地眨了眨眼睛，随后朝白慕风丢来一支不知从哪里变出来的硬毛刷，问，"你会刷毛吗？"

"刷毛？"白慕风接过刷子，一脸茫然，但很快，他就反应过来她的用意。

今天，他要亲自伺候神兽大人刷毛。

虽说刷毛是个体力活，但若想把力度拿捏得恰到好处却是不容易的。毕竟对象是仙界人尽皆知的瑞兽貔貅，而非马棚里的烈马畜牧，稍有不周，就有可能再次惹怒烈云，使得他们离开皇陵之日遥遥无期。

白慕风拿着刷子走进宝库，此时的烈云刚用完膳，还维持着兽身，一见来人是他，立刻龇牙裂齿，满脸都是嫌弃的表情。

饭后刷毛，是烈云的乐趣，自从和久微重逢，这便成了他每日最期待的时刻。

瞧见白慕风手里的刷子，烈云不禁嗤之以鼻道："不劳白公子费心，我一向不喜欢外人碰我，还是让久微来伺候我吧。"他换了个舒服的睡姿，用巨大的白尾将自己围起来，也防止白慕风进一步靠近。

白慕风敏捷地躲开横扫而来的强风，一把擒住烈云的尾巴，不理会他的猛烈挣扎，将其牢牢抱住，揶揄道："放心，神兽大人，我技术很好，以往马厩里的战马都是我亲手刷的，绝对包您满意。"

果不其然，他的一番调侃令烈云顿时炸毛。

"不知天高地厚的人类，竟拿马厩里的马匹与我等瑞兽相提并论！"真当他这么容易愚弄吗？这次就算是久微出面说情，他也绝不会放过白慕风！

烈云伸出利爪朝白慕风挥去，想要狠狠地教训他，然而身体一顿，利爪停在了半空。

等等，这种酥软的感觉是怎么回事……

有点点银光从他的身上升起，像春日里纷飞的柳絮，仔细一看，原来是从烈云身上脱落的兽毛。毛刷在尾巴上来回游移，随后沿着背脊一路向上，每刷一回，都会惊起烈云一阵舒服的颤抖。

在一旁静观多时的久微看到此情此景笑眯眯地问道："怎么样？云哥，慕风梳得比我还要舒服吧？"

可恶，真不想承认这个男人的刷毛技术如此高超，可他的背脊都舒服得快要散架了。

尽管不断晃动的尾巴完全泄露了烈云此时的愉悦心情，可他仍然死要面子，毫不领情。他冷哼一声，将自己的尾巴从白慕风的手里抽回，起身跃上高台假寐起来。

"看来他对我依旧十分厌恶。"话虽如此，白慕风的脸上却无任何气馁之色，甚至笑了起来,"我本以为把他刷得服服帖帖,他就会稍有退让。"

久微无奈笑了笑,顺手拂去他肩上的毛屑:"你别怪云哥不通情达理,他之所以会对人类如此警惕,其实是有原因的。"

她取出怀中的貔貅小木牌,若有所思道:"云哥有一个妹妹,因为爱上了人类,搭上了瑞兽一生的前途,至今仍在为地府咬财还债,所以他才对人类有偏见。云哥知道我没有飞升成仙时很是担心,怕我像他妹妹一样重蹈覆辙,之所以把我困在这里,也是不想让我掺和人界那些事。"

金砂国内乱已经牵扯到了很多人,若是稀世珍奇的灵参现身,将会掀起轩然大波,烈云并不希望她为此受到伤害。

"所以,你也别跟云哥生气了好不好?"久微知道白慕风这几天受尽了委屈,让他原谅云哥着实有些强人所难,但这两个人都是她极为重视的人,她不愿意看到他们反目。

见白慕风没有说话,久微沮丧地垂下了头。突然,手里的貔貅小木牌被抽走,她看见白慕风饶有兴味地把玩着那块木牌,微笑着看着她。

"你和烈云是怎样认识的?"他轻巧地转移了话题。

白慕风的让步,让久微喜上眉梢,她欢喜地拉过他的手,走到一旁的石几上坐下,颇有一副跟他唠上三天三夜的架势。

白慕风宠溺地注视着久微,只要她开心,又何妨?

三

在久微修炼成仙后的第五百年,她没来由地生了一场大病。

虽说灵参对生长环境的要求极为苛刻,但天山富有滋养万物的灵气,是它们绝佳的生长地,再加上它们本身就是百毒不侵,寻常病痛对它们来说根本算不了什么。

所以久微毫无预兆地倒下,一时间吓坏了众人,就连见多识广的山神大人也束手无策。

就在这时,一个速之客突然闯入了天山。

夜里,久微持续高热,她睡得迷迷糊糊的时候,听到山林中有激烈的兵器撞击的声音。她强撑着身子摸黑走出树屋,便看见两道身影在黑夜里缠斗。

白衣男子脚踏金光,一路回避着女子的猛烈攻击,而自己却并没有认真还击的打算。

第一章 收服一只宅男神

"烈云，你宁可辞去神职，也不愿娶我？"女子一掌击中他的胸口，使得那叫烈云的男子一个踉跄往后倒退了几步。

"不娶！让我说几遍还是这个答案！"烈云捂住滚热的胸膛，尽管剑尖已经抵至他的下颚，他的态度依旧坚决。

"你要怎样才肯答应？"女子的语气咄咄逼人，但泛红的眼眶暴露了她内心的痛苦，"我云霞就如此配不上你？"

烈云咋了下舌，满脸鄙夷道："你再死缠烂打，只会让我对你更加厌恶。"

"你！"云霞恼羞成怒，挥剑朝他劈去。

在暗处旁观已久的久微见状，眼疾手快地甩出参须将男子拉了过来，让剑劈了个空。她强忍着喉咙间的不适，制止道："住……住手！"

云霞瞪着这个突然出现的女子，质问烈云："她是谁，你结识的新欢？"

女人真是爱胡思乱想，烈云懒得同她解释，只叹了口气道："是也好，不是也罢，我对你一点儿意思也没有。强扭的瓜不甜，你这样自降身价，哪有仙女的风范？"

听到"仙女"二字，久微顿时精神起来。

眼前的女子一身薄纱羽衣，仙姿玉貌，缥缈出尘，确实与众不同，既然是天上来的仙女，想必也认识玄冥仙尊吧？

不等她开口询问，仙女就将矛头指向了久微："哪里来的野山参怪，竟敢跟我抢人？看我不收拾你！"

她说着，一甩长剑朝久微刺来，吓得久微一个激灵变回原形蹿入土中。

云霞扑了空，气得直跺脚："快给我出来！你这只缩头乌龟！"

而距离她数尺外的身后，有一颗小脑袋从土堆里冒出，朝她咕哝道："人家才不是什么野山参，明明是百分百纯正的天山灵参，滋补得很哩。仙女怎么连这个都分辨不出来？"

听到如此指控，云霞的怒火一下子蹿了上来，挥起剑就朝她一顿乱劈。

就这样，久微和云霞玩起了躲猫猫的游戏，逗得一旁看戏的烈云不禁笑出了声。

渐渐地，久微有些招架不住了，她本就生着病，几个来回便失手被云霞擒住。

云霞得意地揪着小参精，挥剑就要斩她的参须，却被烈云一掌击落手中的剑。

"够了！"烈云责备地看了云霞一眼，随后扶起摇摇欲坠的久微，见她双颊泛红，整个人疲软无力，便伸手探了探她的额头，不仅发现她的额头滚烫无比，还嗅到了混沌的恶臭之息。

见两个人的动作如此亲密，云霞如遭雷击，她就算脸皮再厚，也做不到目睹事实后仍自欺欺人。

泪水夺眶而出，云霞二话不说便离开了伤心地。

见云霞终于对自己死心，烈云总算卸下了这块心头大石。他万万没有想到云霞会放弃得这般干脆彻底，大概是误会了他与小灵参的关系吧？

这样一想，他看向久微的目光越发充满了感激之情。

而此时的久微，因为刚才一番缠斗病情又加重了些，尽管意识逐渐变得模糊，还是不忘挽留远走的仙女。

"仙女姐姐，别走……我还有事要……"

"还有什么事，等身体养好了再说，瞧你这副气虚病弱的模样。"烈云实在看不下去了，干脆将她一把拦腰抱起，朝就近的木屋走去。

烈云凭着瑞兽的资质在仙界声名远播，但他也是少数不服从分配的神祇之一。虽说这副俊俏的皮囊让他在天庭颇受欢迎，但因个性高傲难驯，难免与其他仙尊发生摩擦。他更是毫不留情地拒绝了仙女们的示爱，辞去仙职，到人界四处游历。

至于途经天山，纯属意外。但烈云的到来对天山众人而言，可谓是又惊又喜，毕竟貔貅降临之处，必聚有财气，是福气的象征。但是，为何昨夜貔貅大人会与云霞仙子在此处爆发争吵？这又成了吃瓜群众心中难以解开的八卦之谜。

貔貅生来嗅觉敏锐，能洞悉世间不祥征兆，久微无缘无故病倒其实是因为有一股恶息在作祟。可从未离开过天山的久微是如何沾染上这股恶息的，连烈云也说不清楚。

对瑞兽貔貅而言，除去恶息并不困难，他就当作是报答久微帮他摆脱云霞的恩情。果不其然，卸去缠身的恶息后，久微的病情当日就有了好转，第二天，就恢复了原先活蹦乱跳的模样。

只是烈云的情况不太好，云霞的那一掌让他受了很重的内伤，几日下来脸色变得越发苍白。再怎么说，云霞也是战斗天女，对他出手毫不客气，吃了这一掌，云烈怕是要休养个十天半月，所以他不得不留在天山休养一段时日。

令他意外的是，知恩图报的久微对他照顾有加，有好几个晚上他辗转难眠，半夜醒来发现久微守在自己的床边，还一边打盹儿。如此悉心的照料，怕是只有他那傻妹妹才能做到，烈云顿时感到一阵窝心。而且，她还不顾自身修为，折损灵参入药，助他早日恢复内伤。

貔貅是能够识别他人身上的恶息的，若对方稍有歹念，便会被马上识穿。可久微非但没有贪婪之意，还这般细心地照顾他，仅凭这一点，就让烈云对她颇为欣赏。

至于两个人义结金兰，那就是后话了。

四

夜半三更，宝库内突然现出一道身影，他踩着轻巧的脚步，来到熟睡的少女身旁。微弱柔和的光芒从他的掌间倾泻，如同一道清泉，源源不断地注入少女的额间。原本饱受梦魇折磨的小脸，终于舒展开。

烈云满意地收回手，身后冷不防响起了一道声音。

"神兽大人还真是体贴。"不知何时醒来的白慕风正满脸愉悦地欣赏着烈云惊愕的表情。

"你是何时出现的？"烈云吓了一跳。

如果没有记错的话，因为要守夜，白慕风此时应该是在青铜门那里休息的。

白慕风没有立即回答他，而是拿着披风走到久微的身边为她披上，而后缓缓道："我见夜里太冷，怕久微着凉，想给她添衣。"没想到远远听见久微痛苦的呓语，急忙赶来，便看到烈云这体贴的一幕。

虽说烈云对白慕风颇有微词，但见他处处替久微着想，对他的看法也稍有改观。这人类对久微倒是挺温柔的，而且面对他的刁难始终笑脸相向，身上还嗅不到任何恶息。

等等，他这是在干吗？为什么要在心里对这人一顿猛夸？

烈云猛地甩掉脑子里想将久微托付给他的冲动念头。

想抢走他的义妹，门都没有，呸！

"我想带久微离开这里，请义兄成全。"白慕风诚恳地请求道。

"打住！打住！谁是你义兄？"烈云立马摆出一副划清界限的嘴脸，"你想走就走，何必征得我的同意？久微亦然。"他依旧口是心非，并不打算理会白慕风，正要举步离开，却被身后白慕风的话怔住。

"久微为我吃了太多的苦，那双本该是女儿家的绵柔之手厚茧横生。她不仅放弃了修仙飞升的机会，还为了寻我，五年来奔走异乡。"可他如今什么也做不到，哪怕只是护她周全回到故土，他都无能为力。

突然，空气中凝结了数根冰锥，正蓄势待发地瞄准底下的男子。

"你很清楚，她为了你几乎断送了前程。"烈云盛怒的双眼中承载了太多复杂的情绪，曾经历历在目的画面再次触动他那根理智的弦。

妹妹为了死去的爱人肝肠寸断，为了让心爱的男子"复活"，她放弃了一切，甚至跟阎王做了桩不公平的交易——用毕生咬财的二分之一换爱人不转世离去。只能与容器共生的灵魂，能带给她幸福吗？直至死去，她都要为了偿还那巨额债务而奔波劳碌，他这个做兄长的又怎能不心疼？

本以为在天山无忧无虑的久微是他最不需要担心的，没想到同他的妹妹一样，为了一个凡人不惜搭上自己的仙途。

他愤怒，却又感到无力。

"我不会让久微走上和璃儿同样的道路的，你是她修仙路上的绊脚石，你必须消失。"

话音落下，凝结在半空中的一根冰柱飞速朝白慕风刺来，但他不仅丝毫没有躲避，反而任由冰锥在他的脸上划下一道血痕。

他竟然不怕死。

本想吓唬吓唬白慕风，没想到他出乎意料的淡定，这让烈云更加气急败坏了。他知道久微有多喜欢这个人，平时眼神所流露出的感情，就算他再眼拙，也不可能看不出来，但他就是不喜欢白慕风的自以为是。

他凭什么觉得自己会答应放他们走？

"姑且还是跟你说一声吧，我喜欢久微，是一生一世那种。即使你不同意，也无法阻止我带她离开。但因为你是久微非常重视的兄长，所以我希望能够得到你的认可。"白慕风突然笑道，"而且，为久微的义兄刷毛，是我作为后辈的义不容辞的责任。"

呃，竟然威逼利诱，还打起了感情牌，这男人真卑鄙！

但是……

"义兄似乎特别钟爱宝石，我从商队的熟人那里得到一些不常见的无色金刚钻，若义兄喜欢，我可以全都送给你。"

烈云咽了咽口水，这种叫金刚钻的玩意儿，不知味道如何……

"当然，如果义兄不喜欢，也可以随我到矿石场看看。那里宝矿种类繁多，还都是未经开采的原生矿石。"

现挖现吃，无添加无污染，这……

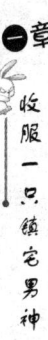

第一章 收服一只镇宅男神

经过一番天人交战，烈云有了决定，对身后的男子冷冷抛下一句"明日早膳，记得带刷子来"便扬长而去。

白慕风弯起嘴角，终于收服这只神兽，可喜可贺。

"再稍微往上一点儿。"

"是这个力道吗？"

某只神兽摇了摇尾巴，发出一声"嗯"的舒服轻吟。

大清早醒来，久微便看见这样一幅一人一兽如此和谐的画面，她以为自己没有睡醒，不确定地揉了揉惺忪的眼睛。

哇，这是天要下红雨吗？她那个无比挑剔的云哥，竟然会毫无尊严地摇起了尾巴，怕是现在丢块骨头过去，它都会忘情地把玩起来。

正当久微在两个人身上来回打量时，烈云突然恢复人形，朝她走来。

他清了清嗓子，故作严肃道："久微，洗漱后收拾一下，准备离开。"

"真的吗？云哥你愿意打开结界了？"久微难以置信道。

"云哥什么时候骗过你？我想了想，出去历练一番，或许对你的修为有帮助。"他似乎心情很好，故意用大掌揉乱她的头发。

"那云哥你也会和我们一起离开吗？"久微仰头，期待地看着他的义兄，却见他的眼中闪过一丝犹豫。

半晌，他摇了摇头："我和穆族先祖有过君子之交，要一直守在这里。再者，这里金银满载，宝石琳琅，这么好的粮仓，若是离开岂不可惜？"

哼，不过是口是心非而已。

白慕风和久微默契地对视了一眼，随即笑了起来。

"你这是间接承认自己是皇陵守护兽了？"白慕风一针见血地戳穿他，完全无视那只恨得牙痒痒的神兽。

"都说了我当这里是粮仓，粮仓啊！"烈云愤愤地再次强调了一遍。

"是是是，粮仓。"白慕风笑着虚应着，继续收拾包袱。

见这两个人难得和谐友好，久微忍不住在心里窃喜。虽然不知道云哥为什么会突然改变主意，但白慕风定是功不可没。就是不知道在他们被困入皇陵的这段日子里，金砂国的局势如何。

赫连宇澈他们没事吧？

久微和白慕风跟着烈云走出青铜门，见他扬手开启了另一扇门，这才知道石壁原来是连通着皇陵外的。

他们沿着密道走了一段路程，发现密道两侧的石壁上隐匿着密密麻麻的沙虫群，它们纷纷露出狩猎者般可怕的目光，一窝蜂朝他们撞来。

幸好烈云没有完全撤掉皇陵的结界，不然他们恐怕会被这些沙虫吞噬。

"这些迁徙而来的沙虫大概是有人在暗中操控。"烈云说着又开启了一扇石门，"你们要多加小心，这一带的结界受到沙虫破坏，较为脆弱。再往前走一段路，你们就会走出皇陵。"

从前方投射过来的光线越来越强烈，密道里的温度也在渐渐上升。

"说起来，云哥你以前不是说要去江南咬财吗？"数百年前烈云从天山告辞，久微只依稀记得他朝南方去了，哪想他竟然来到了极北的金砂荒漠。

烈云回头看了她一眼，正色道："我当时迷路了。"

因为迷路，他无意间闯入这片荒漠，这里的百姓穷困潦倒，别说财气，大家连饭都吃不上。他本来不屑于留在这里，却因为一个人，令他打消了离开的想法。

那时还没有金砂国，游牧民众多以绿洲作为栖息地，并随着气候迁徙。但这般恶劣苛刻的环境对部落的繁衍和发展极其不利，旱灾频发，最后存活下来的部落已属少数。

他深感人类如蝼蚁一般，渺小，不堪一击。却偏偏有人不愿放弃，还妄图建国，想让他的子民不再流离失所，在这片荒芜的沙丘上扎根生存。

"这个人是穆族先祖吗？"久微问。

烈云笑道："对啊，就是那个初代笨皇帝。"

他祈求烈云赠这里的百姓一些财气，将他们从这般苛刻的环境中解救出来，但烈云只是一只瑞兽，无权干涉人世生死。在他锲而不舍的乞求下，烈云一时起了怜悯之心，再加之旱灾连连，他也不忍百姓受旱灾之苦，便赠了穆帝一锭元宝，并许诺，若他能凭此渡过难关，就自愿留下来守护这方财气。

这是烈云能做出的最大的让步，他本来没抱太大希望，哪想，正是这锭元宝，为族民们换来了一线生机。穆帝遇到了行商的中原人，他以此为契机，打通了与外域交往的商贸通道，让这片荒芜之地渐渐笼聚起财富，最终成为这片荒域中实力最为强盛的部落，并建立起属于自己的国度。这就是后来被人们熟知的金砂国先祖，即使过了百年仍被族民们奉为传说。

这个男人让烈云见证了奇迹，所以按照最初的约定，他要留下来守护这方子民。

五

来到皇陵外,热气如浪涛般翻涌而来,久违的阳光刺得令人睁不开眼。

烈云挡在前头,白皙的肌肤在这被烈日笼罩的荒漠中显得格外不自然,但他的笑容却十分温暖。

"傻丫头,以后要好好照顾自己。"烈云嘱咐道,"还有那谁,要是让久微受了委屈,那我们下次就在皇陵宝库中见!"

这是多么赤裸裸的恐吓啊,皇陵宝库都成终身监狱了。

白慕风有些无语,明明都要离开了,对他还是这副嘴脸。他默默地走开,在远处等待,识趣地给他们兄妹留一些单独相处的空间。

见白慕风走远,久微这才将心底话说了出来。

"云哥,你在这里都待了几百年了,真的不打算到外面的世界去看一看?说不定你和我们一起游历,还能与璃儿姐……"

"若你在外头遇见了她,就帮为兄多多照顾她。"烈云叹了口气,笑容里多了几分苦涩,"也不知道那丫头现在人在哪里。你不知道,我时常会去地府那里跟小鬼打探她的消息,却总是一无所获。"

烈云知道,妹妹每月会按时为地府纳财,也只有这个时候,他才有机会去下头碰碰运气,怕走远了,又会与她错过:"这些年来她一直躲着我,想必还在记恨我当初阻拦她与那凡人在一起,所以才不肯见我。"

貔貅终其一生独来独往,唯有亲情无法割舍。

这一点久微很清楚,如果他不是珍惜这个妹妹,也不会守在皇陵,选择与妹妹承受同样孤独的痛苦。

"怎么会呢?云哥你是她的兄长,她或许只是不希望你瞧见了担心。"

烈云摸了摸她的脑袋,感叹道:"她并没有你这般乖巧懂事。如果不是当初贪玩来到人间,也不会生出这么多事端。明知道爱上凡人是没有好结果的,仍是奋不顾身。如果是和同族人结缘,或许会幸福很多吧。"

这话说得久微就不高兴了,她纠正道:"云哥你错了!幸不幸福,只有当事人才知道,你不能用自己的想法去妄断她的感受。"

烈云耸了耸肩,揶揄道:"是哦,你这是在委婉向我表明你会和那小子终成眷

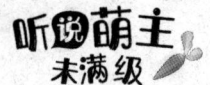

属是吗？"

久微顿时如煮熟的虾子般红透了脸："我哪有？"

烈云见状，忍不住哈哈笑了起来。

他抬起手，用指尖触碰她的额头，最后一次为她注入灵力。

"如今金砂国内瘴气盘旋，怕是有妖魔混入了朝内。你的灵力大不如前，切莫涉险其中，知道吗？别让为兄担心。"

烈云温柔的叮嘱让久微的眼眶不禁泛了红。两个人久久沉默，不再言语，只有细微的哽咽声断断续续地传来。

在皇陵前与他们挥别的身影渐渐消失在风沙中，如海市蜃楼一般，连存在过的痕迹都没有。传说中的皇陵守护兽，依旧无人知晓它的真面目，可久微仍然记得他冰凉的手心，给过她怎样的温暖。

久微和白慕风商量了一下，决定前往红莲军的阵营，可刚步行不足三十尺，他们就被突然蹿出沙丘的两队马贼给包围了。

"霍加，没想到你还活着！"为首的马贼咧开嘴狞笑道，"来，把郡主交给我们，等回帮内，我重重有赏。"

这些马贼仍以为久微是与白慕风一同失踪的郡主楚子苓，见白慕风不肯就范，便对身后的弟兄使了个眼色："女的留下活口。"

霎时间，尘沙飞扬，马蹄混乱，白慕风拔剑迎战，以寡敌众。久微施法卷起尘沙，想要带白慕风逃离，不承想身后的黄沙又开始蠢蠢欲动，这样下去迟早会惊动底下的沙虫。

就在他们进退两难之际，一道绿色的身影突然出现在两个人面前，以迅雷不及掩耳之势，将他们身后的敌人一剑封喉。

看清来人，久微惊喜道："青黛！"

青黛催促他们："后方石岩有匹马，你们快走。"

"那你呢？"

"我马上就来。"说完，她冲向了迎面而来的马贼，朝他们扔了几颗黑色圆球。等对面马贼察觉到不妙时，弹药已在空中炸开，浓烟和尘沙混作一片。

马匹受到惊吓，顿时乱成一团。

青黛趁他们慌乱之际，忙跃上另一匹马，追上前方的两个人。

逃至数里外，他们才停了下来。久微发现这里并不是红莲军的驻地，而是接近国境的地方。不等她开口质疑,青黛率先道:"你们先出关避难,这是皇子的意思。"

"赫连宇澈呢?楚子苓的身边至少还需要我……"

"久微。"青黛打断了她的话,继续道,"皇子不会有事的,他身边还有我。但如果你也出事,楚子苓就完全没有希望了,你明白我的意思吗?"

"可是……我明白了,你们要多保重。"在青黛掉转马头前,久微又补充道,"我会回到老地方,若是平安,记得给我捎个信。"

青黛这次没有掉头,而是骑着马匆匆离去。对此,久微一头雾水,青黛的态度过于古怪,甚至没有给她丝毫追问的机会。她隐约觉得事情并不简单,如果非要说哪里不对劲儿,那就是一向将赫连宇澈的安危看得比自己生命还重的青黛,为什么此刻不在主子身边?

尽管心中疑虑重重,久微却并没有花过多的时间去深究,因为身处国境边界的他们也并非完全安全。想要出关并不难,奈何守关的兵卫都是赫连郁的人,要想全身而退,恐怕不那么容易。

"怎么办?我们会被识破吧?"

久微正打算施法为二人乔装,却被白慕风止住了。

"你还是保存些灵力比较好。虽说关中守卫森严,但毕竟大部分精锐都集中在王城,此处关口都是些好逸恶劳的闲散兵卫,并无太大威胁。"况且边关远离王城,可以想象消息有多不灵通了。

不一会儿,狐面霍加再度出现,而久微则以俘虏的身份尾随其后。

也不知道这样的方法能否蒙混过关?她忐忑地跟着白慕风走向关口,果不其然,兵卫们很快就迎了上来。

"这不是霍公子吗?"

见是霍加,兵卫们自觉让开了路。

"许久不见,这次出关定也是替大皇子办事了。"沙虎帮与大皇子的党派勾结已久,他们对霍加一点儿也不陌生,"这女战俘是犯了何事?"

从这些人的态度看来,他们似乎并不知道自己与白慕风叛逃的事,这也就说明大皇子此时无暇分心。难道王城内政出了问题?

久微越想越蹊跷,顶上的阳光日渐毒辣,额头上渗出的汗珠令她的头发黏成一片。

见久微气息有些不稳,白慕风向守卫讨了个水囊,漫不经心地答道:"这女子以下犯上,因为是六皇子的人,大皇子让我带出关外处理。"他斜睨瞟向他们,叮嘱道,"需保密行事。"

守卫们瞬间听懂了他的意思，识趣地不再多问。

"霍加"的恫吓果真奏效，尽管关口守卫重重，他们依旧一路畅通无阻。

一切都进展得十分顺利。

擅离职守的兵卫有说有笑，并没有把太多的注意力放在他们身上。就在久微侥幸地以为他们可以成功出关时，身后忽然有人叫住了他们。

"等等，沙虎帮出任务，为何骑的是红莲营的马？"

一

马鞍上的红莲花标记，让久微猛然心惊。

完了，他们完全没有注意到这里，该拿什么借口敷衍过去？相较于她的慌张，白慕风倒是淡定许多。

"这是战俘出行时骑的马。若非如此，我也难从红莲军手中连人带马一起抓捕出营。"他说得跟真的一样，久微差点儿笑了出来。

这牛皮都快吹到天上去了！

事实上，在白慕风还是"霍加"的时候，他是以冷血桎梏闻名的。别说正面与他发生冲突，人们甚至不敢想象那张面具下的面容。传闻他面目狰狞，杀人如麻，见过他真面目的人基本上没有能活下来的。

面目狰狞倒是无稽之谈，久微只知道某人此刻很是惬意，因为那张狐面具下微弯的双眼早已出卖了他的心思。

"还有什么问题吗？"白慕风冷冷地问。

兵卫们面面相觑，立马堆起了狗腿似的灿笑，抱歉道："不过是循例问问，我们自然是相信霍公子的。不过近来局势紧张，尤其是淮南国，听说边防严密，时有卫军巡查。霍公子，还请多加小心。"

嗯？听这话的意思，金砂国和淮南国关系变差了？

没想到困在皇陵的这段日子里，外界发生了这么多事情。久微猜想，也许令那对赫连兄弟无暇顾及其他的，是范围更大的政事。

出关以后，两个人来到淮南国的交界处，果真看到驻守在边境的众多禁军。

向就近的几个行脚商稍作打听，才知道近来有乱党潜入国内犯案，淮南王立下法令，但凡入关者必须经过严格搜查才被允许放行。

"看你们的打扮，是从金砂国来的？"一旁的商队主打量着二人，善意地提醒道，"若是过来游玩倒无所谓，但要做生意的话，怕是拿不到商贸许可证。"

看来这人完全把他们当成从金砂国逃出来的难民了。但久微并没有多加解释，而是顺着对方的话茬追问："为什么呢？"

商队主指了指前头的官道说："喏，前阵子马匪在那里劫持了宫廷的商队，出了几条人命，听说是金砂国内觊觎已久的乱党所为，押运回国的宝物一起失窃，激怒了圣上。"

这仅仅是激化两国矛盾的导火索，事实上，近年来两国为争夺土地积怨已久，但碍于盟国的利益关系一直没有挑明。有激进的年轻权臣鼓动淮南王发兵镇压，却被驳了回去。不过，照目前的情况来看，恐怕要不了多久，两国交战将会在所难免。

在好心的商队主的帮助下，久微和白慕风乘上商队的便车，顺利过关进入国境。两个人原本打算前往晏城，久微却在中途拉着白慕风下了车。

"我们不是要去晏城吗？"天色已经不早，如果坐商队的马车，应该能在入夜前找到客栈投宿，但久微嚷着要在荒郊野岭下车，这让白慕风十分不解。

周边一带乱石横生，遥望过去，山间峰峦破碎，杂草丛生，看样子并不像是宜居的地方。不过很快，他注意到了前方不远处，有一间搭建到一半的房舍，附近是成堆的木梁，工人们正在将这些木材往地基处搬去。

"是谁这么阔气，买下这么一大块地？"白慕风注意到工人们造的不是一间房舍，直到溪边为止，遍地都是木材，仿佛在建一个村子。

闻言，久微默默地看了他一眼。

"而且，用的都是上好的木料和砖瓦，还备有水车，农耕畜牧也变得更为便利，看得出来，买下这地的人，有着长远的打算。"

久微又别有深意地看向他。

"我猜是个大财主，他打算雇一批工人在这里种植或蓄养某些家禽，用以生产买卖。这些房子应该是给工人们住的，不过我觉得建成客栈和果园，也挺来钱的。"

白慕风笑自己越想越长远，自从离开金砂国恢复自由身，他偶尔会觉得有些无措，想做的事情太多，但他知道这些都急不来，以后久微会陪他一起慢慢领略。

"不过据说那地主买下这地多年，工人们夜以继日地赶建，如今几近竣工，也不见他露过一面。看来不过是有钱人挥霍无度，闲来无事建着玩儿的。"

久微突然扭捏了起来，嗫嚅着开口："说不定人家也有苦衷呢。"

"哦？你认识那位大财主？"

"不不不，怎么可能？我也就猜测而已。"久微立马摆手否认，但她的样子颇有些欲盖弥彰的意味。

白慕风不明所以，但这话题姑且被她蒙混过去了。

就在这时，耳边忽然传来一阵急促的脚步声，两个人抬起头，就见一个中年男子朝他们狂奔而来，待来到跟前，他放下手里的汗巾，满脸惊喜。

"这不是久微姑娘吗？"

久微看了好一会儿,终于认出了来者。

"曹胜,好久不见。"久微看见他身后的长工们,笑着挥手致意。

曹胜是负责这块工地的长工主管,也是名手艺娴熟的造园师。据说这块房舍是由他亲自绘制和改良图纸,势必要还原久微心目中的家园。

曹胜招呼二人到小亭休息,还备了些点心,一边不忘热情地沏茶:"久微姑娘,这次你隔了许久才回来,都错过了莲花盛开的时节。"

"也有一年半载了吧,大家还好吗?"久微熟络地接过茶,细嗅茶香,眉间眼底都是浓浓的温暖,"平和镇的莲子茶,好令人怀念的味道。慕风,你也喝喝看。"

白慕风端起茶杯,啜了一小口,入口的清香,让味蕾绽放了异样的甜美。待放下茶杯,他还好一阵子怔忪,这独特的味道初次品尝,竟让他有些怅惘。

注意到一旁的陌生面孔,曹胜笑问:"这位公子好生的面孔,是久微姑娘带回娘家的夫婿吗?"

这话立马引来久微一阵脸红,她娇嗔道:"曹胜!"

曹胜识趣地笑笑:"什么啦,现在全晏城谁不知道你是个小富婆,该到成家立室的年纪了,有什么可害羞的?能入得了白氏医馆女掌柜眼的,怕是五根手指都数得出来。现在遇见合适的,当然得抓紧,你说对吧,公子?"

见久微正欲还口,曹胜立马开溜:"哎,不聊了,你们坐会儿,我先去看看长工们的情况,待会儿要爆破一块巨石,你们千万不要靠近,以免受了伤。"说着,匆忙的身影迅速消失在亭外。

"这个曹胜,真是的。"久微努了努嘴,偷瞄了眼身边的男人,发现他正笑眯眯地看向自己。

"没想到你还是个小富婆。"刚进村落边界,就听商队的车上有人聊起晏城的八卦,说红遍姑娘间的不是绫罗绸缎,也不是胭脂水粉,而是晏城特产的美颜露,只是他没想到美颜露的创始人竟然就在自己身边。

久微尴尬一笑,为他又斟了一杯莲子茶:"你别听曹胜夸大事实,也就早几年赚了些钱。"

最初因为美颜露的热卖,她为白家医馆赚了不少银子。除了徐将军允诺的晏城经商许可外,她还用积蓄开了一家分铺,随着生意蒸蒸日上,如今白家医馆的分铺已经扩张到三间。

这五年来,久微每次回淮南国,除了打听白慕风的消息,便是去打理照料分铺,奈何无暇分身,时常没有露面,因此大家都称她是神秘的女掌柜。

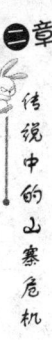

凭着美颜露的畅销市值，赚得盆满钵满的久微俨然是个小富婆，她将攒下的银两存进钱庄，用以每月给工人发放薪资。但不管再怎么忙，她都一定会抽空回来看看这块正在修葺的故土。

只是，她没有告诉白慕风，买下这块地的大财主就是她。

"曹胜曾是平和镇周边的居民，几年前他出外打工，才逃过一劫。"久微捧着茶杯，手微微颤抖，她尽可能用平静的语气叙述当年的旧事，"平和镇一夜之间被凶兽夷为平地，大家都失去了宝贵的亲人，我……还弄丢了你。"

说着说着，滚烫的泪珠一滴一滴坠入杯中，溅起了浅浅的涟漪。

这些年来，她独自一人背负了许多常人无法想象的重担，她逼迫自己学会坚强，不让自己深陷悲伤，就为了有一天能给他重建一个"家"。她亏欠他的，她会想尽一切办法去弥补，还不断说服自己，只有寻回他，生命的缺口才得以填满。

"对不起，慕风，明明说好了不会再哭的，一时没忍住又……"她胡乱地擦了擦脸，努力挤出一个笑容，但新的泪水又湿润了脸颊。

白慕风微微颔首，伸手将她圈到怀中，耳侧是他春风般温柔的细语。

"我回来了，让你久等了。"

他的回应，让久微再也忍不住，放声大哭起来。

为了等这一天，她花了数千昼夜，她哭过，失意过，自责过，五年来几乎被愧疚冲垮，但是，还好没有放弃，她心爱的人终于回来了。

二

久微指了指远处的平房，雀跃道："那里原来是陆大叔住的房子，还有这里，是镇长的家，我以前和你一起去为他闺女看过病……"

跟在后头的白慕风，一边听她介绍，一边在心中描绘着一个陌生的乡镇。

从平和镇入口的桂花树，到巷子口摆摊的老婆婆，还有纵横交错的、来自镇民的感情羁绊，这些要说完全陌生，但他心里显然还留有一丝莫名的亲切感。这是他的家乡，是他落地生根，与灵参久微开启一段缘分的地方。

白慕风握起一把黄土，曾经干涸的土壤，在得到悉心照料后，养分充沛。植物渐渐复苏，有桂花的香气从远处飘来。每走一步，零星的记忆便如碎片一般在脑海里拼凑出一幅幅杂乱无章的画面。

突然，白慕风感到额头一阵刺痛，胸口也随之闷痛起来。

久微连忙扶他坐下，关心道："慕风，你又头痛了？慢慢来，想不起来没关系，反正也不是什么好的回忆。"

"我没事。"白慕风歇了一会儿，自从来到淮南国，这种奇怪的现象就经常发生，也不知道是不是当年头部受伤留下的后遗症。

寻找怪疾的源头，入宫对抗贵妃，去搭救河神的新娘……

那些惊心动魄的画面不经意地浮现在脑海中，令他既惊又喜。不过，他依旧觉得有些遗憾，忘却的记忆里，一定有曾被他视为珍宝的存在，而不是像现在这样，对于自己的过去几乎一无所知。

"我还想知道更多关于过去的事情。"

在久微的描述下，平和镇是一个和平温馨的小镇，虽然生活贫苦，但民风淳朴。百姓知足常乐，邻里间还互相扶持，是一个让他觉得很有人情味儿的地方。

"不急啦，以后我会慢慢陪你重温。"久微牵起他的手，走过昏黄的小桥，天边的云霞如火一般绚丽，她笑着说，"太阳快落山了，我们还是赶紧找个地方落脚吧。"

话虽如此，这个时辰客栈恐怕已经没有空房了吧？

不过，白慕风显然低估了久微在晏城百姓心目中的分量。他们赶在入夜前进了城，去"福来客栈"投宿，掌柜一见是久微，不仅招来小二好生伺候，还把最好的两间天字号上房留给了他们。据说久微是这家客栈的常客，只要来晏城必定会来此处投宿，所以掌柜一般都会提前给她预留好空房。

舟车劳顿了这么久，终于可以安稳地睡上一觉。

翌日，两个人决定去城里到处逛逛，刚走进市集，就听见有人大声吆喝："快来瞧瞧，最神奇的美颜圣宝，一罐下去，保证让你恢复青春，美艳动人，更有修复皱纹和紧致肌肤的奇效！"

久微眉头一挑，这么神奇，比他们白家特制的美颜露还厉害？

她拉着白慕风走到摊位前，看到上面整整齐齐地摆着十几只白瓷小瓶。眼看着姑娘们一哄而上，争相抢购，久微更加好奇起来。

在看到那简陋的横幅上写着的"白氏美颜露"几个大字时，久微差点儿没吓到参果爆裂。不仅如此，其他几家同样标榜着"白家出品"的小摊，摊主们正在互相竞价叫卖，还为了争抢顾客，差点儿大打出手，场面好不热闹。

重点是，这些"美颜露"有的还离谱到只卖几文钱，甚至买一送一！而且味道与他们白家正统的美颜露相比，简直有着天壤之别。

等等，久微猛然一惊，难道这就是传说中的"山寨"？

店家间互相效仿做买卖，这在坊间并不稀奇。好比说一家卖凉茶，另一家也可以卖，买卖从来都是跟着流行的风向走，大家互惠互利，自然不会垄断门市。

但是，他们白家医馆独创的美颜露，是只在自己家的店铺出售的，从未准许他人进行分销，一是为了避免粗制滥造，二是为了保证白家医馆的信誉。每年一共也就限卖一千瓶美颜露，再多也没有，这是全晏城的人都知道的事。可现在山寨横行，到底是谁坏了这个规矩？

久微其实不介意别的商铺卖"美颜露"，但打着白家医馆的旗号来坑骗顾客，她就有些无法接受了。

商贩丝毫不知道面前这对俊男美女正是美颜露的创始人，还一脸谄媚地向白慕风兜售手中的山寨产品："这位公子，买一瓶送给佳人，一定能俘获姑娘芳心。就算不送人，公子自己用也能永葆青春哦。"

白慕风不屑一顾地笑道："我家久微本来就很美，不需要这些东西。"

听他毫不避讳地赞美自己，久微一阵心花怒放，但现在不是高兴的时候。她拿过商贩推销用的美颜露，大致查看了一下瓶身。

纹路精美，做工考究，一看就是何家窑传人的手艺，光是这些小瓷瓶的成本就需要十几文钱了，山寨要如何盈利？

揭开红塞，一股廉价的党参香气扑鼻而来，虽说闻起来和白家美颜露有几分相似，但久微作为参中翘楚，一下子就闻出两者之间的不同。尤其在品尝过后，更觉得两种美颜露的味道有着明显差别。山寨版的美颜露纯度极低，而且还掺了许多来路不明的草药，至于为什么要用与正品一样的瓷瓶，也许是为了混淆视听。

白家的美颜露除了萃取了灵参的精华汁液，还加入了许多滋阴养颜的上好药材，这些药材少了其中任何一味，配方的功效就难以发挥出来。而且，因为时节限制，有些药材并不容易入手，这也是限量售卖的最大原因。

而且往年这个时候，白家美颜露的制作还没有开始，又何来摊位上这些"美颜露"呢？除了美颜露，还随处可见祛寒退热的安心茶，这也是白家的独家秘方之一。

如果山寨不到精髓，那就不必担心，这种买卖一定长久不了。真正令久微担心的是……

"就是这里的美颜露毁了我的脸！"

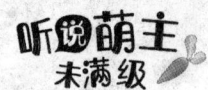

三

久微和白慕风正要去分铺询问此事，就发现店门前被人围得水泄不通。

空气中弥散着浑浊而复杂的草药气味，地面上到处都是碎瓷瓶，还不时传来人们愤怒的叫嚣声。

"黑心奸商，退钱！退钱！"

"你们害人毁容，良心不会痛吗？"

"我看你们根本就没有，还美滋滋的呢！"

……

上次见到这般混乱的场景，还是全民抢购美颜露的时候。如今这些人不是来抢购美颜露，而是来上门讨还公道的，纷纷要求白氏医馆退还银两，还有一些人直接把山寨品的出现怪罪到医馆头上，让暂代久微打理分铺的二掌柜十分头疼。

"大家少安毋躁，不要拥挤，听我说……"二掌柜的声音几乎要被淹没在鼎沸的人声中，人们不断往医馆涌来，以至于医馆的几个学徒怎么拦都拦不住。门被撞开，众人一哄而入，在医馆里疯狂抢夺。

"你们别乱抢！那药酒才刚酿好，老夫正要拿去送人！"货柜上有一只封存好的酒瓶，里面装着酿制了好几个月的草药酒，正是治疗胃疾的良方，也是久微临行前嘱咐二掌柜赠衣施药的物资之一。

眼看着酒瓶就要被抢夺者摔落在地，一道亮光闪过，酒瓶从抢夺者的手里脱出，安安稳稳地滑入二掌柜的手中。久微结印，小施咒术，扬起轻风，将闯入医馆的暴徒统统赶了出去。事发突然，众人还没有反应过来，就已被摔出门外。

"掌柜的！"二掌柜一眼就看见了人群中的久微。

众人一阵惊愕，没有想到传说中的神秘女掌柜竟然回来了！更令他们难以置信的是，那名女掌柜竟然还是个女子。

久微扬了扬手，让二掌柜安心把事情交给自己。她环视一周，发现上门闹事的大多是姑娘，当然，也有替家眷前来讨说法的男子，而且她还注意到那些声称毁容的女子脸上都有着不同程度的红肿。

"各位，我是这里的当家掌柜。具体情况我大致已经了解，还请大家听我说几句。"久微取出从商贩手中购得的山寨美颜露，随后让二掌柜取来正品对照，"近日有人打着我白家医馆的名号在外低价出售美颜露，同样的瓷瓶，外观上确实让人难辨真假，而且味道也十分接近真品，几乎可以以假乱真了。"

久微将两瓶美颜露交给二掌柜，让在场的顾客逐一对比。

立刻就有客人咄咄逼人道："莫不是你们在推卸责任？不想负责就说是山寨的错吗？我们的美颜露就是从你们医馆这里买的，你们还想怎么抵赖？"

"我们没有抵赖，可你也无法保证手中的美颜露完全出自我们医馆。"

医馆卖出的美颜露都是有记录的，但因为美颜露太受欢迎了，常常有人高价转手易主。再加上山寨泛滥，就更难确认这些市面上流通的美颜露源自哪里。

"你说你们是正品就是正品？说不定你们真假参半，以此来忽悠我们！"

喂喂，这话说得久微就有些不高兴了！她好歹也是稀世罕有的灵参，纯正百分百参露的提供源，这样质疑她的正版商地位，未免也太伤人了吧？偏偏又不能公开反驳，气得久微几乎憋出内伤。

宝宝心里苦，但宝宝不能说。

"我们怎么可能卖假货？这不是自砸招牌吗……"

失去理智的客人显然没有耐心听她解释，他们只想用武力解决问题。

好在白慕风及时出手，将对方的拳头拦下，并轻松地给对方来了个过肩摔，将那个人摔得头晕眼花。

白慕风的出现，令现场的人噤若寒蝉。

他用尾指沾了一滴假的美颜露，送入口中一尝便知晓了问题所在。

"甘草、大戟、藜芦、人参，这些都是彼此相克的草药，虽然在味道上尽量模仿正品美颜露，但假的毕竟是假的，它不仅起不到应有的功效，还会让服用者轻则脸部瘙痒红肿，重则休克毙命。"

他突然走向旁边的一位姑娘，盯着她的脸细细打量，惹得那姑娘不禁羞红了脸。"这位姑娘脸上的红斑正是由于这些药材药性相克引起的，只需服用一些解毒汤，回去休息几天自会消退。"

"可就算你这么说，出了假的美颜露，你们医馆也不能说完全没有责任。"方才那几位气势汹汹的客人因为白慕风的话气焰消减不少，却还是不打算就此作罢。

久微见状补充道："我们虽然无法确保美颜露的配方是否被泄露出去，但这次的事让众位蒙受损失，白家医馆难辞其咎。你们放心，我们一定会将此事调查清楚，给大家一个交代，还请各位近期不要再服用来路不明的美颜露，医馆也会为大家提供免费的解毒汤。二掌柜，你吩咐学徒去抓点儿药。"

事情暂时平息了下来，闹事的人也逐渐散去。眼看着久微和白慕风走进了医馆内堂，二掌柜的眼中似乎有什么一闪而过，转身就从某册账本上撕下了几页。

久微在贵妃椅上躺下，感到一阵头疼。

买地重建平和镇的欠款还没有还完，医馆就遭受如此重创，而且三家分铺近几个月来的生意都有些冷清，让她的内心着实感到不安。

白慕风失踪的那几年，她独自支撑着白家医馆，才有了今日的规模。她不希望所有的努力到最后都化为乌有，至少她要让白慕风为她感到骄傲。

想到这里，久微再次重重地叹了口气。

白慕风见她精神不太好，便主动替她按摩穴道以缓解疲劳，因为手法自然，久微又陷入重重心事中，便一点儿也没有察觉到。

半晌，久微才反应过来，惊讶道："慕风，你……你还记得穴道按摩？"不仅如此，他刚才以一敌众的精彩辩论，都要归功于他丰富的药理知识。难道他已经记起来自己曾经是名大夫的事了？

白慕风点了点头："自从回到这里，我多少想起了一些事情。"他灵敏的味觉一如既往，身体的本能让他常常先于思考做出反应，尽管很多事情暂时想不起来，那些习惯却是无法被记忆抹去的。

"真是太好了。"久微拉过他在一旁坐下，将头靠在他的肩膀上，感叹道，"还记得之前你是大夫，我是学徒，我们一起行医治病，帮助过很多人。虽然时间很短，却是迄今为止我觉得自己过得最幸福的一段日子。"

她好怀念那时的自己和白慕风，在平和镇过着无忧无虑的生活，要不是发生意外，他们还可以去更远的地方游历，但世事难料，他们总是在不断地错过彼此。

"又在胡思乱想什么？"白慕风搂过她的肩膀，让她更舒适地靠着自己，"以后你是大夫，我才是学徒，很多事情，你要教教我。"

怀中的人突然"咯咯"笑了起来，得意道："哼，你也有今天，来，叫声师父听听？"

"那么亲爱的师父，您愿不愿意收下我这个徒弟？"

久微只觉得内心一阵甜蜜："你也太配合了，以前的白慕风才不会这样，他会取笑我小古板，得了便宜还卖乖。你呀，一点儿也不懂女儿家的心思。"

这是把以前的旧账翻出来算在他的头上？也未免太不讲理了吧？

好吧，这都是他自己宠出来的，可谁让他乐意宠这个女孩呢？

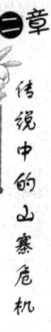

白慕风挖苦她说:"就算我以前那么糟糕,还不是有人爱我爱得死心塌地的。"

"我才没有爱你爱到死心塌地呢!"久微气鼓鼓地否认道,但看到他略显怀疑的眼神,又很没出息地纠正了一下,"呃,是有一丢丢啦,不,可能比一丢丢还要多一些,但没有多很多哦。"她努力地用手比画着自己爱他的程度,而白慕风则单手托腮,好整以暇地看她狡辩。

最终,某人还是投降了:"好啦好啦,我承认我口是心非,不要这样看着我!"

难得见到久微如此羞窘的表情,白慕风觉得十分新鲜。她平时太过活泼欢乐,不愿在他面前流露出太多的负面情绪,总是用笑脸来掩饰内心的不安。他觉得她是真的很爱自己,所以才会为他考虑这么多。

"谢谢你爱我。"白慕风爱怜地用手抚了抚她的秀发,发上还系着那条鹅黄色的雪纱缎带,正如她对他从一而终的感情。

他动作温柔,满眼都是珍惜,觉得她是他见过的最容易满足的女孩,千金都买不来她的深情。

这个傻女孩,当初为了一条发带,就把真心交付给他。若是碰到个感情骗子,那该怎么办?

还好她爱的是自己,也庆幸自己深爱着她。

就在白慕风沉浸在幸福中不可自拔时,一道不合时宜的身影突然出现了。

"呃,掌柜的,不好意思打扰到你们。"小学徒尴尬地扶着门边往里偷瞄,红着脸道,"有客人找您。"

白慕风慌忙将手从久微的头上挪开。

"是谁?"久微的脸上同样满是绯红。

"是官府的人。"

四

真是屋漏偏逢连夜雨。

山寨事件持续发酵,又出现了许多因服用美颜露而感到不适的人,甚至已经有人去官府那里报了官。城中小贩听说官府要彻查此事,早已逃得不知所终。而最受牵连的,自然要数白家医馆了,官府为了秉公办事,要将白家医馆查封。

不管久微如何交涉,官差都要查扣医馆内所有的东西,直到彻查清楚为止。看

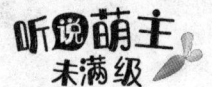

来，医馆暂且是要关门大吉了。尽管如此，那些不良商贩还是没有就此罢休，他们依旧穿街过巷，继续兜售伪劣药材，只不过不敢再打着白家医馆的名号了，这就使得那些贪小便宜的百姓上当受骗了。

久微自然是不甘心的，医馆含冤被查封，但"山寨"产品的买卖依旧猖獗。虽说官府承诺会在查明真相后还他们一个清白，但流通商贩大多无迹可寻，此案很有可能无疾而终，使得白家医馆背上黑锅。

为洗刷医馆嫌疑，久微决定自己去调查。

三家分铺都被上了封条，他们便偷偷溜进医馆内调查物资，从仓库到药柜，再从账簿到进货源，一一排查后，都没有发现任何异样。

"你那边有什么发现？"

白慕风放下手中的药罐，摇了摇头，他说出了心中的疑惑："既然非我们所为，为何还要排查医馆？官府若是也查不出什么，那就定不了医馆的罪。"

"嗯，保险起见，也为了确保那些假美颜露不是出自白家医馆。"久微翻看着进货的账簿，发现其中一本缺失了几页，似乎在掩盖着什么。但天网恢恢，总有漏网之鱼，缺失的页面前，记录着几个陌生的店铺名。

"咦？"

"怎么了？"白慕风向她走来。

久微指了指账簿："你看看这里，近几个月开始，有些药材换了供货商。我虽常年在外，但大家都知道美颜露的选材一向很谨慎，很多供货商都是从你那时候起就定下来的，我也从未有过更改，有撤换供货权限的也只有……"

"二掌柜！"两个人异口同声道。

事不宜迟，两个人匆匆赶到二掌柜的家，才发现一向勤俭的二掌柜已经住上了新宅，家丁正在将一箱箱东西搬到马车上，而他本人也在门前和车夫鬼鬼祟祟地交代着什么。

"二掌柜！"

突然听见久微的声音，二掌柜显得有些慌张。

"这……这不是掌柜的吗？您怎么突然来了？"

"你这是要出远门吗？"久微意味深长地看向马车，二掌柜则下意识地用身体挡住了她的视线。

"内人前些日子回娘家省亲，我替她捎点儿东西过去。"他热情地招呼道，"这大热天的，要不到我府上坐坐，喝点儿茶水？"

"不必了，近日医馆麻烦事儿一桩接一桩，我正好有些事情想问你。"

久微说着，递给他一本账簿，二掌柜接过来一看，解释道："原来给咱们供货的那几个农户，近来收成惨淡，当时美颜露急缺用料，我便做主更换了供货商。这事儿本想等掌柜的你回来再说，没想到近日事故频发，还没来得及跟你提起。您放心，新选购的药材同样品质优良。"

久微了然地点了点头，嘱咐道："我这个做掌柜的一直没有时间照看医馆，多亏有你这个二把手把持业务。现在医馆出事了，我也不希望大家受到牵连，你们放心，工钱我一分都不会拖欠，还请二掌柜替我多多照顾各位伙计。"

"那是自然。"

随后，久微和白慕风二人便匆匆告辞。事实上，他们并没有离开，而是悄悄躲在附近，直到马车装载完毕，才又尾随马车离开。

马车行了好长一段路，最后在郊外的一间木屋前停下。木屋前摆放着许多箱子，久微一眼就认出，这些箱子与二掌柜车上的箱子一模一样。

果不其然，车夫刚卸下马车上的箱子，就有人从木屋里出来接应。对方是位农户，他当面清点了箱内的东西，然后满意地将一袋银子交给了马夫。过了不久，马车便自行离去。

久微和白慕风见马车走远了，便来到木屋前。农户看见有不速之客，立马警戒起来："你们是什么人，来这里做什么？"

"我们是二掌柜的伙计，刚才发现似乎给你多送了箱货。"

"二掌柜的人？"农户稍稍松了口气，回头数了数货物，发现果真多了一只箱子。其实不过是久微用法术制造的障眼法而已。

农户挠了挠头，困惑地说："刚才明明数着没问题，怎么突然间又多了一只？难道真是我算错了？"

他立马赔着笑道："那可真是不好意思，我这就给你们搬出来。"

嘿嘿，果然上当了。

很快，农户就搬出一只箱子，让他们当面清点。久微打开箱子一看，顿时惊呆了，只见箱子里整整齐齐地摆放着一只只白瓷瓶，不正是用来盛放美颜露的容器吗？为什么二掌柜要将这些空瓶子卖给农户？

"话说我们这样顶风作案会不会有危险？"农户突然小声地问，见久微一脸不解，又补充道，"现在整个晏城都在严查，是你们说卖到洛河城没问题，我才会买下

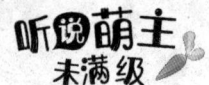

这些空瓶的。"

久微机敏地接过话茬，顺着他的意思答道："那是当然，虽然医馆被查封了，但那只是为了安抚民心，官府不会为难我们的。"

她环视了一下四周，装作不经意地问："最近是收成不好吗？怎么大家都不卖药草了？"

农户摆摆手讪笑道："谁还有心思种这些东西？现在光卖一瓶美颜露就能舒舒服服地赚十几文钱，哪像种草药那么累？这也多亏了你们二掌柜。你们要是想进货，可以找三里外的王铁牛，现在也只有他老老实实地不肯改行。"

原来不是收成不好，而是大家都不愿意辛苦种植，这和二掌柜说的大有出入。

白慕风在一旁配合地说："那你们做美颜露，就不怕材料短缺吗？"

"怎么会呢？配方上的药草漫山遍野都是，也就是那些党参比较麻烦，我得偶尔到隔壁省城去买，要是在晏城里大量买入，怕会引起怀疑。"

听到"配方"二字，久微和白慕风顿时激动起来，他们假意要帮忙采药草，农夫便将配方交给他们，期间还多次交代，让他们千万不要走漏风声。

白慕风拿着农户给他们的配方，一经过对照，心中已然有了眉目，这确实就是他当日尝出来的山寨美颜露的成分，其低劣性和危害性只会有过之而无不及。

原来泄露配方的罪魁祸首竟然就是分铺的二掌柜。

由于真正的美颜露成本较高，而且关键性药材"灵参"只有久微每次回来时才会有，所以二掌柜不得不改变主意。他在美颜露药方的基础上，用低廉的党参替代灵参，还将上等的药材换成了随处可见的草药，并以极低的价格将这张所谓的配方转售给小作坊。

山寨美颜露的暴利让摊贩们尝到了甜头，大家都开始纷纷效仿，甚至为了制造噱头不惜动起歪脑筋，打起了白家医馆的名号。

二掌柜大概是看到了商机，便提议为他们出售正品美颜露的空瓶。作为正品一方，二掌柜竟然助纣为虐，气得久微直跺脚。

正是因为购买的门槛变低了，之前稀有的美颜露变得唾手可得，伴随着潜在的品质风险，白家医馆一下子被推到舆论的风口浪尖，多年来积累的声誉顷刻间一落千丈。

但是，令久微感到气愤的不是这个，而是二掌柜的矢口否认。

"掌柜的，你这样含血喷人，可有证据？这么多年来，我辛辛苦苦、兢兢业业地为你打理几家分铺，没有功劳也有苦劳。况且损坏医馆的声誉对我能有什么好处？"二掌柜立马喊冤，居然还受到医馆其他伙计的拥护和支持。

面对质疑，久微迟迟拿不出证据。

确实，他们虽然亲眼目睹了二掌柜遣人运送空瓶的全过程，但到底没有证据证明他们之间有着贸易往来，更别说要农户亲自出面承认自己是山寨商了。

形势突然一边倒，伙计们纷纷斥责久微平日里对医馆不闻不问，现在医馆出事了，她又为了自保，不惜污蔑劳苦功高的二掌柜。伙计们的话深深刺痛了久微时刻为他们着想的心，尽管在凡间待了这么久，她依旧难以参透人心，言语的利刃比任何高强的法术都要伤人。

"看你气得参须都快要冒出来了。"白慕风安慰地抚了抚她的发辫，将参须按了回去，街上车水马龙，人来人往，他生怕被好事者瞧见她的秘密。

"我明明没有说谎，但他们一点儿也不相信我。我以为我跟他们这么多年的感情，能够经得起这些考验，但显然我错了，他们自始至终都没有相信过我。"久微将脸埋入他的胸膛，不理会路人投过来的目光，对白慕风大吐苦水。

"这么容易就沮丧，可不像你。"白慕风扶着她的双肩，将她从怀中轻轻推开，让她直视自己的眼睛，果然看到她的眼眶在微微泛红。

她故意赌气道："不是有你在身边吗？"所以她可以不用那么坚强，偶尔也要尽情地依赖他一下。

正当久微打算继续窝囊下去时，却突然吃痛地叫了起来："唔，好痛，你不要捏我的鼻子啦。"

白慕风沉沉地笑道："在金砂国时，即使我再怎么冷眼相待，你也始终不放弃，我相信现在区区几句冷嘲热讽同样不会把你击倒。"

"唔，那是因为比起被你讨厌，不想失去你的心情更强烈嘛。"久微反思了一下，她这几天确实有些矫情，一想到会把白慕风曾经珍视的医馆给搞砸，她的心就莫名焦躁起来。

她不安地扯了扯他的袖子，犹豫道："如果说，白家医馆有一天毁在了我手上，你会不会……"

她还没有说完，白慕风就已经笃定否认道："不会！医馆没了，可以从头再来，银两没了，也可以再赚，但你的笑容，千金不换，我绝不退让一步。"

他总能轻易地抚平她内心的焦躁，让她深感这世上哪怕山海颠覆，只要有他在身边，她定有一枝可栖。

少女敌不住他的甜言蜜语，可疑的珊瑚红顿时爬满了脸颊，余下的只有斜阳，将形影不离的一对身影拉至远方。

五

在医馆被查封的这些日子里,久微和白慕风一边努力地寻找证据,一边给百姓们提供免费的解毒汤。但大家一看他们是白家医馆的人,就都没有好脸色,甚至还将他们赶出了街市。为挽回医馆声誉所做的努力依旧收效甚微。

不过,最近商贩们却似乎变得格外安静,那些之前在集市上大胆叫卖的山寨商都不见了,想必是为了不当出头鸟,都纷纷躲避风头去了,这使得证据的搜集更加困难了。

就在久微一筹莫展之际,事情终于有了新的转机。

亥时时分,有一辆马车鬼鬼祟祟地驶出城外,可不到片刻,便被守城的官兵统统拿住。

原来,二掌柜想趁着夜色举家逃难,没想到被逮了个正着。因为行贿师爷,为犯罪的侄儿开脱,不想被新上任的知府大人顺藤摸瓜,查出他在家中窝藏大量赃款。

听闻这位知府大人刚正不阿,是徐将军的友人,因为是农户出身,所以深知百姓疾苦,特别疾恶如仇。一听说这些年来,那些在乡镇给贫苦百姓赠衣施药的全是幌子,是二掌柜联合官府内部人员,贪污了本该属于百姓的物资和银两,他就气得不行。

这事儿也是隔天看见官府带人到医馆拆封条,她才得知了来龙去脉。

因为美颜露人气高,利润大,二掌柜一时被利益冲昏了头,想要独占白家医馆,奈何不知道美颜露的核心配方。他想过从久微这里探探口风,但久微长年不在淮南国,这让他对这块唾手可得的肥肉,始终耿耿于怀。

这些年来他费尽心思钻研美颜露的配方,几经辛苦终于调制出了口感与功效都能与美颜露媲美的替代配方。但想要自立门户并不容易,只要白家医馆在这里存在一天,就注定了他难有出头日,于是他起了歹念,打算整垮白家医馆。

这就有了他与山寨商们的合作,他还写了张药材相冲的假配方,将其出售给商贩,为白家医馆名誉扫地埋下了罪恶的导火索。为了能够早日自立医馆,他不惜违背医者良心,伙同官府的师爷贪污民脂民膏。

结局自然是背后这条大鳄被连根拔起,与其相关的涉案者统统被捉拿归案。大难临头各自飞的众人纷纷推卸责任,只为官府能够对他们从轻发落。

很快,户部又从缴获的赃物中搜出了许多罪证,其中就有二掌柜与非法商贩买卖

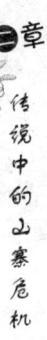

的账簿,以及改良过的山寨药方。

白家医馆沉冤得雪,很快被撕去封条,又可以重新开业了。但失去了二掌柜这位二把手,一时间,久微难以看顾得过来,她想过与白慕风就此定居在晏城,如此一来,两个人也不必再颠沛流离。

打定主意后,久微就开始着手重振医馆。令人惊喜的是,之前那些负气离开的伙计,在得知真相后,都回到了医馆,请求久微再次聘用他们。

"掌柜的,真的很对不起,我们误会了你。"为首的老伙计领着一群年轻的学徒归来,诚恳地致歉,"请你不计前嫌,原谅我们。"

"我们之前说话太重,失了分寸。"

"掌柜的,我们想回医馆来……"

……

医馆维系着许多人的生活,二掌柜的离开虽然令人遗憾,但多年来受雇于医馆,伙计们早已将这里视为自己的家,对医馆有着深厚的感情。

人间虽有险恶,温暖和真情却是坚不可摧。

久微感动得快要落泪,她用力地点了点头,推开医馆的大门,迎向众人:"各位,欢迎回家。"

几日后,白家医馆来了位贵客。

那个人一袭华贵的锦衣,风度翩翩,一入馆便惊得众人跪了下来。兴许是有过一次被官府查封的经历,再次看见朝廷的人,而且还是位身份显赫的达官贵人,大家都吓得面无血色。

他们医馆这是怎么了?怎么净招惹一些大人物?

而且这次来的还是鼎鼎有名的徐将军!

就在伙计们担心自家女掌柜会承受不住这样的惊吓时,女掌柜的举动令他们狠狠吃了一惊。

只见他们那身材娇小的老板娘快步走到徐将军跟前,上来就对大将军动手动脚,一点儿畏惧的样子也没有。

呀,将军就要还手了,怎么办?他们掌柜那纤细的脖颈快要被掐断了!

众人连忙捂住双眼,不敢往下看,但这凄惨的画面并没有发生。徐将军轻轻拍了拍女掌柜的肩膀,点头说了些什么,女掌柜顿时激动得手舞足蹈。随后,在内堂里听到动静的白公子也出来了,见是徐将军,似乎并没有行礼的打算,倒是徐将军在看到

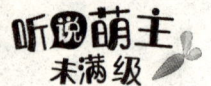

他时,皱了皱眉头,表情有些变化。

完了完了,徐将军这下是终于忍无可忍了!

谁知徐将军一把揽过白公子,用力拍了拍他的后背,感叹道:"白慕风,见你平安无事,我就放心了。感觉你变了,身体壮实不少。"

众人目瞪口呆。

这……什么情况?来叙旧的?

徐京墨特地来到白家医馆,自然不是叙旧这么简单,他早已听说久微归来,却一直无法从繁忙的公务中抽出身来,便暗中拜托知府友人对她多加照顾,为白家医馆洗刷冤情。此番前来,除了补上迟来的接风礼,更有重要的宴请需他亲自前来送请柬。

"下个月初五,是我孩儿的满月酒,希望二位恩公一定要来。"

久微不客气地拍了拍他的手臂,取笑他说:"瞧你这副开心的模样,又不是第一次当爹了,我们当然会去啦!我也很久没有见到公主了,她最近还好吗?"

"半夏和两个孩儿都好,久微姑娘有心了。"已为人父,从前严肃冷傲的徐京墨,如今变得柔和了不少。

久微一想到他和七公主经历了那么多苦难,终于修成正果,如今过得幸福美满,她打从心底为他们高兴。

送走徐将军后,久微就忙不迭地拉着白慕风出了门,留下一众还没有从震惊中回过神的伙计。

"掌柜的,您这是要外出出诊吗?"

久微头也不回地应道:"今天不看诊,我要去买礼物!"

"咦?满月宴不是下个月初五吗?今天才刚过十五啊。"年轻的学徒挠了挠头,不明白女掌柜为何这么心急。

在一旁偷懒的年长学徒突然语出惊人。

"这都不懂?当然是找机会跟白公子逛街了。"

众人握拳,可恶,我们也想跟女掌柜逛街!

第三章
萌心多甜蜜

一

光阴荏苒，斗转星移，仅仅几年时间，晏城就已经不是最初的模样了。频繁的商贸往来，新鲜事物的不断涌入，使得这座城呈现出一派繁荣的景象。

商铺里有趣的玩意儿太多，光是从里面挑一件让人满意的贺礼，就让久微觉得很困难了。

"你觉得这双小毛靴怎么样？"久微捧起一双红锦靴，鞋领围着一圈白色绒毛，看着十分暖和，"还是，刚才那双藕色小绣鞋？不过，听说是个男娃娃，穿着可能显得太女孩子气了，但现在穿毛靴会不会太早了？"

"就这双吧。"白慕风拿过毛靴，帮她做了决定。

正要去结账，又被她一把夺走，犹犹豫豫地放回摊上，又开始埋头挑选。东挑挑，西选选，又一个时辰过去，久微再次陷入二选一的苦恼——雪棉帽和貂皮披风。她左瞧瞧，右看看，想要放下，却又无法割舍，两者都深得她意，就是迟迟做不出决定。

白慕风不由得扶额，这种反反复复的行为，何时才能到头？难怪大家都说，陪姑娘家逛街比练武还要辛苦百倍。

最终还是没能如愿挑到一份令自己满意的贺礼，因为久微的目光又被其他新鲜的事物给抓住了。不过一眨眼的工夫，那个小小的身影又消失在眼前。

"真是少看一眼都不行。"白慕风疾步追上，终于在前面的茶馆里发现了她的身影。

久微拉了拉他的袖子，指着前方兴奋地说："慕风你看，有人在比赛！"

白慕风顺着她指着的方向看了过去，发现茶馆里聚满了看客，原来又到了一年一度大家翘首以盼的"奇趣大会"。掌柜仍是那位市侩的掌柜，只是比之前胖了不少，体态丰腴，颇有些弥勒佛的憨态。

"各位客官，这回你们有眼福了。"笑得贼兮兮的掌柜拿出一个布袋，神神秘秘地说，"你们一定很好奇今年的大奖是什么吧？不妨告诉你们，这次我托人从西洋带回了一顶价值不菲的白银头冠。这头冠可不得了，上面镶嵌着纯度极高的蓝宝石，据说是皇室特有的饰品，被誉为女子心目中的'洛河甄姬'。不过，现在还不能让大家瞧见，等决出优胜者后，我再展示给大家看。"

这么神秘？

久微顿时双眼放光,一副跃跃欲试的模样。

"这次大会倒有点儿意思。"白慕风用眼神鼓励她,但某人却突然蔫了下来。

"我以前也参加过,可是……"不愉快的记忆从脑海里涌出,一锅人参鸡汤默默飘过,吓得久微赶紧甩掉脑子里的幻想。

这时,后厨飘来了阵阵异香,久微的脸色瞬间变得难看起来,她结巴道:"还……还是算了。"头冠虽稀有,性命价更高,尽管大会的奖品很诱人,她还是决定当个缩头乌龟。

"还有谁要参加?"掌柜身旁是几个大盅,没人知道那里装着什么奇葩食材,也不知道掌柜究竟有何用意。

但愿里面没有人参……

久微在心里默默祈祷,又不时投去好奇的目光,似乎心有不甘。

就在掌柜对现场的看客做最后一次确认时,人群中有道身影走向了比试台。

看着台上朝她挤眼的白慕风,久微不禁愕然。

"如果没有别的参赛者,那么比试正式开始!"

摆在参赛者面前的这盅美食,仅是一道前菜,掌柜要求各位参赛者先行试吃。

方揭开锅,一阵浓郁的海鲜香气便飘了出来,弥散在茶馆的每一个角落,从参赛者们流露出来的满足的神情就可以看出这道菜有多美味。如此看来,就算落败,能吃上这等山珍海味也是人生一大幸事,以致不少人暗暗捶胸顿足。

此次参赛共有十人,面对美食的诱惑,众人放开膀子大吃。相比之下,白慕风倒是一副慢条斯理的模样,他先喝了一口汤,随即用勺子翻了翻食材,再一一品味,不时露出一副若有所思的表情,与周围狼吞虎咽之辈截然不同。

很快就有人舒服地仰靠在椅背上谈笑风生,惬意得几乎都要忘了这是比试而非食宴。

掌柜见大家吃饱喝足,便给伙计使了个眼色,不一会儿,伙计就端来了几盘精致的点心,同时撤走了最初的那口大盅。参赛者们自然是吃得满心欢喜,但随着出现的美食越来越多,大家开始有些吃不下去了。直到有人摆手投降,掌柜才道出第一回合的比赛内容,同时为每人备好一套文房四宝。

"请各位写出方才那锅汤的全部食材,该回合将会淘汰五名选手。"掌管说完又补上一句,"另外,答错的人要为这桌丰盛的美食买单。"

众人倒吸一口气,果然是奸商啊!

这一下就淘汰了将近过半的参赛者,让仍在状况外的参赛者和看客一阵惊诧。原来第一回合并非比拼食量或速度，而是考验大家的味觉和嗅觉，但显然，这次比赛的难度要比往年更大，因为途中干扰参赛者的食物太多，加上吃饱后产生的倦意，也会令人的五感变得迟钝。

就在众人绞尽脑汁，难以下笔的时候，白慕风率先拿起笔来，在纸上奋笔疾书，很快便提交了自己的答案。掌柜快速看了一眼，随后露出满意的笑容："白公子晋级。"

掌柜的这声宣告，立马在茶馆里引起一阵欢呼。久微悬着的一颗心也终于落了下来，整个比赛过程中，白慕风都是一副不紧不慢的样子，她还真担心他会因为吃得太慢而输掉比赛。

这盅海鲜汤食材繁多，如果没有好的记性和灵敏的味觉，就会错误百出。加上途中作为干扰项的点心，以及部分混有海味的馅料，都会在一定程度上混淆参赛者的记忆和味觉。白慕风在试吃每一道菜时，会尽量放慢速度，细细品味，就是为了加深食材在心中的印象，或许他从一开始就已经猜到了掌柜的用意。

长得帅不说，还如此聪明绝顶，自然令不少围观的少女失了魂。

"那位公子真有才。"

"才貌兼得，真羡慕能与他同行的姑娘。"

"白公子加油！我们支持你！"

……

不知何时，应援声四起，茶馆过半的姑娘都成了白慕风的后援团，还有许多看客都是比赛中途进来的，只是为了看白慕风。一时间，茶馆人满为患，这对其他参赛者而言，不仅有失自尊，某种意义上也是灾难般的打击。

看到她们疯狂地夸白慕风，还时不时朝他抛媚眼，甚至还有人抢着给他端茶擦汗，久微心中不免有些吃味起来。自己喜欢的人优秀，她自然会感到骄傲，没有出手制止，并不代表她是一个大方的人。

早知道就不来茶馆了，省得他被别的姑娘眯了眼！

白慕风四两拨千斤地打发了热情的姑娘们，并轻松转移了大家的注意力——他单手托腮，微笑着看向人群中的久微，朝她挥了挥手："娘子，我表现得不错吧？"

"轰隆"一声，久微顿时如遭雷击，脸红得仿佛可以滴出血来。

这一招声东击西，立马将姑娘们的焦点全部转移到了她的身上。

面对这些充满愤怒和质问的眼神，久微觉得自己像是在被严刑拷问，更可气的是白慕风还袖手旁观，心情极好地欣赏着她为难的表情。

真讨厌!他竟然把这颗烫手山芋丢给了她!而且这些女子看向她的眼神也极其不友好,每一眼,都仿佛一把锋利的刀子,直直地朝她刺来,呜呜……

二

第一轮比试结束,从中脱颖而出的几位参赛者,即将进入第二回合的比试。

既然是奇趣大会,那自然就要体现出"奇"与"趣"的地方。嗅觉比拼,奇在选料珍稀罕有上,需要参赛者有一定的阅历。至于趣味性,就是接下来的九宫推算。

幕布上是一张九宫飞星阵,按洛书排布,飞星轨迹以中宫作为起点,依洛书数序飞移,是百姓常用来占卜宅墓吉凶的方法。

"相信大家都听说过陈员外的事迹,他早年意气风发,后来仕途多舛,一生过得跌宕起伏,令人唏嘘。"掌柜说到动情处,还抹了把泪增加气氛,"直到我一个造园师的友人把陈宅当时的图纸拿给我看,这可不得了。"

说着,掌柜为大家展示了一张陈宅的府邸设计图纸,九宫方位一目了然,府内造有山水之景,在当时城中的大户里可谓是一枝独秀。按理来说,这样一座宅邸怎么也不可能是凶宅吧?

"大家可知这陈宅命犯何事?"

这么刁钻的问题怕是只有算命的才能答得出来,参赛者们有些不满,纷纷抗议起来:"掌柜的,你这也太为难我们了,我们又不是街口看相的,哪里知道陈员外一家与何事犯冲?"

掌柜想了想,觉得也有有道理,便给了大家一点儿提示:"九星即一白、二黑、三碧、四绿、五黄、六白、七赤、八白及九紫。这张图纸和九宫飞星阵就是提示,大家若是能答出陈员外家的中宫入了哪颗星,便算过关。"这就不算他坑人了吧。

但显然即使掌柜做出如此让步,大家仍是无从得知,有人随便瞎蒙了一个答案,却也说不出个所以然来。而一直沉默不语的白慕风,此时高高举起了手。

"应当是一白入中宫。"

"哦?"

白慕风猜测掌柜这一声是在请他继续往下说,便道:"以三元九运来看陈宅的命盘,此宅八运酉山卯向,一白入中宫,正是贪狼星。"

他的手停在九宫第一格处,随后指出陈宅的星命方向。

"此星五行属水，得令时风生水起，升官获利，财运亨通。但水能载舟，亦能覆舟，一旦失令，便破财损家，异乡流亡。不过，这份宅邸图纸大概是临时画的吧？"他看了眼指尖，上面还是未干的墨迹。

事实上，不仅这份图纸是临摹的，陈员外一家也还活得好好的，虽然迁到了锦州，但也混得有声有色，是小有盛名的一方父母官。

掌柜尴尬地搓了搓手："也是为了观众效果嘛，嘿嘿。"

"喊……"

茶馆顿时传来一阵鄙夷声。

白慕风一路过五关斩六将，直至酉时，终于获得了胜利。万众瞩目的颁奖典礼开始了，正当掌柜要将银冠赠予他时，一群奇装异服的人突然闯入了茶馆。

浩浩荡荡的洋商找上门来指控茶馆的掌柜偷了他们的银冠，但掌柜声称那银冠是他花真金白银买下的。正当双方各执一词，僵持不下时，随行的官府新师爷公事公办地宣告道："掌柜的，你涉嫌一桩销赃案，你有权保持沉默，但你所说的一切也将会作为呈堂证供。我们先回公堂喝口茶，之后慢慢聊。"

于是，掌柜就被他们带走了。

即将到手的大奖就这样没了，重点是还没来得及看到它的庐山真面目，久微失望得头上的参果掉了一地。

"第二次了！这次奇趣比赛又是白忙活一场！"他们花了一天的时间去选礼物，现在太阳都要下山了，却连个奖赏都没有得到，久微感到十分郁闷。

"那也没办法。"白慕风倒是庆幸没有得到那份大奖，如果银冠真的是赃物，那他们极有可能会被误会成偷窃者的同伙，"你别急着生气，豆腐脑快要被你戳得不能吃了。"

回来的路上，久微喊饿，两个人便在一个小吃摊上草草打发了晚膳。

"话虽如此，可还是觉得很可惜。"久微鼓起腮帮子，又狠狠地戳了几下无辜的豆腐脑，就在她打算把豆腐脑戳成豆浆时，一串红彤彤的东西突然映入眼帘。

晶莹剔透的冰糖，红艳浑圆的山楂果，这不是……

"糖葫芦！"她立马丢下汤勺，接过白慕风递来的糖葫芦，一口咬了下去。好久没吃糖葫芦，口中满是酸酸甜甜的感觉，令她很是激动，连生气都忘了。

更夸张的是，由于太过激动，久微吃着吃着竟还哭了起来，一边揉眼睛，一边啃糖葫芦，整个画面看起来异常滑稽。

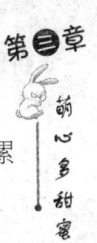

白慕风忍不住笑了起来:"你到底是哭,还是要吃,两样一起来不会觉得很累吗?"嘴上虽然这么说,但还是温柔地帮她抹去眼泪。

难道,她是因为被自己当成了小孩而感到不高兴?

事实恰恰相反,久微几乎喜极而泣。

"都怪你啦!"

"怪我什么?"他宠溺地问道。

怪他,害她这么感动。

其实早在五年前,久微就已经下定决心要戒掉糖葫芦了。那时白慕风生死未卜,只要一吃糖葫芦就会想起和他在一起的时光,眼泪就会掉个不停,以致她都不敢再吃了。

可现在,她真的好开心,这串糖葫芦又勾起了她美好的回忆。

曾经白慕风为了哄她,买下一整杆糖葫芦,每天一串让她吃个尽兴。尽管他仍然不记得大多的往事,尽管买下这串糖葫芦仅仅是个偶然,但她真的好开心,好开心……

白慕风故意皱眉道:"哎,小古板,你最近好像有点儿太霸道了,什么事都怪在我头上,我总得知道个理由吧。"

她突然破涕为笑:"怪你对我太好。"说罢,连人带糖葫芦一起扑入他的怀中。好在白慕风早有心理准备,不然定会摔个人仰马翻。

"你看,糖葫芦都被你弄脏了,没法吃了。"

"不,我要。"她又抢了回来,用茶水涮了涮糖葫芦,又喜滋滋地舔了起来。没有任何东西能比得上这份温柔,也没有任何人能比得上眼前这个男人,她是如此深爱着他。

结完账,两个人手牵手沿着夜市一路往回走。

久微突然想起了什么,说出了心中的疑惑:"你怎么会懂那么多跟占星风水有关的事情?我还以为奇趣大赛你一定撑不过三个回合。"

"你也未免太小看我了。"白慕风讪笑道。

"嘿嘿,如果我没记错的话,你之前在金砂国应该只有武艺提升了吧?"即使是以前,他也只是一门心思地钻研医术,怎么可能分心钻研风水占星之术?

白慕风侧过头,在她耳边悄声说道:"其实,我是偷听到了掌柜的答案。"

"什么?"久微嫌弃地推了他一把,"我还以为你见多识广,在我不知道的时候偷偷用功呢。"

白慕风没有反驳，只是一笑置之，双眼却下意识地望向天际。

心中突然一阵刺痛，似乎又想起了不该想起的事情。

"慕风？"久微伸手在他眼前晃了晃，"你怎么了？"

他恍然回神，又恢复了平日里的从容与淡定，双指捏了一下她的鼻子："我在想，满月礼再不定下来，可就头疼了。"

久微拍了拍胸脯，自信一笑："我已经想好了，看，就是它。"

一对银制虎头铃铛躺在她的掌心，在烛光的照耀下熠熠生辉，铃音清脆悦耳，可以想象婴儿蹒跚学步时，每走一步都能响起一阵清脆的铃音，多么美妙。

原来她刚才之所以在集市上磨磨蹭蹭，就是为了买这对铃铛。

"不过，送这样的礼物，会不会显得太过寒酸？"久微吐了吐舌，不确定道。

"当然不会，心意更重要。"

"说的也是。"

两个人相视而笑，归途像蘸了蜜一样甜。

三

九月初五，将军府设宴，为将军新添的幼子大摆满月酒。宾客络绎不绝，高朋满座，席间觥筹交错，轻歌曼舞，好不热闹。

久微和白慕风在奴仆的带领下，朝宴厅走去，一路上酒香四溢，放眼望去皆是达官贵人，或寒暄或奉承，都争相为徐京墨献礼。来者张口就是一句"绫罗绸缎"，随手一奉便是"金尊玉佛"，即使是口中的"小小心意"，也都是价值连城的奇珍异宝，看得久微心口一窒。

她这对虎头铃铛果然不够气派……

注意到久微他们，容半夏不理会被宾客缠身的丈夫，匆匆朝他们走来。许久不见，容半夏褪去少女的青涩，之前瘦削的小脸如今红润健康，身子也没出嫁前那般单薄虚弱，一身矜贵的罗衫裙长垂及地，仍旧是记忆中那个典雅美丽的七公主。

"公主！"久微高兴地迎上去。

容半夏怀里抱着孩子，身边还站着一个怯生生的小少爷，正好奇地打量着久微他们。容半夏笑道："璟儿，快叫人，这是久微姐姐，你还记得吗？"

看见陌生的面孔，徐怀璟害羞地藏在娘亲身后，不时露出半张小脸偷看面前的白

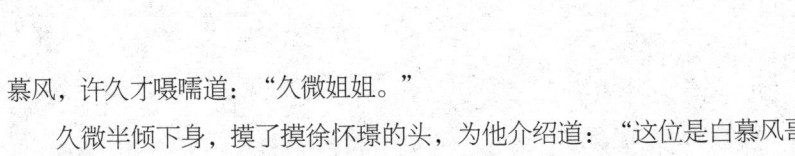

慕风，许久才嗫嚅道："久微姐姐。"

久微半倾下身，摸了摸徐怀璟的头，为他介绍道："这位是白慕风哥哥，你还没见过他吧？别怕，他平时就是这副凶巴巴的模样，但不是坏人哦。"

听到这样的评价，白慕风有些哭笑不得，他有那么凶吗？

"白公子，你身体可好？"容半夏关心地看向他。

久微并没有将白慕风失踪的实情告诉徐将军夫妇二人，只是谎称他去了金砂国义诊。但多年来杳无音讯，难免会令人起疑，便说他患病需要静养，承受不住舟车劳顿，只能托她不时回来看望亲朋。

"他身体好多了。"久微抢在白慕风之前回答，生怕他说漏嘴，还一边对他眨眼暗示。白慕风了然，只点了点头，便再无其他言语。只是在看到久微鬓发间突然冒出的小花时，感到十分惊奇。

难道她撒谎脑袋会开花？

白慕风忙伸手按住她脑袋上的小花，趁无人注意，用力拔了下来。久微顿时痛得"哇哇"大叫，容半夏见二人仍像以往那样打打闹闹，忍不住笑了起来。

入席后，场面可谓热闹至极，尽管明眼人都看得出来，借机卖弄和拍马屁才是正事，吃饭不过其次，偏偏桌上这对男女却在埋头苦吃，可谓宴席的一股清流。

"慕风你尝尝白灼虾，我蘸了点儿白醋。"久微贴心地剥好一碗虾肉，自己却一口没吃，人间烟火向来不是她的生命来源，不过能够喂饱心爱之人，倒有一种别样的饱食感。

白慕风借着她的手，吃下虾肉，碗里还有她不断夹来的食物，堆得跟座小山似的。他面露羞赧，轻声阻止道："你别喂我了，你也吃吧，别人都看着呢。"感受到席上众人投来的好奇的视线，白慕风顿时没了食欲。

眼尖的人立马反应过来，他们虽然衣着朴素，却也是将军的宴客，而且看起来与七公主很熟络的样子，一定大有来头。

工部李侍郎为二人斟酒，谄媚道："二位有些面生，不知是从官还是经商？若是徐将军的友人，李某可不能怠慢了。"

久微摆摆手："别客气，李大人，我们不过是小老百姓，也就将军赏光才有机会与大家同台共饮。"

小老百姓能进将军府？这话说出来肯定没人信。

李侍郎还想进一步试探，白慕风突然接过他递向久微的酒杯，冷冷地瞟了他一眼。

李侍郎顿感心中一股凉意，忙找借口离开了。

"还说你不凶？"久微用手按了按白慕风的眉梢，开心笑道，"眉头都皱起来了，瞧那李大人被你吓得不轻。"

白慕风此时有些微醺，他靠在久微的肩膀上，疲惫地抱怨："我不喜欢他看你的眼神。"特别下流，害他差点儿出手打掉他的牙。

"你啊……乱吃醋。"久微红了脸，扶起这把懒骨头，让婢女倒了一杯醒酒茶。这种交际场合不适合他们久留，既然礼到，祝福也说过了，他们也差不多该向将军告辞了。

就在这时，公主的贴身婢女钰莹急急忙忙跑了过来。

"白公子，久微姑娘，请留步，小公子不知为何突然高热不止。公主束手无策，劳二位跟我到紫苑一趟。"

闻言，久微他们不敢耽搁，立马跟了过去。

来到紫苑的厢房，久微见容半夏正手忙脚乱地照顾怀中的婴儿，小公子的哭喊声略显沙哑，看样子哭了很久。

"别哭别哭，娘亲陪你。"容半夏见孩子哭，自己也难受得红了眼圈。久微他们来了后，她总算安心了不少，"白公子，稷儿不知怎的，突然发起高热。"

糟了，她要怎么跟公主开口，白慕风已经没有之前当大夫的记忆了？

久微正纠结着，白慕风却主动抱过孩子，用手探了探孩子的额头，感受到烫人的热度。然后，他撬开婴儿的小嘴，观察了一下他舌苔的颜色。

"小公子发热无汗，舌尖红，苔薄白，应当是常见的风热，公主无须担心。"白慕风将孩子抱还给公主，嘱咐道，"给小公子服用几剂银翘散，或能减轻症状，关键时刻，还请多注意保暖。"

"谢过白公子。钰莹，快去命厨房准备汤药。"

"是，公主。"

由于公主母子离席多时，听到奴仆的禀报后，徐京墨也匆匆赶了过来。

"爹，娘……"徐怀璟的呼唤没能引起父母的注意。

见大家对幼弟的关心远胜于自己，徐怀璟赌气地冲出房门，还把辛苦端来汤药的钰莹给撞倒了，汤水洒了一地。

徐京墨见状，一时怒上心头，扬手给了徐怀璟一巴掌，孩子委屈得当场哭了起来。

"璟儿，你太不懂事了。"爱子心切的徐京墨无暇理会其他，命钰莹加紧再熬制新的汤药。而后重新走入紫苑，好生安抚焦虑的妻子，眼里哪还有徐怀璟？

小小的孩子哭了一会儿,站起身来擦擦眼泪掉头就走,只有白慕风注意到了他落寞的身影。

徐京墨忙于迎送宴客,忙得不可开交。直到夜半,小公子的热度才降了下来。孩子入睡后,容半夏再次向二人道谢。

久微感叹道:"为人父母可真不容易。"

"可不是吗?稷儿生下来就不及璟儿身子骨好,时常犯病,我与京墨总是提心吊胆。所幸这次你们都回来了。"容半夏请他们移步偏厅,命人准备了些夜宵。

才刚坐下,奶娘就慌张地跑来。

"公主不好了,璟少爷不见了,我们找遍了整个将军府,也没有找到他。"奶娘怕主子责骂,忙下跪请罪,"奴婢该死,没能看好公子。"

"怎么会这样?"小公子的事情已经令容半夏疲惫不堪,现在又听说大儿子不见了,当即软了身子,仰头就要倒下。钰莹忙扶住公主,就见踏入偏厅的徐京墨一脸铁青。

奶娘更是吓得不敢抬头,现场的气氛一时凝滞,谁也不敢出声。

久微率先打破沉默:"你们先别紧张,也许是孩子闹脾气,躲在府里哪个角落吧,我们大家都一起找找。奶娘你先起来,你这么尽职尽责地照顾大公子,这事儿怪不得你。"她这话无疑是在为奶娘打圆场,以防徐京墨对她过分责骂。

但天色已晚,找起人来确实不易,公主动员了全府奴仆,都没能找出徐怀璟。连向来严肃的徐京墨都开始着急起来,差点儿没让御林军全城搜查。

"徐将军,已经子时了,如此劳师动众,怕是会惊动城里的人,让恶徒有乘虚而入的机会。"久微拉过身旁的白慕风,提议道,"公主和小公子尚需你在身旁照顾,不如就让我和慕风出去找吧。我道上也认识些朋友,如果出什么意外,也可以出手帮忙。"言下之意,徐怀璟若是被拐走,按他这种方法寻人,只会加大搜查的难度。

徐京墨了然,不再执意出兵:"那就拜托你们了。"说罢,心疼地横抱起妻子,回房休憩。

四

久微和白慕风提着灯笼出了将军府,外头气温骤降,不时传来野犬的叫声。

"璟儿,你在哪里?"久微唤着,满脸担忧,"他定是以为爹娘不疼爱自己,才会擅自离家出走。"

白慕风贴心地揽过她的肩，将大袍披在她的身上。

"这样盲目地寻找，别说是大人吃不消，怕是小家伙也要挨冻。"白慕风看着空无一人的暗巷，很快又移开了目光。将军府在晏城的中枢大街，就算孩子逃出府外，街上也有不少巡视的卫兵，他也不见得能有地方藏身。

"看来只能喊帮手了。"久微说着，凌空吹出一声长长的口哨，不一会儿，一只肥大的生物从夜空中扑棱扑棱地飞来。

圆滚滚的脑袋下是丰满的羽翼，金色的瞳孔在夜中如同发亮的猫眼石。不过这家伙的动作有些迟缓，还打了个酒嗝："哟，这不是久微吗？有事找我？"说着，用羽翅握起一只小酒瓶往嘴里倾倒，却半天不见一滴酒水，脚步一阵虚晃，最后直接坐倒在地上，又是一阵响亮的酒嗝声。

这分明就是一只酒醉的猫头鹰，怎么还会说人话？

白慕风惊得脸色苍白，不禁往后退了几步。久微笑着拍了拍他的腰板，将他拉到猫头鹰跟前。

"夜叔，你忘了变成人形啦。"

经她提醒，猫头鹰这才反应过来，一阵金光闪过，出现在两个人面前的是一个酒气扑面、脸色红润的白面书生。夜徨勉强稳住身子，憨笑道："失礼失礼，刚从夜莺表妹的出阁宴回来，喝高了。"

白慕风又是一阵讶然，没想到刚才那只肥头肥脑的猫头鹰，现在竟人模人样的，如果不是亲眼所见，他无论如何也不会将眼前这个还算帅气的男子与鸟怪联系在一起。

"我想问你有没有看见一个在路上游荡的孩子？五岁左右的样子，到我腰这么高。"久微一面说着，一面比画着。夜徨视力极好，而且拥有百年修为，有着比任何妖怪都丰富的江湖阅历，所以妖怪们都尊称他一声"夜叔"。

"小孩？"夜徨扭了扭脖子，即使是人形状态，依旧改不了鸟禽的习惯。他细细回想了一会儿，想起曾在路上看到一辆颠簸的马车。

"是不是穿着月牙色锦衣？"

"对，你看见他了吗？"

夜徨打了个响指，只听"扑通"一声，一张藤椅出现在他的身下，他换了个舒服的坐姿，为自己斟了一杯不知从何处变出来的酒。

久微恼怒地跺了跺脚，夺过他的酒杯，道："别喝了，先办正事，你再这么慢悠悠的，我可要为夜莺妹妹介绍金砂国壮硕的鹃鹰了。"

一听到情敌的名字,夜徨立马酒醒了,严肃道:"这怎么能行?你这是在欺负南方鸟禽身材矮小吗?"

"不止呀,夜叔你的竞争对手可多了。还有英俊的蓝孔雀,孔武有力的猎隼,风尘浪子沙云雀,翩翩君子白尾雕,哪个会比你差?"久微别有深意地看了一眼他微隆的小肚,揶揄道,"比起嗜酒如命的大叔,夜莺妹妹恐怕会更喜欢北方的铁血硬汉吧?"

"行行行,我帮忙,千万别在夜莺前乱说话。"夜徨双手作揖,连声投降道。

夜徨嗜酒是出了名的,他有一次醉倒在天山,被捕鼠夹夹住,伤了翅膀,多亏久微出手相救,不然这只笨猫头鹰怕是再也飞不起来了。

念及恩情,夜徨自然不会拒绝久微的请求,只听"扑棱"一声,他又化作鸟形,展翅飞向夜空,朝某个方向飞去了。

"他靠谱吗?"白慕风看得有些蒙。

久微笑道:"我只能说,天山一带没有人能在夜里逃得出他的火眼金睛。"

果不其然,在夜徨的指引下,久微和白慕风很快就在城郊一处偏僻的地方找到了徐怀璟,他正躲在茅草堆里哭泣。幸亏夜徨有夜视能力,能一眼望到千里之外,哪怕你躲在小山沟里摸鱼,他也能看得一清二楚。

两个人感到惊奇,他们想不通徐怀璟为何会出现在十几里之外的地方,即使是徒步行走,至少也要走上一两个时辰,更何况他还是个人生路不熟的孩子。

夜徨根据之前看见的蛛丝马迹,推测道:"他偷偷上了李侍郎的马车,不过李侍郎并没有回家,而是去喝花酒了。马夫赶往邻城李府的路上,小家伙趁着马夫小解,偷偷溜下了车。"因不便插手凡间事,夜徨留下这几句推论后便匆匆飞走了。

直到久微出声唤他,徐怀璟才安心地扑入她的怀中大哭起来。

"璟儿,你怎么到这里来了?你知不知道你爹娘有多担心你?"久微抱着他,安抚着小家伙的情绪。

徐怀璟哭道:"他们才不会担心我,他们眼里根本就没有我。"

"怎么会呢?公主担心得都晕了过去,你爹还要出兵搜城,都是因为担心你的安危,小傻瓜。"久微弹了一下他的额头,作为一个小小的惩戒,"你故意打翻弟弟的汤药,这是不对的,如果你弟弟出了什么意外,你娘会很伤心的,你愿意看见你娘亲每天以泪洗面吗?"

徐怀璟顿时噤声,苦恼着,又难过地摇了摇头。他含着泪,委屈地说:"那我也不要回去，我要做久微姐姐的孩儿，他们都不疼我，只爱弟弟一个，我不要回去。"

久微扶了扶发疼的额头，这孩子固执起来跟他爹真像。

"我非半夏不娶！"

徐京墨当年的大胆宣言，一度震惊了整个朝堂，连淮南王都拿他没辙。他决定的事情，雷都打不动，哪怕知道容半夏面容难愈，亦不改初心，果真是遗传。

"怎么办？"久微向白慕风投去求助的目光。

白慕风的方法是，直接将她身上缠人的小家伙拎起，扛在自己的肩上。不管小家伙怎么哭闹，他都无动于衷。

路上，徐怀璟终于哭累了，趴在白慕风的肩上睡着了。见状，久微松了口气，真担心这一大一小会一直吵到将军府。

看着地面上三个人被拉长的影子，久微没头没脑地冒出一句："看起来真像一家三口。"

"那以后就生个呗。"白慕风很自然地说。

这下换久微震惊了，她红着脸摆手道："我……我只是开玩笑的，你干吗那么认真地接话？"

"那你是希望我和别的女子组建家庭喽？"白慕风笑着反问。

久微瞪了他一眼，恶狠狠地说："你敢！"

仙凡有别，她没有把未来想得太远，或许白慕风终其一生只能是凡人的躯体，能不能重返仙界仍是未知。但她早已下定决心，以后不管他变成什么样子，去到哪里，她都要和他永远在一起。

"不敢，除非你推开我。"白慕风说着，假装将她推开，却见她立马孬种地将自己拉回至她的身边，一时间笑得不能自已。

"怎么以前不知道你的嘴这么厉害？"久微红着脸说。

白慕风牵起她的手，与她十指相扣，轻笑道："我也不知道，或许是因为遇见了你吧。"

她的伶牙俐齿打动过很多人，哪怕身处绝境，也会被她的活力感染。正因为如此，他的性情才会随着改变。

"刚才的话，不是我一时心血来潮。将来的生活，或许我还没做过深入的思考，但我是真心想娶你为妻。"

"哪怕我不是人类？"

白慕风笑道："这个问题很重要吗？我喜欢你，与你的种族无关。"

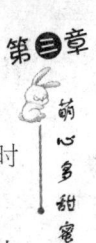

神祇精怪之间并没有婚嫁的概念,但在人间游历时,久微也见过不少喜庆的时刻。七公主和徐京墨大婚之日,她还当了回小红娘。

要让她理解人类的习俗,明白女子从夫的规矩,她怕是没有办法感同身受。但人类通过这种方式,将两个陌生的人联系在一起,相互扶持,共度一生,却十分令她钦羡。也许是待在凡间太久了,久微也开始憧憬着披上红盖头的那天,白慕风会在轿门的另一头,将她带向幸福的未来。

如果,这一天真的会到来,那就好了。

五

见徐怀璟回来了,将军府的一众仆役立马停下搜查,马不停蹄地向主子禀报喜讯。不一会儿徐京墨就赶来了厅堂,看见瑟缩在白慕风身后的徐怀璟。

比起冷冰冰的白慕风,他更害怕凶巴巴的爹亲责备自己。徐京墨还没开口,他的眼眶先一步蓄满泪水。孩子如此惧怕自己,这令徐京墨感到十分挫败。

"谢谢你们把这逆子带回来。"徐京墨紧绷的脸柔和了不少,"奶娘,带公子回房。"

可徐怀璟并不打算妥协,战战兢兢的他也不知哪来的勇气与爹亲对抗,倔强道:"我要做久微姐姐的孩儿,我不要你这个爹!"

徐京墨方才平息的怒火又"噌"地一下蹿了上来。

"你该适可而止了,作为将军长子,应当严于律己,但你今晚给大家添了太多的麻烦,你可知错?"徐京墨伸手就要教训孩子,却见白慕风把孩子护在自己身后,这让他感到不悦。

"白公子,这是我的家事,希望你不要插手。"

"听说徐老将军早年战死沙场,将军你从小接受夫人严苛的教导,才有了今日的成就。"白慕风抱起哭泣的徐怀璟,让小家伙与他的爹亲平视,"这只爱哭鬼,一看就不如你当年坚强,总不能让自己的孩儿重蹈你当年的覆辙吧?没有父亲的疼爱,将来怕是会成为一个怨天尤人的坏家伙。"

徐京墨一怔,白慕风的话令他陷入了沉思。他看向眼睛哭得红肿的徐怀璟,一颗铁石般的心忽然就软了起来,他确实把母亲教育自己的那套强行灌输到了孩子身上。

"璟儿。"徐京墨放缓语气,朝他张开双臂。

徐怀璟犹豫了一下，看向白慕风，脸上依旧挂着泪珠。

"男子汉大丈夫，别哭鼻子了。"白慕风抹了一把他的眼泪，循循善诱道，"你爹可是鼎鼎有名的大将军，比你勇敢多了，他小时候没了爹爹，也没像你这样哭成这副德行。"

久微也跟着取笑他："就是就是，如果以后你爹爹不在身边，你娘亲和弟弟被欺负了怎么办？你能保护他们吗？"

"当然能，我会保护他们的。"虽然有一个和自己争宠的弟弟，但他喜欢娘亲，他才不要别人欺负她。

徐怀璟怯怯地看向他的爹亲，伸出小手要抱抱，徐京墨微笑着将他抱入怀中，大袍把他裹得紧紧的，不让一丝寒风灌入，那是严肃的爹爹没有用言语表达的温柔。

"抱歉，白公子，刚才多有得罪。"徐京墨为刚才的态度致歉，没想到他这个当了两个孩子的爹，还是不够成熟稳重。

"坦诚一些，并没有坏处。"白慕风言尽于此。

徐京墨听懂他的意思，男人间简短的交流，便能化干戈为玉帛。被晾在一边的久微，困意袭来，靠着白慕风就开始眼皮打架。见状，白慕风宠溺笑道："看样子她也累坏了，不知我们可否借贵府的厢房休息一宿？"

"当然没问题，本就是我们招待不周。"徐京墨很快便让人为他们准备了两间客房。

翌日，白慕风再次为小公子诊断，见他高烧已退，情况有所转好。反倒是公主体虚不支，卧榻不起，昨晚徐怀璟的离家出走，怕是给她带来了不小的打击。

"抱歉，让你们大清早就为我折腾，再怎么说，你们也是府上的客人。"容半夏将药碗递给久微。

"客气什么，大家都是朋友，璟儿也找回来了，你别太担心。"久微朝门外挥了挥手，不一会儿，徐怀璟就来到床边。

"娘……"小家伙知道自己犯了错，害娘亲犯病，满脸愧疚。

"你这个傻孩子，爹爹有没有责罚你？"容半夏抱起他，坐在床边，一扫脸上的倦容。

徐怀璟点了点头，摊开小手，掌心上全是被打出的红印。容半夏心疼地摸了摸他的手，轻轻地呼了一口气，安慰道："不疼不疼，璟儿以后只要乖乖的，爹爹就不会罚璟儿了。"

"嗯！"小孩子一向忘性大，昨夜还嚷着要做别人家孩儿的徐怀璟，今日就向自

家娘亲撒起娇来。久微心想,徐将军和公主简直是当父母的楷模,一个巴掌一颗糖,教孩子明辨是非,而不是盲目溺爱,将来也一定会培养出一个品德兼优的接班人。

之后,两个人不便在将军府上叨扰太久,便匆匆告辞了。

用过膳后,久微去分铺了解情况。生意还算可以,虽然多少有些受到之前山寨风波的影响,但老主顾们仍然选择信赖他们,继续和他们进行买卖往来。

见天气不错,久微决定带白慕风去祭山,以前她都是和眉上霜一起,现在能与白慕风一起祭山,心境大为不同。

走到天山半腰,两个人停在一座无名碑前,放下手中的祭祀品。

"这是谁的墓?"白慕风半蹲下身,触摸着石碑上的凹痕。

久微虔诚地往地面上撒了一杯酒,道:"五年前,平和镇一夜覆灭,我把大家焚尽入土,这座无名碑用以纪念他们。"

白慕风听言,效仿久微以敬酒的方式告慰黄土下的亡魂,只是他没有将烈酒撒在地面上,而是一饮而尽。久微本以为他会感到悲伤,却不想他意外的平静,笑着对她说:"天色不早了,我们赶紧下山吧。"

"嗯。"久微没有多说,只是跟着白慕风沿原路返回。

从山上纵览山脚景象,久微不禁感慨万千,重建的新平和镇即将竣工,人丁渐渐兴旺起来,牛羊牧畜,安静惬意,让她满怀希望。

"将来我有一份神秘的大礼送你。"久微笑嘻嘻地说。

"什么大礼?现在不能告诉我吗?"

走在前方的久微突然笑着背过身去:"都说了是神秘大礼,现在说了不就没有惊喜了?"真期待白慕风收到礼物时的表情,他会开心得哭出来吧?

"神秘兮兮的,该不会是什么奇怪的恶作剧吧?"白慕风笑她满脑子都是稀奇古怪的东西,这次多半又是从哪个妖精朋友那里学来的。

被如此小看,久微不怒反笑:"嘿嘿,你别心急嘛,最快明年春天你就可以收到礼物了。"

送礼物还得挑日子?看样子连她自己都无法确定具体的时间。

不过,这也算是平淡生活中的一点儿小情趣。两个人的感情,这细水长流的日子里,不仅变得默契,也变得更加坚定。

明年春天吗?

白慕风越来越期待她会带给他怎样的惊喜。

一

近日有大批军队调配至边境,连寻常百姓都察觉到形势有些紧张。

久微感到不安,这么久了,她仍未与青黛取得联系,不知她和赫连宇澈现在处境如何。正发着愁,被她送去传信的信鸽终于回来了,可当她取下信鸽脚上的信笺,却发现那正是她写给青黛的密信,被原封不动地送了回来,难道他们都不在红莲营?

白慕风见她神色凝重,便问:"还是联系不上青黛吗?"

"嗯,不知金砂国现在的局势如何,我有些担心他们。"

"别担心,赫连宇澈有他母妃一族的势力支持,他又足智多谋,不至于失手被擒。我们暂且静观其变吧。"白慕风如此说着,目光却落在了远方的军队上,"那是徐京墨手下的御林军?不加固皇城守卫,反而往外调配,这个时候定有别的打算。"

久微也有同感,便趁着徐京墨驻扎营地期间,去将军府拜访公主,想借机探点儿口风。不过,公主似乎对国事内政了解得不多,徐京墨大约没有和她细说。

久微不禁暗忖,徐京墨为人谨慎,又怎会轻易把军机要事告知他人?哪怕是自己的枕边人,也难免会有说漏嘴的时候。

见久微不语,容半夏便将钰莹遣去沏茶,房里只剩下她们二人,有些密话便好开口了。她握住久微的手,很是感慨:"久微,这么多年来,就只有你是我最好的朋友了。"

"公主,你也是我很重要的朋友。"久微回以笑容。

容半夏是真的喜欢久微,她第一胎妊娠时,有很多不懂的地方,嫁出宫外后,婆家更是对她不闻不问,如果当时没有久微在身旁照料,她怕是会落下心病。事实上,将军府的人并不认为将军与她缔结姻亲是好事,失势公主无法带来权势保障,他们不过是空挂着"皇亲国戚"的名号。

尽管徐京墨对她爱护有加,但徐老夫人始终不喜欢她,想当初她一心撮合儿子与十三公主,怎会料到儿子偏偏爱上了不受宠的七公主。甚至在她过门没多久,徐老夫人就因为她未怀一子,急着为徐京墨纳妾,使得她在徐家的处境一度非常尴尬。

徐京墨因为长期出征在外,无法时时陪在她的身边,她在家中没有依靠,还要忍受婆婆的冷嘲热讽,日子不见得比在宫中好过。她这才知道,自己不过是从宫中那座牢笼,去了另一座牢笼罢了。

那时久微刚好回到淮南国，第一时间便来拜访她，见容半夏满脸憔悴，心中难免有些不爽，尤其徐老夫人还当众奚落容半夏，一下子就把久微给激怒了。她当面就与徐老夫人理论起来，也不顾什么长幼尊卑，愣是把老人家训得颜面无存。这徐老夫人哪里受得了外人的评头论足？气得她遣人连夜送了封家书到营地，把徐京墨这个大孝子催了回来。

徐京墨赶回府上，见家里一片混乱，久微和徐老夫人棋逢敌手，更有许多前来助阵的三姑六婆，而夹在中间的容半夏则是苦不堪言。

了解事情的始末之后，徐京墨一脸无奈，家里的女人怎么会这么无聊！

见丈夫为了这种琐碎的家事离营，容半夏委屈得快要哭了。久微见众人来齐，当即宣布了容半夏怀有身孕的喜事。

原来之前容半夏郁郁寡欢，是连她自己都没有意识到的妊娠反应。久微如此顶撞徐老夫人，当然不是单纯为了解气而已，而是要徐老夫人当众接纳容半夏。所谓不孝有三，无后为大，她总不能在众目睽睽之下赶走有身孕的容半夏吧？徐老夫人当时震惊得嘴巴都忘记合上的模样，久微依旧记忆如新。

"说起来，你跟你婆婆最近相处得怎么样？"想起几年前大战徐老夫人的场面，久微就喜滋滋的。

容半夏抱起刚睡醒的小公子，笑道："大概是一物降一物，自打璟儿出生，婆婆一门心思都在孩子身上，也不再为难我了。"

久微恍然大悟，这就是所谓的"母凭子贵"啊。

"那你呢，什么时候跟白公子成亲？"

容半夏问得突然，久微愣了一下，反应过来才知道脸红："怎么连你也这样？这事儿又不是我一个人能做主的。"

"我这不是替你们着急吗？我还想着跟你们定娃娃亲呢。你说对吧，稷儿？"容半夏哄着孩子入睡，脸上满是期待，"何不趁这个机会，让白公子在这里扎根？他这样奔波于两国之间，很容易被卷进战事里，我也不希望你们出什么事儿。"

闻言，久微心中一凛。

"淮南国要和金砂国开战吗？"

"我也不太清楚，只是听京墨提过有乱党乔装成商队入境，近来父皇为加强边境防守，让京墨派兵镇压，希望不会引发大规模的战事，毕竟受苦的还是两国百姓。"

公主的话令久微陷入了沉思，依她看，派兵镇压边境只是一个表象，淮南国早有调兵出征的准备。他日两国若是开战，殃及的必然是百姓，以赫连郁的作风推断，他利用沙虎帮的势力挑起两国战争也不无可能。穆帝不管国政多年，摄政之事全落在了国师身上，一旦开战，只会让金砂国的内政更为混乱。

赫连郁到底在盘算些什么啊？久微若有所思地离开将军府，正要走去东二街，就看见远处有两道诡秘的身影，对方似乎也注意到了她。那两个人一身布衣，刻意伪装成百姓，但腰间却别着两柄弯刀，一看就是穆族常用的短兵器。

久微心觉不安，果然，就在她打算绕路时，那两个人追了上来。

难道是赫连郁派来的？

二

久微穿过街巷，专挑人多混杂的地方走，想要甩掉这两个追兵，但他们穷追不舍。无辜的百姓不明所以，摊贩的商品也被撞了一地，引来路人一阵谩骂。

为了不在街上引起太大的骚动，久微故意把他们引到了郊野，等到了卧龙坡才故意放慢脚步，佯装体力耗尽的样子，为了显得更逼真，她还假装跌倒在地。

"臭丫头还挺能跑的。"那人操着一口浓重的异域口音，抽出腰间的刀，步步逼近。另一个人负责把风，确认四下无异，这才围了上来。

"你们是什么人？是赫连郁派来的？"

"看来你还挺有自知之明。"那人压低身子，一把箍住久微的颈子，逼问道，"你把雪魄瑶藏在哪里了？快交出来！"

雪魄瑶？他们找雪魄瑶怎么会找到她身上？

"我不知道，那种东西去问赫连宇澈要啊！"久微吃痛地想要掰开他的手，男子的表情却突然狠戾起来，加重了手中的力度。

"别敬酒不吃吃罚酒，想留赫连宇澈一条命就老老实实把雪魄瑶交出来。"

另一个男人似乎耐心不足，催促同伴道："跟这个丫头废话做什么？等会儿她就嘴硬不起来了。"同伴会意，眼神突然变得不怀好意起来，伸手就要扯久微的衣领。久微终于忍无可忍，手指一动，施展法术将其弹飞。

那人还没有反应过来，就昏了过去。眼看情况不妙，另一个壮汉暴跳如雷："你对他做了什么？看我不收拾你。"说着，拾起弯刀就朝久微刺了过来，却被什么东西给绊倒了。

一根长长的参须绕到他的身后，把他用力按在地上，他惊恐地抬头，便看见上方

第四章 不好意思，劫个狱

的久微露出一抹森冷的笑容："我倒想看看你怎么收拾我？"

两个壮汉被绑在树脚下，即使身处劣势，仍不见妥协。久微从他们身上搜出两枚象牙令牌，是赫连郁营下的兵卫无误。

"识相的就放开我们，否则等会儿有你好看的。"

久微笑眯眯地拈起一条毛毛虫，顽皮地挑开男子的衣襟，把虫子丢了进去。

男子吓得毛骨悚然，连连号叫："喂，拿开，你要做什么？"

"别小看这条虫子，它可是我用毒液养大的。"当然，只是开玩笑而已，她可是善良的灵参，怎么可能会养毒物？不过她的虚张声势倒是成功吓到了他们。

不一会儿，两个七尺大汉就哀声求饶。

"接下来我要问你们几个问题。"久微又拈起一只蠕动着的毛毛虫，看得那两个人一阵心惊。

"我说！我说！你只管问，我们一定会知无不言，言无不尽。"两个人不约而同地说道。

久微终于满意地点了点头。

一回到医馆，久微就开始收拾行囊。她草草收拾了一些随身物品，临行前与伙计们交代了一下。

"慕风你留在这里，我去一趟金砂国，很快就回。"

白慕风拉住她的手，执意要跟上："我怎么可能让你一个人去那里？太危险了。"

"我会仙术，他们不能对我怎么样。反倒是你，我担心沙虎帮知道你的行踪后，会加害于你。"

青黛他们杳无音讯，怕是遇到了危险，这让她更加担心眉上霜的安危。她一个人去，总有办法全身而退，若再让白慕风涉险，她怕不能护他周全。

如今想来，青黛当时的行为的确耐人寻味。她从来都不会离开赫连宇澈，却在那时恰巧出现在皇陵外，似乎早已预知他们的去向，她不清楚这是不是赫连宇澈声东击西的计谋，但她直觉事有蹊跷。

"我早已不是之前那个需要你保护的小大夫了。"白慕风想让她放宽心，握了握她的手认真道，"你虽擅用仙术，但碰上祭司，怕也棘手。听闻穆帝一直在寻求长生不死之术，若知道你是灵参，他会轻易放过你吗？"

久微知道他的顾虑，此番前去金砂国，她也做了最坏的打算。但她不能只顾着自己幸福，不顾亲友的性命，眉上霜虽然机灵，但他不懂仙术，这也是她最担心的地方。

一只温柔的手忽然扶住她微颤的肩头，久微抬起头，就看见白慕风那双透亮幽深的黑眸。

"别担心，他们吉人自有天相。"

这个男人，似乎总能一眼看穿她的弱点，还好有他在身边鼓励自己，她才不至于轻易气馁。久微突然展露笑容，扑进他的怀中，点了点头。

既然彼此都放心不下对方，那就一起回去吧。

三

徐京墨驻军待命，边境较两个人入境时守卫更加森严。商道已在短时间内彻底封锁，能通过官道的仅有兵部之人，此时无论何人入境，一律不放行。看样子容半夏所言不虚，淮南国的兵力正是为开战而准备。

不知两国战事何时爆发，一切迫在眉睫。趁入夜，久微便使用凌空术，带着白慕风神不知鬼不觉地进入商道。在夜徨的帮助下，他们躲过了商道上巡视的兵卫，成功越过国境。

他们加快脚程进入金砂大漠，顿觉格外燥热。

"往年这个时候没有这么热呀！"久微惊觉诡异，虽说金砂国地处极热地脉，没有秋冬之景，但气候还算温暖宜人，可眼下却与盛夏一般酷热灼心。

脸上的汗滴个不停，尽管在金砂国生活多年，久微仍耐不住热。白慕风每隔一段时间就要为她浇水散热，离开绿洲，水源稀缺，连水囊里的水都已见底。

这时，他们看见布告栏那里围满了人，百姓们都在议论纷纷，怨声四起。白慕风向路人打听，才知道是大皇子的府上在征募护卫兵。

"王城精锐无数，为何大皇子还要向民间征兵？"况且还没到征兵的时候，难怪民怨四起。

"听说大皇子在捉拿六皇子叛党的过程中折兵损将，为了保障祈雨祭的守卫，才会向民间征兵。"一旁看热闹的老者为他们热情解惑。

听到赫连宇澈的事，久微关心地问："叛党？六皇子怎么了？"

为了不引人注目，久微特地一身粗布麻衣做男装打扮。老者奇怪地扫了她几眼，不可思议地问："小伙子，你不知道吗？六皇子的红莲军勾结沙虎帮，想要谋夺帝位,大皇子前不久将他抓捕回宫,听说会在祈雨祭公开处刑,以儆效尤。"

红莲军勾结沙虎帮?简直是子虚乌有!

想必这一切也是赫连郁的阴谋诡计。如今他成了除恶平乱的英雄,赫连宇澈却要替他背负恶名,还被污蔑成乱党,着实讽刺。

就在这时,几个护卫军来到市集发征兵令。

"如果自愿入征,大皇子承诺必有赏钱,若是不从,就从每户抽走一名男丁,不得违抗。"护卫军长审视了周围一圈,见人群中有人高高举起了手。

"官大哥,入征有饱饭吃,有水喝吗?"久微咧着嘴问道。

白慕风一怔,不明所以地看向她。混入王城本应低调行事,她却反其道而行,率先暴露自己的行踪。

护卫军长摸了摸小胡子,神气道:"那当然,大皇子厚德,凡入征者赏一两银、一斗米。我再问一遍,有没有主动入征的?"

只见某人立刻举起身旁男子的手,兴高采烈地答:"有,现在征一送一,只求大皇子好心收留我们。"

白慕风捂住发疼的额头,她究竟在搞什么鬼……

进入新兵营,两个人很快就被编入大皇子府,负责照料马厩的战马,这和久微最初期待的完全不一样。

"我还想着至少会编派到地牢啊,或是军机处什么的,怎么偏偏被打发来当马夫?"久微用力一刷,引来马儿一阵嘶吼,马尾甩了她一嘴巴毛。

"呸呸呸,帮你刷毛,还这么凶!"

白慕风取过她手中的刷子,让她到一边休息。

"你这样刷,迟早被马蹄出棚外。"白慕风熟练地冲刷着马背,他伺候过的马都十分温驯。倒掉木桶里的污水,他缓缓道,"虽说混入大皇子府能够更好地打听六皇子的消息,但关押乱党毕竟是军事机密,又岂会派我们这些不知底细的新兵看管囚犯?救人的事还得从长计议,你下次还是先与我商量商量。"

"知道啦。"久微嘴里叼着根稻草,无所事事地往马槽里倒饲料,忽然听见棚外有说话声,便悄悄来到墙根下,一跃而上,爬上屋檐,原来是两个刚操练完的士兵在对面的墙下闲聊。

"阿三,你这是被狗咬了吗?"士兵陈七打趣道。

"比被狗咬还倒霉,我昨天跟老黄换班,谁知道六皇子毒发,疯了一样扑过来咬我。要不是他被锁链绑住，我这手臂怕是要被他掰断了。"被叫作阿三的士兵看了眼手背上的齿痕，露出沮丧的表情，"唉，也不知道会不会连我也中毒，真是有够晦气。"

"这么可怕？那我咋办？今晚我也得去地牢呀。"

……

原来赫连宇澈被关在地牢里。久微转了转眼珠子，忽然计上心头。她朝底下两个人打了声招呼："两位大哥，我方才听你们说要去地牢值班，不嫌弃的话，小弟愿为两位大哥代劳。"

"你谁啊？竟敢偷听！"陈七挽起袖子，就要爬上墙教训她。

久微连忙解释道："大哥息怒，我不是故意的，这不，马厩里的差事太无聊了，我就想上来透透风，正好听见你们在吐苦水。"

"你没听见那六皇子会咬人吗？既然知道还要去，我看你分明是居心叵测。"

这都被你看出来了，厉害厉害！

久微点了点头，煞有介事地说："大哥说得没错，我就是想去看看六皇子现在沦落到什么地步，谁叫他平日里总是仗势欺人。"

听言，阿三一把拉住陈七小声道："一看他就是新兵，没准平时受尽皇族的欺负，想去地牢趁机报复。既然有冤大头愿意接这份苦差，就让他去呗。"

"嗯，说的也是。"陈七想了想，决定答应久微。

为了不让上头发现从而怪罪自己，陈七让久微交班时随自己一同去地牢。地牢的大门外有两个驻守士兵，里面昏暗又潮湿，还充斥着一股难闻的味道。这间地牢独立关押着赫连宇澈，里面的大多数牢笼都是空置着的。

久微跟着陈七来到最深处的一间牢房，便看见被铁链和脚镣绑着的赫连宇澈靠坐在墙角，他披头散发，听到声响一点儿反应也没有。白色的囚衣上沾满了血渍，看起来触目惊心。

他们竟然对赫连宇澈私自动刑。久微握紧了拳头，极力抑制住内心的愤怒。

"新来的，你去给他喂饭，小心别被他咬了。"陈七叮嘱道，并告诉她天亮之前会回来与她交班，交代完毕便高高兴兴地离开地牢找阿三喝酒去了。

地牢里只剩下久微和赫连宇澈。

久微轻推开牢门，轻声唤道："赫连宇澈，醒醒。"

赫连宇澈睁开眼，涣散的意识终于一点点地聚拢了起来。

"久微……"

四

　　劫狱并非难事，就算地牢有重重守卫把守，只要使用仙术，她就能带赫连宇澈离开。但赫连宇澈现在太虚弱了，久微替他把过脉，发现他脉象紊乱，有毒素在体内漫延，腐蚀了他的五脏六腑，此时的他连站起来都做不到。

　　赫连宇澈似乎连抬头的力气都没有，他枕着久微的肩膀，不甘心地低斥道："赫连郁，我绝不会……放过他……"

　　"他们究竟给你喂了什么毒？"

　　他摇了摇头，苦笑道："我想我大概撑不了太久……"

　　久微见他费力地说着这样的话，一阵心酸。正难过着，却见他突然一阵抽搐，面容也变得扭曲，看起来异常痛苦。久微知道，他这是毒发了。

　　赫连宇澈已经失去了理智，面目狰狞地扑了过来。

　　久微本以为他要咬她，却见他奋力撞开她，自己则倒向一边。

　　"杀了我！"他命令道。

　　"我绝不会让你就这样死了。"

　　久微取出腰间的瓷瓶，将准备好的参露强行灌入他的体内。为了避免赫连宇澈咬伤自己，她将他击昏，再为其续入一点儿仙气，让他暂时入眠，她不愿意看到他以清醒的姿态受尽毒发的折磨。

　　一阵大风刮过，迷了士兵们的眼，久微趁机带着赫连宇澈离开了地牢。惊觉有异，士兵们纷纷涌入地牢，果真发现赫连宇澈被劫走了。

　　"快追！六皇子被人劫走了！"

　　皇子府的后巷，白慕风早已在那里等候多时。他眼疾手快地接住从久微身上滑落的赫连宇澈，将他托上了马背。

　　"快上马。"他把缰绳交给久微，看了一眼身后的追兵。没想到事情败露得如此快速，连让他们缓冲的余地都没有。

　　白慕风拔出剑，迎向朝他冲过来的官兵，短暂的安逸并没有让他武艺荒废，比起穆族皇陵里的沙虫，这些剑路混乱的追兵不足为惧，他们很快就被白慕风打倒了。但追兵不断涌来，他渐渐有些招架不住了。

　　好在已经为久微他们争取了一些时间，白慕风无心恋战，迅速跳上另一匹马，疾

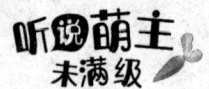

驰追上。

就在他们以为可以成功逃出时,没想到有更大的陷阱正在等着他们。两匹马深入山谷腹地,还没跑出胡溯关,就被重重骑兵前后包抄。山谷上还埋伏有弓箭手,瞄准了他们,朝马的脚下放箭。马儿受到惊吓,失去控制,久微和赫连宇澈从马背上跌落下来。

白慕风拉住缰绳,稳住马,回过头就看见骑兵中间有一辆华贵的马车。从车厢里走下一人,一身华服,披风长曳及地,花哨的纹饰看起来格外扎眼。

他不疾不徐地走到久微面前,声音透着些许慵懒。

"这么晚了,你想带我的澈弟去哪里?"赫连郁笑眯眯的,心情似乎很好,这场瓮中捉鳖的把戏,看样子也是他精心安排的。

久微懒得同他迂回,先骂两句解解气:"赏花赏月赏你个花孔雀,明知故问!"

赫连郁也不生气,用手掐住她的脸颊,眼中尽是得意。

"瞧你牙尖嘴利的,原来之前的乖巧贤惠都是装出来的。不过,你现在这样倒是有趣得多,若能哄得本皇子开心,我或许可以考虑纳你做个侧妃。"

久微一掌拍下他的手,恼怒道:"谁稀罕做你的妃子!"

"有骨气。"赫连郁赏识地拍了拍手,对身后的部下使了个眼色,"把这几只老鼠清理掉,就当作……刺客劫狱途中,遇到沙虫袭击好了。"

"赫连宇澈是你亲弟弟,你怎么能痛下杀手,丝毫不念及手足之情?"久微一边说着,一边伺机施展仙术,却被赫连郁先一步识破。他一剑插入赫连宇澈的右肩,鲜红的血滴溅到久微的脸上,惊得她瞪大了眼睛,指上的光点也骤然消失。

"果真如祭司大人所说,你不是个普通人。"赫连郁拔出长剑,笑容逐渐消失,"凭你这妖术,能救得了他吗?还是说,你有自信保护身后另一个?"

久微震惊地回头,便看见白慕风被暗箭从马上击落。

"你好卑鄙!"

随从递来丝绢,赫连郁仔细拭擦着剑身上的血迹,不以为意道:"这不叫卑鄙,生于皇族,手足相残更多是为了自保。我不杀他,他迟早也会杀我。生在皇城里的人,有谁的手上是没有沾过鲜血的?"

作为皇子,他们说不定哪天就会遭到陷害或刺杀,为了生存,穆帝放任他们手足相残。游牧始祖推崇优胜劣汰,能够继承王位的必须是强者中的强者。

但他忘了穆族祖训:真正的强者力量越大责任也越大。

突然,一阵狂风袭来,久微正纳闷是谁施的法,便见一道颀长的身影落在她的眼前。墨发轻扬，金光如碎屑般洒落，不是烈云又是谁？

久微惊喜道："云哥！"

烈云的出现令众人感到疑惑，他们不知道他究竟是从哪里冒出来的。

但显然，赫连郁根本就没有把烈云放在眼里，自己这边全是王城精锐，而他不过一个人，又如何扭转得了久微等人的局势？

赫连郁打了个手势，士兵们便一哄而上，但还没碰到烈云，就被凌空飞来的冰矢击退。

赫连郁感到难以置信，决定亲自迎战烈云，岂料烈云同样毫发无伤。他甚至还没看清烈云反击的动作，手中的剑就被冰柱弹了出去。

一阵刺骨的寒意掠过手边，在他的手指上结起一层薄冰。赫连郁不禁瞪大了眼睛，这冰是从哪里来的？

难道这人也会巫术？赫连郁拾起身旁的剑，再次刺向烈云，却被他轻而易举地击退。

"你究竟是何人？"赫连郁狠狠地质问道。

烈云淡淡地看了他一眼，道："虽然非我所愿，不过这一带的百姓都称我为'皇陵守护兽'。"

皇陵守护兽？

赫连郁仿佛听到了什么天大的笑话，忍不住笑道："懂点儿旁门左道的巫术就在那里装神弄鬼，你若是皇陵守护兽，我还是天皇老子呢！弓箭手，放箭！"

话音刚落，天上的箭矢如雨乱坠。烈云摇头叹气："真是冥顽不灵。"

震天的兽吼响起，一头巨大的白狮出现在众人眼前。箭矢落在它的身上如以卵击石，它一个大掌拍向地面，便引来一阵地动山摇。

饶是骁勇善战，临敌无数的将领们，也从未见过如此诡谲可怕的猛兽。

自知力量悬殊，士兵们顾不得赫连郁的命令，纷纷缴械投降，落荒而逃。

见形势逆转，烈云无意纠缠，立刻结印缚咒，刮起狂风，将久微等人带离。待反应过来，他们已经身处穆族皇陵之中。

赫连宇澈情况危急，肩上血流不止，再加上体内积毒已久，若没有久微一口仙气支撑，恐怖途中早就坚持不住了。

尽管久微给他灌了参露，但仍然无法清除他体内的余毒。赫连宇澈高热不退，期间还口吐污血，十分骇人。这样的情景，白慕风觉得有些似曾相识。他掀开赫连宇澈的衣衫，果然看见他的身上有一道黑紫的纹路。

"他中了烈焰蝎的毒。"那是沙虎帮擅用的毒，他们圈养毒物，只为将毒素植入人的体内，让对方饱受折磨以达到威逼利诱的目的。

白慕风当初就是因为身中奇毒，才不得不受制于沙虎帮。而赫连郁或许也想用解药来威胁赫连宇澈，让他供出雪魄瑶的下落。

五

经过一夜的休养，赫连宇澈的情况暂时稳定下来，直到第二天晌午他才迷迷糊糊地醒了过来。

久微给他喂药的时候，他已经恢复了意识。

"没想到狐面霍加竟然是你。"赫连宇澈没有想到多年来跟随沙虎帮作恶多端的狐面剑士会是白慕风。若非青黛告知，他仍被蒙在鼓里。"这些年来，我派人四处打听你的下落，没想到你真的一直躲在沙虎帮，还时常与我为敌。"

"慕风那个时候也是身不由己，他不是故意的嘛。"久微立马祖护白慕风道。

赫连宇澈有些无奈，这个丫头竟然胳膊肘往外拐，真是白疼她了！

他决定无视面前的矮冬瓜，直直地瞪向白慕风，问："除此之外，你还知道沙虎帮多少事？"

白慕风知无不言，把这五年来赫连郁勾结沙虎帮的事一一说了出来。

"这和毒杀楚王的是同一种毒。"

"楚王……死了？"这个消息令赫连宇澈的心一阵钝痛，他抱着最后一丝希望问他，"噬心蛊可有解药？"

白慕风摇头："若是在蛊毒尚浅之时，服食灵参则可解毒。"言下之意，若噬心蛊深种多年或更长的时限，几乎是无药可解的，它们以吸食人的精血为生，成熟之后便会反噬中毒者。

他曾中过噬心蛊，但服食的剂量相当少，在被虎涯操控的那半年间，所幸重遇久微，及时为他清除余毒。

得知这个事实，赫连宇澈胸口一窒，猝不及防咳出一口鲜血。久微忙为他处理血渍，语气中尽是责备："哎，你别激动，现在最该关心的是你体内的毒吧？"

赫连宇澈急喘着，想到雪魄瑶，心中俨然痛恨起来。

"就为了那该死的东西，赔上了这么多人的性命。难道子苓就彻底没有希望了吗？"其实在被赫连郁关押期间，他得知了一个惊天秘密。

第四章 不好意思，劫个狱

原来赫连郁是刺杀穆帝的幕后主谋之一，他的目的不只是称帝，还想夺得皇室圣器雪魄瑶，以独占穆族皇陵的宝藏。正因如此，他才命青黛将雪魄瑶带走。

如今楚王已死，为楚子苓解毒更是渺无希望，这样的事实，仿佛在告诉他，他这么多年的努力不过是徒劳。

久微不忍见他难过，这个男人的执着超乎常人想象。这些年来，他一直默默地努力着，连她这株灵参都备受感动，所以哪怕仅有一丝希望，她也会倾尽所能帮助他。若青黛见他如此不珍惜自己的身体，怕是又会伤心。

这样想着的时候，赫连宇澈又是一阵痛苦，他的毒素似乎又有漫延的迹象。

就在他痛苦难耐之际，烈云出现了。他迅速以指封点他的穴位，以减缓毒素的扩散。察觉到他的情况，烈云不禁蹙眉："六皇子，若是再不对症下药，你的身体怕是只能再拖上一个月。"

久微猛然一怔："云哥，这烈焰蝎的毒，难道连我的灵参都治不了吗？"

烈云知道她在疑惑什么，干脆地解释道："灵参虽然能治百病，但这些并非寻常毒物，而是由妖兽炼化出来的。你们所说的烈焰蝎，正是极热腹地上的低级精怪。在我们天人眼中虽然不足为惧，但对凡夫俗子而言，却是致命的毒物。依万物相生相克之理，灵参非但不能解毒，反而会增强他体内的毒效，就像精怪觊觎灵参一样，它们也想吞食灵参助自己修行。"

久微听懂他的言外之意，问道："既然万物相生相克，是不是我们用相克之物入药，就能解毒呢？"

"不愧是我冰雪聪明的义妹。"烈云摸了摸她的头，"既然是极热之地的毒物，与之相克的草药也必然生长在附近。山蛇莓、络灵花、汉灵草、四合含香、火蜂王浆、火焰果、龙胆叶、赤菟丝，若是能找齐这八味与之相克的药草制成凝香续命露，六皇子尚有一线生机。"

山蛇莓、汉灵草、火蜂王浆、四合含香，这些都是金砂国内常见的药材，最棘手的莫过于生长于极热腹地的另外四种草药。

久微算了算日程，或许不足半个月，他们就能找齐所需的药材。

赫连宇澈得知久微要为自己涉险，极力反对。

"荒漠深处，有巨蜥出没，那里更是沙虫的觅食之所，为我这个活不长久的病秧子涉险，不值得。"

他接过久微递来的汤药，皱眉饮尽，又开始神神道道："就算你会仙术，也不能确保……"

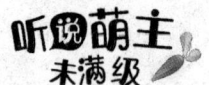

"打住打住!"久微捂住他滔滔不绝的嘴,揶揄道,"你还是不是我认识的那个赫连宇澈?什么时候变得这么婆婆妈妈了?我还以为你会满口答应,催着我们赶紧出发呢。"

赫连宇澈拉下她的手,有些愧疚。

"我都从烈云那里听说了,灵参素来不耐热,你去极热腹地,若是有什么闪失,叫我如何安心?"赫连宇澈生性骄傲,万不得已,他绝不会假他人之手。

久微却不以为意,反而感激地说:"让我眼睁睁地看你受苦,我也做不到呀。当初我以为慕风死了,悲恸欲绝,是你一直鼓励我,我才会重新振作起来。所以,你也不能轻言放弃,不管是为了楚子苓,还是为了你自己,只要还活着,就会有希望。"

其实,她曾痛恨过赫连宇澈,恨他对龙鲤精赶尽杀绝,更恨他对白慕风使毒,但她又何曾不是为了白慕风,包容他作为"霍加"的不堪过往?这世上本就有很多事情是说不清楚的,何必计较太多,给自己徒增苦恼?

此时此刻,赫连宇澈的心中纵有千言万语,也说不出口。

他想活着,想活着看到楚子苓醒来的那天,这是他今生的执念。

之前形势紧迫,烈云一直找不到机会开口。此时,他适时介入,遵从与穆族先祖的约定,与其子孙定下契约。

"六皇子,虽然此刻圣器不在你的手中,但我仍能感应到你身上有帝王的祥瑞之气。"烈云对赫连宇澈的认可,意味着他拥有皇陵新主人的资格。"因与初代穆王渊源极深,我有义务守护他的子孙。若你有所求,我可以实现你一个愿望。"

"如果我说我想要救活楚子苓呢?"赫连宇澈问道。

烈云从久微那里听说过楚子苓的事,知道她现在已是个活死人。尽管他也想帮他实现愿望,但这样的要求远远超出了他的原则,他实在是爱莫能助,只能遗憾道:"皇子何不多为自己着想,谋一方天下,岂不更实在些?况且,我虽答应你可以帮你实现一个愿望,但也并非无所不能。我一不逆天改命,二不杀害苍生,对亡故者更是无能为力。"

赫连宇澈意会到他话中的深意,愤怒道:"子苓没有死!她还活着!"

对于他的愤怒,烈云不以为意,反而卖起了关子:"人类的事,我一向并不关心,六皇子既然是皇陵新主人,我不妨多说几句。楚子苓是生是死,早已注定。你若不信,可以去狐仙居借一面澈心镜看看,或许你想要的答案就在其中。"

听两个人的对话,久微不禁暗忖,莫非这面镜子还能窥看前世今生?

第五章
守护兽别乱来

一

皇陵以北便是极热腹地的所在地，烈云原本提议由自己亲自前往，却被久微拒绝了。

"我没事的，云哥，你没有我俩懂药草，况且皇陵结界不稳定，你若不在，万一有入侵者该怎么办？有你看着赫连宇澈，我们才没有后顾之忧。你放心，一找到药材，我们就马上回来。"

虽有她的保证，烈云仍不放心。

"这块寒玉你拿好，它可以帮助你免受灼伤。"极热腹地如同火焰山，稍不留神就会被它的火热灼伤。

"谢谢云哥！"

事不宜迟，久微和白慕风即刻出发前往极热腹地。他们十分幸运地在途中采集到了龙胆叶和络灵花，骑着马走到十里外的荒漠，气温有了明显的变化，马已经热得跑不动了，脚底的黄沙像被火烘烤的热浪，使得他们的行走异常艰辛。

久微已经大汗淋漓，水囊里的水也所剩无几。白慕风把最后一点儿水都给了久微，可依然无法让她止渴。马儿一颠簸，热得晕头转向的久微一头栽了下去。

"好热……"出发前生龙活虎的某人，现在完全笑不出来了。

还好有云哥给的寒玉，在这样炎热的地带，带给她一丝凉意。见她痴痴地笑着，白慕风也跳下了马，伸手就要拉她起来。

"起来吧，久微。"这丫头该不会是热傻了吧？白慕风光见她躺在沙地上，就觉得酷热难耐。

哪想久微还有心情跟他打闹："哎呀，我摔倒了，要慕风抱抱才能起来。"

"别闹，此次任务重大，可不能像之前游山玩水似的，快起来，你不热吗？"白慕风拉起她的手，顿觉诡异，因为她的手心竟然是凉的。

久微就着他的手使力，利索地站了起来。

"有了这块寒玉，确实凉快了不少。"久微将手中的玉石贴到他的脸上，笑道，"是不是很舒服？"

"竟有如此神奇的石头？"白慕风觉得不可思议，连心中的焦躁感都瞬间消散了。

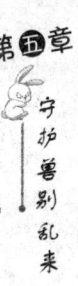

第五章 守护兽别乱来

久微看了看身后,见马儿正大口大口地喘着粗气,看样子是不能再继续行走了。虽有寒玉在手,也仅是杯水车薪,就在两个人不知如何是好时,久微指着远方惊喜地说:"看,那里有个小镇!"

顺着她手指的方向,白慕风看到那里有一处绿洲。两个人立刻牵着马来到驿站,意外地发现这里非常凉快。难道极热腹地有着特殊的发热地带?

驿站茶馆的茶水相当昂贵,也许是因为地处极热之地,水资源紧缺,所以百姓们都格外珍惜水。久微为两匹马添了水粮,便让小二代为照料。

两个人正要进入茶馆,却在沙地上发现了一株红色植物。久微将其连根拔起,与白慕风一同查看,仔细辨认一番后,确认这就是八种所需草药中的赤菟丝。

"没想到赤菟丝竟然会长在这里,真是得来全不费工夫。"久微喜滋滋地把它装进随身携带的药囊里。

"能买的草药,我们已经在集市上采购完了,就只剩下火焰果了。"白慕风欣慰一笑。没想到他们如此幸运,只用了短短几天的时间就把药材找得差不多了。

久微颇有同感,本以为时间紧迫,两个人一路上争分夺秒,没想到竟意外的轻松。

见小二端来茶水饭菜,久微问道:"请问这附近哪里有火焰果卖?"

"客官,你们想要火焰果?"店小二收起托盘,指了指门外某个方向,"火焰果可是难求之物,它就长在西南边的山谷里。"

久微喝了口凉茶,轻松道:"慕风,等会儿用完膳,我们就去摘吧。"

他们把采摘火焰果说得如此轻松,把一旁的店小二惊呆了,他好心劝告道:"你们确定要去摘火焰果吗?那里很危险,连商队的人都不敢靠近,听说有沙漠巨蜥守着。"

"没事儿,我们擅长狩猎。"

久微本以为那巨蜥不过是体形大一些,最多和牛羊差不多大小,她只需施点儿仙术就能够对付。可万万没想到的是……

十尺巨型怪蜥高耸如参天大树,遮挡住了头顶上的一大片天。那大张的血盆大口里,有黏液不断往下滴落,落在哪里,哪里就是一个大窟窿。

久微和白慕风看着眼前的巨型怪物,同时咽了咽口水,二话不说,掉头就跑。

"快逃啊——"

巨蜥在身后穷追不舍,尽管它体形笨重,速度却很快,不一会儿就追上了他们。它挥爪袭来,掀起漫天黄沙。

眼看着白慕风就要被风沙卷走,久微一把拉住他,同时使用凌空术飞向高空,以此来躲开尘沙的袭击。最终，两个人在就近的山谷上落下，从上方能清楚地看到尘雾下巨蜥的黑影。

"难怪连商队也不敢靠近这里。"久微抹去额头上的汗水，一阵心悸，"我从没见过如此凶残的妖兽。"

连久微都没有见过，白慕风自是无法淡定。若反应得再慢些，说不定他们此时已经成了巨蜥腹中的残渣。

沙漠巨蜥似乎没有察觉到他们的气息，在附近徘徊了一会儿，就转过头朝某个方向爬了过去。

白慕风的目光随即落在了谷底的某个地方，他指着巨蜥的背影说："久微，你看那里。"

原来巨蜥爬去的方向，有一棵大树，树上结满了红艳艳的果实，远远看去仿佛一团燃烧的火焰，在阳光的照耀下异样炫目。

"是火焰果！"久微兴奋地叫了起来，"我用凌空术飞到树上，它应该不会发现到我吧？"

白慕风看了一眼树下的巨蜥，心里仍感到不安："你小心点儿，如果情况有变，宁可不要果子，也要及时离开。"

久微点了点头，凌空而上，小心翼翼地落在那棵树的树干上。低头往下瞧了瞧，看见巨蜥正在闭目休憩，没有任何动静，久微稍微舒了一口气。这棵树不算太高，乍一看不过数尺而已，但巨蜥若是在此时醒来，只要一伸爪就能够将她打下来。

她屏住呼吸，往前挪了一步，伸手摸向树枝上的果实。虽然火焰果通体燃烧着火红的气焰，但它一点儿也不烫手，久微很顺利地就摘下了果实。

正当她以为大功告成打算离开时，手中的火焰果突然迅速枯萎变黑。久微顿时蒙了，连忙又摘了一颗，却是同样的结果。难道它的保鲜期非常短？久微试着施法将火焰果存封在药囊中，但最后都变成了这副模样。

也许是久微摘的果实太多，她丝毫没有察觉有一颗果实从手中掉了下去。果实没有落在地面上，而是径直砸在了巨蜥的头上。巨蜥察觉到了上方的动静，猛地抬头，在看到树上的入侵者时，开始用力摇晃树干。久微失去平衡险些掉了下去，刚稳住身，就见巨蜥的利爪迎面挥来，她不得不凌空退开，御风迎击巨蜥。

远处的白慕风看得心惊胆战，好在久微及时躲开巨蜥的利爪，飞向高空，以风沙为掩护逃过一劫，但还是被逆向的强风推向了远处。眼看着她就要从空中跌落下来，白慕风疾步追上去，在她跌落地面之前一把抱住了她。

巨大的冲力让两个人摔作一团,久微好不容易爬了起来,却发现满嘴都是沙子,而白慕风也没有比她好到哪里去,半截身子插在沙堆中,险些把自己活埋。

她拽起白慕风,帮他拍掉发间的沙尘,白慕风也用袖子替她抹去脸上的污渍。

"你摘到火焰果了吗?"

"喏。"久微摊开手掌心,上面躺着一个已经皱缩成红枣般大小的炭黑物体。

白慕风拿起那块黑炭打量了一下,问道:"这是火焰果?怎么和看到的不大一样?"他不确定地回头,遥远的树上仍是红得瘆人的火焰果。

"我摘的时候,确实是红润通透的果实,但摘下来之后就变成这样了,也许它需要特殊的保鲜手段,但我的法术不管用。"久微陷入苦恼之中。

"冰冻能否保鲜?"白慕风顺着她的思路问道。

就在这时,列云给久微的那块寒玉从她怀中掉了下来。她拾起寒玉,放在炭黑的火焰果旁,原本急速萎缩的果实,萎缩的速度突然慢了下来,但寒玉的保鲜功效并不显著。

久微掂量着手上的寒玉,它冰凉的玉身已被极热之地的热气渐渐暖化,玉石面上开始冒出豆大的水珠。

她做出假设:"如果是天下极寒之物,说不定能达到保鲜的效果。"

说到极寒之物,这世上能担得起此等盛名的只有……

两个人不约而同地想到了一样东西。

雪魄瑶!

二

虽然想出应对之策着实令人兴奋,但思及雪魄瑶,两个人的笑容渐渐凝滞。他们何尝不想用雪魄瑶保鲜药材?但雪魄瑶在青黛手中,而青黛本人却不知所终,看来这火焰果的问题是一时半会儿解决不了的。

眼看天色不早,白慕风提议先找个安全的地方落脚。

极热腹地随处可见沙丘和山壑,植被稀疏,并不适合露宿,还容易被猛兽发现行踪。于是,他们飞离极热地带,在趋近绿洲的一片比丘山林降落。这里植被繁盛,虽然相较于绿洲稍显干燥,但还算舒适。

忙碌了一整天,久微早已饿得前胸贴后背。两个人于是分工,久微去摘野果,白慕风负责拾枯枝生火。

只是刚踏入树丛，便惊飞了一群禽鸟，它们躲在树丛里惶恐地打量着久微，一副战战兢兢的模样，好似这样的惊扰时常发生。

一只脱队的雌鸟从鸟群中不幸跌落，久微正想上前，便听它嘤嘤求饶："不要吃我，我一点儿都不好吃。"

久微先是一怔，很快就被它羽毛的颜色给吸引住了。

从脖颈到翅尖是逐渐变深的蓝色，而尾羽却是金色的，像垂落的流苏。这不正是蓝羽鹊吗？

据久微所知，蓝羽鹊一般都是群居的，以昆虫植株为食，是一种温驯善良的荒北鸟儿。天空一般的羽色，使它们能够很好地与天空融为一体，肆意地翱翔于天际，那惊艳绝美的身影连仙界的神祇都惊叹不已。

但它们的天敌也很多，因常遭野兽捕食，蓝羽鹊几乎都要灭绝了。所以能在这个地方目睹到如此珍稀的蓝羽鹊，实属难得。

看样子她的到来把它们吓坏了。

"放心，我并无恶意，只是来此地暂住一宿。"久微注意到它的羽翅上包扎有布条，看样子是受了伤。

见久微对自己没有别的意图，蓝羽鹊总算松了口气。

不一会儿，这只蓝羽鹊便幻化为人形，变成一个亭亭玉立的少女。

"我叫翎儿，如你所见是生活在这里的蓝羽鹊精。"翎儿扶着受伤的手臂，无奈道，"就在不久前，有大批银狐闯入比丘山，害我族民伤的伤、死的死，只有我一个幸存者。银狐狡猾多端，常常化作人形，蒙骗我们，好猎食夺羽。我与其他同胞从你们刚入林起就时刻警惕，担心你们也是它们的同伙。"

听了来由，久微既惊又怒。蓝羽鹊的伤口非常严重，翅根被兽齿咬断筋骨，就算痊愈了，也很难再飞起来。有什么能比失去翅膀更令鸟儿感到悲伤的呢？

白慕风拾柴回来，久久不见久微的身影，便匆忙搜寻，发现她就在不远处。看见白慕风，久微笑着挥了挥手："慕风，我们不用露宿了，翎儿邀请我们到木屋休息。"

白慕风这才注意到她的身旁还站着名蓝衣少女。

随后，两个人跟着翎儿来到木屋，竟遇见了一个意想不到的人。

床上是熟悉的鸦青色，女子清瘦的身姿很快便落入眼帘。

"青黛姐！"

久微惊喜地走到床边,见她脸色苍白,担心地问:"你这段时间都去哪里了?"

看到久微他们,青黛也颇感意外,正要开口,猝不及防地咳出一口鲜血来,把久微给吓坏了。

"你到底伤得有多重?"她知道青黛向来倔强,即使受伤,也不会轻易让人知道,尤其是赫连宇澈。但都到了这个地步她还试图隐瞒,久微莫名担心起来。

"我没事的,只是受了些内伤,好在有翎儿照顾我,我多睡几天就好了。"

青黛极力把伤势说得轻描淡写,但久微执意要替她疗伤,二话不说就上前解开她的衣衫,一眼就看见她的腰间有一道骇人的伤痕,不像是兵器所致,倒像是被火灼伤的。

"这是被赫连郁伤的吗?"她只推测出这个结果。

青黛只是笑了笑,任由久微误会,她只关心一件事:"六皇子还好吗?"离开他的身边,尽管这是他的命令,但她依旧时时刻刻挂念着他。

见她神色紧张,久微犹豫着要不要开口,末了,还是坦诚道:"赫连宇澈现在的情况不太好,他中了烈焰蝎的慢性毒,危在旦夕。"

听到赫连宇澈在俘获的过程中的种种遭遇,青黛心如刀绞,连同伤口都灼痛起来。

眼看着她就要鲁莽起身,久微连忙将她按回榻上。

"只要找齐药材为他熬制汤药,便可解毒,你这样贸然回城,又有何用?在还没有确认药剂能否完全解毒前,你要是杀了赫连郁,若是此后出了什么差池,赫连宇澈该如何是好?"

久微的一席话如当头棒喝,青黛不再激动,而是泄气般的躺了回去。

见她不再胡闹,久微将调制好的汤药端了过来,劝道:"先把药趁热喝了吧。"

青黛敷衍地喝了几口,又关心地追问:"只差最后的火焰果吗?何不快点儿采回去,让六皇子早日解毒?"

"我们正为火焰果一事头疼呢,青黛姐,能否借你的雪魄瑶一用?"

青黛怎么也没有想到雪魄瑶还有如此作用,二话不说就把藏在身上的雪魄瑶拿了出来。

雪魄瑶是一颗浑圆透亮且散发着寒意的晶石,与它接触的地方都会泛起一层薄冰。久微一边感叹着它的神奇,一边将它小心翼翼地收好。

"明日我就和慕风去极热腹地摘火焰果,青黛姐,你就留在这里好好养伤吧。"

"我也去,巨蜥难以对付,有我在,还能多一些胜算。"

"青黛姐,我知道你很关心六皇子,但这事儿急不得。你伤成这个样子,怎能对

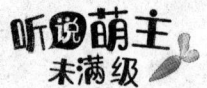

付巨蜥？况且，六皇子有我云哥照顾，你就放一万个心吧。"

青黛蹙了蹙眉，质疑道："可是，那种来历不明的人能信得过吗？"那个自称守护兽的男人与赫连宇澈非亲非故，所做之事无益于他，怎么会义无反顾地出手相助？

"别人你可以不信，但云哥必须信得过！他道行在我之上，有他这样的瑞兽在身旁，赫连宇澈一定能逢凶化吉。"

说着，她拍了拍自己的药囊，笑道："其他药材我都准备好了，这最后的火焰果自然也不会马虎，你要相信我想救赫连宇澈的心跟你是一样的，他同样是我非常重要的朋友。"

青黛自知方才太过意气用事，一旦涉及赫连宇澈的事情，就会失去理智，变得不再像自己。她俯下身，在榻上朝久微磕了个头，恳求道："久微，拜托你们了，一定要救他。他深受子民爱戴，若能称帝，一定会是个体恤百姓的明君，这不仅是我个人的请求，也是金砂国的未来所求……"

"看来你真的很在乎他。"久微意有所指道。

"当然，他是我的主子。"

也是她寡淡的一生中，唯一深爱过的人。

三

数百年来，战神龙渊不止一次警告她，让她放弃无畏的挣扎。

有时候青黛会想，她也累了，是该放下心中的遗憾了。但走走停停，兜兜转转，她最后依旧在追寻那个人的身影。就算他死了，也仍活在她的眉间心上。

守护他的子孙，成了她唯一赎罪的方式。所以当她看到赫连宇澈对楚子苓如此执着，她不禁动了怜悯之心，甚至想过违逆天命，为楚子苓觅寻别的肉身与灵魂，好与他长相厮守，但都被龙渊阻止了。

"你这是逆天而行，有违人道。"龙渊用剑拦下她，阻止她附到那濒死的女战俘身上。

"与你无关。"

见青黛执意要夺肉身，龙渊只好动手。当时那柄诛仙剑只刺在她腰腹比较浅的地方，就灼烧了起来。诛仙剑只对妖魔邪道起作用，否则也只是一柄再寻常不过的青钢剑。

不仅龙渊，连青黛自己都察觉到她已堕入了魔道。

青黛抚摸着腹间的伤痕，那里热热的，不知道是伤口发炎了，还是怎么了。

这一晚，她彻夜未眠，晨光初现，她听见有脚步声从外面传来，透过窗户，便看见久微和白慕风离开的身影。

……

一踏入极热腹地，就听到巨蜥发出的声响。久微和白慕风藏在山谷上观察，见巨蜥仍在火焰果树下徘徊。

白慕风提议道："要不让我去当诱饵，把巨蜥引走，你趁机去摘果实？"

久微想也不想就拒绝道："这怎么行？巨蜥行动敏捷，我不能让你去冒这个险，还是让我来吧。"

他虽有仙人之魄，肉身却是凡人之躯，根本无法对抗这样的怪物。

白慕风突然拥住她，在她耳边低低地说："让你去，我也会担心。可总要有人来引开这巨蜥，毕竟赫连宇澈的时间不多了。只有你可以发挥雪魄瑶最大的功效，所以必须由你亲自采摘。"

火焰果的保鲜是一个极其短暂的过程，光将它采到手，就需分秒必争，更何况还要防止它快速枯萎。

普通人要快速做到这两点几乎是不可能的，但如果是久微的话，用法术是可以同时进行采摘和保鲜的。

久微不禁陷入了纠结之中，过了好久才决定道："那你要当心点儿，如果有个万一，就朝巨蜥投掷雷火珠，不要硬碰硬。"

白慕风点了点头，纵身跃下山谷，悄悄逼近巨蜥，趁它背过身时，麻利地投了几颗雷火珠。

雷火珠爆炸，顿时溅起一阵黄沙，很快就引起了巨蜥的注意。

嗅到人类的气味，巨蜥开始躁动起来，移动它的四肢就朝白慕风快速冲来。

白慕风见状，跃上矮坡飞快地向前奔跑，将巨蜥朝另一个方向引去。

久微趁机来到火焰果树下，结印施法，快速将几个火焰果封存起来。在雪魄瑶的冰鲜奇效下，火焰果果然不再枯萎，而是色泽亮丽，与挂在树上没被采摘的果实无异。

任务完成后，久微使用凌空术追上白慕风，此时的巨蜥已经追到了他的身后。

在利爪挥来之时，白慕风顺势踩着它的手臂跃上他的脊背。久微见状，也朝他飞了过去。

眼看着就要抓住白慕风的手了，大地突然震动起来。烟尘滚滚，烟沙弥漫，巨蜥开始发狂了，它胡乱地拍打着自己的脊背，白慕风身形不稳，从巨蜥的身上跌了下来。

透过重重黄沙，他看见一道喷涌而出的黑影，待看清黑影的真身时，顿时煞白了脸。

原来，那黑压压的密集的身影，正是埋伏在黄沙之下的沙虫。

"慕风快走！"

久微知道来不及营救了，只好施法操控着风卷走他面前的沙堆，为他辟出一条路来。

原来此处毗邻火焰丘，正是沙虫的巢穴，巨蜥产生的巨大声响引起了在沙堆下觅食的沙虫的注意。

前有巨蜥，后有沙虫，白慕风一时进退两难。

就在他不知该如何是好时，一道身影突然出现他的眼前，一剑劈开了朝他袭来的沙虫。

沙虫爬到了巨蜥的身上，使得它寸步难行，也为久微他们制造了逃走的机会。

"快走！"青黛一掌将白慕风推向久微，自己则转身应对不断袭来的沙虫。

突然，耳边响起一阵震天巨响，紧接着四周被强烈的火光包围。巨蜥在巨大的冲击下卧倒，将身下的沙虫悉数压扁。原本簇拥作一团的沙虫被炸开，分散着向四处逃窜。

久微施展御风之术，带着白慕风腾空而起，躲开了蔓延至脚下的大火。两个人在空中看着底下的一切，震惊得说不出话来。

"青黛姐！青黛姐！"她唤了一声又一声，却只能听见沙虫燃烧的"噼啪"声。大火烧红了这片沙丘，整个极热腹地陷入火海之中。

就在这时，巨蜥有了动静，它还没死，并拼尽最后一丝气力朝久微他们所在的方向爬来。久微发现了它的意图——它想爬上山谷，将他们击落。

但它的计划落空了，它没爬几步，就被人一剑刺穿胸膛，倒在了沙虫的残骸中，而它身后则是伤痕累累的青黛。

熊熊燃烧的大火突然熄灭，地面上冒出滚滚青烟。

久微急忙冲到青黛的身边，但青黛已经完全没有了力气，身体一软，倒在了她的怀中。

在赶回比丘山林的途中,青黛一直处在半醒半昏迷的状态,口中不断呢喃着:"火焰果……"

"放心,青黛姐,火焰果已经到手了。"

听到这句话,青黛这才安下心来,但腰腹间的伤口又开始灼痛起来,且蔓延至全身。这种痛苦令她痛不欲生,她想尖叫,却怎么也喊不出声。

一瞬间,她好像又回到了以前,明明很难过,却开不了口。她渐渐陷入了昏迷,记忆深处,那道消失已久的声音又出现了。

"你也太不小心了吧,青黛。"

"再怎么说,你也是保护我的侍卫,如果你连自己都保护不好,又如何保护我?"

"我希望你多珍惜自己一点儿。"

柳树下,赫连宇澈温和地笑着,他取笑她竟为了拾落花险些跌入溪中,还好他伸手拉住了她。

他当时的笑容,好暖好温柔,不知不觉,她就看痴了。

这么多年来,青黛一直试图在那个人的子孙后辈身上,寻找他的身影。

龙渊见她执迷不悟,有些气恼。他本不是喜欢多管闲事的神,之所以一直盯着她的行踪,不过是念在她是双生灵参的分儿上,他要在她作恶之前,事先阻止她。

尽管那个人的子孙一代又一代不断地离世,青黛始终以不同的身份默默守在他的身边,或是镇上一名无名的卖花女,或是山上的一位樵夫,又或者仅是一个擦肩而过的过客。她执着至此,不过想让自己的心里好过一些。

可有些错,会让人一辈子铭记,甚至后悔。

龙渊说她这是画地为牢,是咎由自取,她也没有反驳。终究觉得有些遗憾,她多想再见那个人一面。

后来,她终于下定决心打算离开,却在途经金砂国边境的时候再次遇见那个人的曾孙。岂料他们一家遭到山贼洗劫,无一幸免,除了襁褓中的那个婴儿。

那婴儿躺在弃尸堆中,不哭也不闹。见此情景,青黛又悲又痛,怪自己没能守在他的身边。于是,她救下了他唯一的血脉。

青黛在人世太久，不老的容颜难免会令人起疑。她本打算带着孩子离开，恰逢阿曼王妃产子，王都戒备，守卫森严，他们没能离开。

后来，在她投宿的民居里，突然来了两个兵卫，他们来请退休的老嬷嬷去宫中为王妃引产，但隔天就听说老嬷嬷被处死了。那一夜王都哀鸣，群医束手无策，昏迷的王妃难产，命悬一线。

老嬷嬷对她和孩子有收留之恩，青黛决定替她善后，入宫为王妃助产。然而，当她替王妃把完脉，才知道王妃的孩子早已夭折在腹中。看着身旁这个嗷嗷待哺的婴儿，她这个不懂人间凡事的精怪，又怎能将他健康地养育成人？于是转念一想，青黛决定将孩子与夭折的皇子调包。

包括阿曼王妃在内，没有人知道那天晚上发生了什么。待王妃苏醒，已是几天之后，举国上下都在庆祝她诞下皇子。那孩子便是后来的六皇子赫连宇澈，有着尊贵的身份，享尽恩宠与荣华富贵。

那之后，青黛没有离开，而是选择留在金砂国。偶尔打听宫中有关小皇子的消息，知道他平安便心满意足。她本以为这样就能减轻她的罪孽，岂料她的好心，给赫连宇澈带来了无妄之灾。

阿曼王妃封后不久，就死于一场大旱天灾，使得赫连宇澈在宫中完全失去了依靠，而穆帝终日沉迷于修仙长生之术，对年幼的他更是不管不顾。从此，赫连宇澈在明争暗斗的皇宫中慢慢长大，变得麻木不仁。那个曾经无忧无虑的小皇子，一夜之间长大，被迫走上手刃同族的命运。

笑容渐渐从他的脸上消失，这与青黛的初衷背道而驰，他还险些成了皇室内斗的牺牲品，就是在这个时候，青黛决定要入宫保护他。

她以近侍的身份出现，誓死效忠，辅助他逐日稳固宫中地位，还培养出一支骁勇善战的红莲军，与他并肩面对血雨腥风的朝政之争。

两个人如影随形，他之所想，她都了解，他所期望的，她亦为他逐一实现。为了赫连宇澈，她早已将生死置之度外，而赫连宇澈对她的器重，也让她深感自己在他心中是特别的存在。

可为什么在看到他与楚子苓在一起时，心会那样痛？

赫连宇澈为她笑，为她痴狂，甚至为她违逆穆帝。作为旁观者，青黛知道自己没有任何介入的余地，但她那样地不甘心。为什么能让他开怀大笑的人，不是她呢？

成功摘得火焰果后，为避免再次受到沙虫袭击，久微一行人火速逃离极热腹地。在返回比丘山林的途中，青黛一度被伤口痛醒。

久微见她痛苦难耐，决定对她用药。正要解开她的衣衫，却惊讶地发现她腰腹间的伤口竟然变小了。原本深入皮肉的伤痕，正在以极慢的速度复原，早前的伤痕也已消退不少。

这种伤势别说要休养个十天半个月，即使用最好的膏药也未必能做到不留疤痕，更何况是在刚才那样激烈的战斗中造成的，没想到她竟只是受了点儿轻伤……

"你注意到了？"青黛突然开口，打断她的沉思。

久微回神，见她醒来便关心道："青黛姐，我现在给你上药，你要是疼就告诉我。"

"不必了。"

青黛阻止她折下灵参须，见她惊诧，笑着反问道："你为何要惊讶？不是早就察觉到了吗？"

闻言，久微这才道出心中的困惑："你的伤口，愈合得比想象中要快。"

青黛坐起身，在她面前掀开衣袖，露出一截白皙的手臂，那上面覆盖着几个枯枝般的色块。

如果不是久微对此无比熟悉，她也许永远都不会知道青黛的秘密。

第六章

小狐求亲 一波三折

一

为了不耽误时间，久微与白慕风即刻返回穆族皇陵，而青黛则留下由翎儿代为照顾。

花了近两日的时程，两个人才赶回皇陵，却发现入口被风沙掩埋了。久微猛拍大腿："坏了，忘了跟云哥打声招呼。"

皇陵每日只会显现一次，大多数时候都是藏在风沙之下的。烈云曾教过她打开结界的方法，但她嫌咒术太烦琐，便说等皇陵显现时他们再入也不迟，如今想来真是悔得肠子都青了。时间紧迫，他们也没有十足的把握能做出有效的药引，能多为赫连宇澈争取一天是一天，现在被隔绝门外，久微又恼又急。

本以为要等到第二日才能入陵，没想到身后来了不速之客。

几个黑影冷不防破土而出，原来是从皇陵地道溜出来的沙虫。久微还没来得及施展凌空术，就被沙虫横扫而来的黄沙迷了眼。白慕风拉起久微就要跑，才发现她的身体已经陷入了沙坑中。

就在这千钧一发之际，久微忍不住哭丧着脸嚷道："云哥，快出来啦！"

话音刚落，只听"轰隆"一声，几道惊雷落在身后，将那几只妖物直接烤成了沙虫干。随之而来的是一道悠然而慵懒的嗓音："为兄本想多看一会儿呢。"

白慕风不由得暗叹，心眼太坏了，你这只神兽大人。

烈云来到久微面前，见她满脸狼狈，忍不住笑道："傻丫头，当初教你开结界，你不好好学。看吧，差点儿栽在门外了。"

"臭云哥，别顾着笑话我，快帮忙！"

哎呀，包子脸要生气了。

烈云立马抬起手指，将久微扯出沙坑，白慕风适时在身后接住了她。

随后，烈云双手结印，诵出一段咒文，身后立即出现一幢巨大的建筑。

等他们踏入皇陵，那入口便如烟雾弥散一般，再次隐没在风沙中。

烈云在前面开路，秘道里的沙虫似乎增多了，因此结界被加固了不少。

"你们回来也就说明东西找齐了，比我预想中要快许多。"

久微关心道："赫连宇澈情况如何？"

"放心，他暂时没什么大碍。"

在久微和白慕风外出寻找药材期间,烈云用法术抑制住赫连宇澈体内的毒性,使得毒发的频率得到了很好的控制。在宝库居室中,那只素来高傲的神兽大人甚至还大方地让出了自己的寒玉床,实属难得。

看来,烈云是真的将赫连宇澈奉为了自己的主人。

熬制这八味药材需要特别的工序,特别是极易受损的火焰果。烈云利用雪魄瑶作为媒介为火焰果注入仙术,这才令火焰果保持鲜度入了药。

折腾至夜半,总算把药煎成,赫连宇澈喝完药没多久便睡下了。白慕风与久微轮番守夜,发觉烈云不在,久微走出宝库,发现他在观星台上。

"云哥,你在做什么?"

说是观星台,其实不过是用几块青岩石砌成的石座,谈不上多么宏大气派。烈云站在高台上,面前摆着一面波光粼粼的水镜。

听到呼唤声,烈云回过神,笑道:"丫头,这么晚了还不睡?"

"有点儿睡不着。"久微凑近水镜,在看到镜中的影像时,吃了一惊。

只见镜面上显示着一片浩瀚的星空,繁星点点,璀璨夺目。本应是柳宿主掌的星盘,此时却显示着月末的心宿,不仅如此,四象神的位置也都错了位。

"怎会如此混乱?"连久微这个外行,都察觉到星象有些不对劲儿,更何况是贵为神祇的烈云!

"我也是近日才发现天象紊乱,听闻是星宿神离职已久所致。"烈云挥动广袖,水镜顿时消失不见。"不提这事儿了。"他忽然伸手搓向久微的包子脸,发出沉沉的笑声,"干吗皱眉头?都不可爱了,有什么遭心事,不妨与为兄说说?"

果然什么事都瞒不住他。

久微的脸都快被搓成小笼包了,她拍下烈云的爪子,揉了揉自己的小脸,道:"云哥,你之前说过有一面澈心镜,能够窥看过去和未来,是真的吗?"

"那是当然。"

意识到她话中有话,聪明的烈云试探道:"你该不会是想去借澈心镜吧?"

"云哥你还记得我说过来金砂国的目的吗?"

"记得,你说要帮六皇子医治那个活死人。"五年前的事情,烈云只听她提过一些,知道有一个郡主中了毒,深入肺腑,如今长眠不起,令群医束手无策。

她点了点头,道出自己的意图:"我总觉得事有蹊跷,这些年来我潜心研究噬心蛊,楚子苓却丝毫没有转醒的迹象,但我分明已经清除了她体内的蛊毒。"

"哦？"烈云故意惊讶地看向她，"赫连宇澈固执也就罢了，连你都妄想着要救活楚子苓吗？"

"云哥，你就帮帮忙嘛。"久微扯着他的袖子，摇晃起来，一双水亮的眼睛瞅着他，"他们本该有情人终成眷属，现在却是这般境况，赫连宇澈太可怜了。"

"不是我不帮，是为兄爱莫能助。"烈云犹豫着要不要说出真相，但久微实在是太固执了，非要他施法救活楚子苓。

她依旧以为楚子苓至今无法"醒"来的原因，是她道行不够。

"哼，小气，别又是那套'不能逆天改命'的借口啦，要不然你告诉我澈心镜在哪儿，我自己想办法去！"镜中一定会有什么蛛丝马迹，她就不信沙虎帮会连解药都没有。

就算是制毒者，也知道噬心蛊会有反噬的一天，解药是重要的保命措施。沙虎帮的人一定是骗他们，才故意误导噬心蛊无解。

烈云叹气道："澈心镜是银狐一族世代祖传的宝物，由每代首领保管。它们一向狡猾多端，想要借它们的家传宝，难于登天。"

"那就是说还是有机会借到的嘛。"久微敲定主意，决定回比丘山林找翎儿打听银狐的消息，人还没走，衣领就被人从后面揪住。

"慢着。"烈云将她拉回身边，"再怎么说，楚子苓能不能醒来，那也是别人的家务事，你为什么非要插手呢？"虽然知道久微向来热心，但一旦牵涉进去，只会给她增添更多的麻烦。

"他们是我的朋友，我不想看到他们任何一人难过，这也是青黛姐的愿望。"青黛的话犹在耳畔，久微想起她当时哭一般的笑容，心里有些刺痛。

"我不是人类，我不会轻易死去，但赫连宇澈会生老病死。"

当时的青黛一边说着，一边挽起衣袖，本是枯藤般土色的皮肤，在被她用手轻轻抚过后，很快便恢复如初。

她不想赫连宇澈一直困在楚子苓的牢笼中，她想让他重新振作起来，但她发现这一切都太难，她无法改变他的心意，就像她也困在他这座城中，一直走不出去。

楚子苓是他们彼此的心结，只有解开心结，他们之间才会迈出新的一步。

所以，久微想尽自己的努力去救活楚子苓，不管以后他们三个人变成什么样子，都由他们自己面对，而不是像现在这样，停滞不前。

烈云知道拗不过她，最终妥协了。

"我陪你去借澈心镜吧。"

二

翌日准备好汤药后,久微借着休息的机会,和烈云偷偷前往狐仙居。

那是一座距比丘山林不远的石窟,环山绕水,静谧怡然。不时可见狐群结伴,时而幻化为人,时而幻化为兽,就像人类的集市,好不热闹。

装饰石窟的都是些人界的玩意儿,银狐们不论是动作还是着装都是模仿人类,甚至还教育狐子狐孙,多学点儿四书五经,以后到人界溜达,起码还能开口成文,这样才有戏耍人类的本事。

"它们活得比我更像人类。"久微不禁感叹道。

烈云取笑她说:"那是自然,它们不仅聪明,油嘴滑舌,还把人类邪佞贪婪的一面摸得淋漓尽致,你怎么斗得过它们。"

看到久微他们,那群银狐丝毫不见惊讶,在凉亭藤椅上晒着日光的银发男子只是轻轻瞄了外头一眼,身边的小狐便识趣地走向他们。

"你们是谁?"小狐没有完全炼化成人形,虽然能像人类那样直立行走,但从头到脚仍保持着狐狸的模样。

久微和烈云交换了眼神,看来那个银发男子就是这群银狐的首领了。

"我想找你们族长商量点儿事。"久微笑道。

小狐很快便回到银发男子身旁传话,半晌,它再度折了回来,指了指身后的凉亭。在它带领下,久微和云烈走入了凉亭。

男子身旁有几个女眷,皆是媚态十足的雌狐,见到陌生人,立刻警惕了起来,却被银发男子统统挥退了。

银发男子长相俊逸妖冶,虽然有着人类的长相,但发丛中长着两只兽耳,身后是巨大的白色狐尾。那双比女人还要好看的金色瞳孔,瞟向面前两个人,一开口声如天籁:"听说你们有事要找我商量?"

在他眼神的示意下,久微和烈云纷纷落座。

"实不相瞒,我们是来借澈心镜的。"久微开门见山道,"当然,我也知道天上没有掉馅饼的事,你不妨说说出借的条件。"

男子单手托腮,姿态慵懒地打量着他们,不解地反问:"确定是出借,不是索要?澈心镜是我们银狐一族的至宝,你怕是搭上性命也借不起吧?"

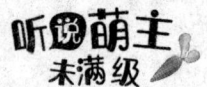

虽说只是玩笑话，但听着当真恶意满满，银发男子永远是那副笑眯眯的模样，让人猜不透他的心思。

烈云笑道："呵呵，苏魁小狐，当年你还唤我一声伯父，现在也未免太过薄情了。不就是一面镜子嘛，借来用一下又不会少块肉？"

听到"小狐"这样的字眼，苏魁不悦地挑眉道："叫你声伯父还真把自己当回事儿，我不过是看在老祖宗跟你有点儿情分，才对你客气，少往自己脸上贴金。反正你也不再是神了，别在那里摆架子了，有点儿恶心呢。"

烈云曾与狐神勾陈有过点头之交，不过也仅止于点头之交，除此之外，没有其他交情。鉴于那时烈云在天界还有一官半职，看到他，狐子狐孙自然不会失了礼数。

可现在，哼，懒都懒得理他。

"你个臭小子，这是什么态度？"

一向淡定儒雅的烈云，被气得差点儿挽起袖子揍人，一旁的久微及时拉住他，免得事情还没谈妥，双方就打起来了。

苏魁比想象中要伶牙俐齿得多，即使他们提出报酬，他似乎也不为所动，使得这场谈判一度陷入了僵局。事实上苏魁此刻心情极差，正想找人发泄一下。

"不过，既然伯父开了口，那小侄我呢，也不好违逆长辈的请求。但你也知道这是我们的传家宝嘛，只此一件，不容有失。我需要看看你们的诚意，再做决定。"苏魁微眯着眸，笑意越来越深，像在盘算着什么。

末了，他提出了条件："我想要一朵火凰花。"

火凰花生长于极热腹地，久微并不陌生，在取火焰果的途中，她就见过不少，这并不是什么难事，所以，她很爽快地答应了。

"久微，你答应得也未免太快了，那小子绝对不会那么容易满足的。"以烈云对苏魁的理解，他认为苏魁戏耍他们的可能性更高。

久微却不以为意，反倒乐观地说："云哥，你该庆幸他没有让我们去摘月亮，火凰花至少还能弄到手，指不定逗得他开心，就把澈心镜借给我们了呢。"

"事到如今，也只能这么做了。"烈云叹息道。

为了不让白慕风起疑，两个人又马上回到了皇陵。跟白慕风打过照面后，久微假装身体不舒服，想去静心室睡觉。

"真的不要紧吗？我看看。"白慕风伸手就向久微的额头探去，却被烈云拦住了。

烈云一把揽过他的肩膀，笑道："你就别费心了，人类那套望闻问切的诊断方式，对精怪是没有用的。久微是灵参，不过是缺了点儿营养，让她睡上几天，吸收点儿日月精华就行了。"

"是吗？"白慕风怀疑地看了他一眼。

久微立马心虚地猛点头："真的真的，你也知道我以前在天山过得有多滋润，金砂国天干物燥，我多少有些耐不住热。"

白慕风了然："那你好好休息，有什么需要尽管开口。"

"嗯，我会的。"

见久微"嘿嘿"一笑，白慕风越发觉得可疑，不等他多问，烈云就故意推了他一把，打岔道："得了吧，你也太婆婆妈妈了，来，拿好这张配方，这几天你得替久微照顾一下六皇子。"

白慕风默默看了他一眼，问："那你呢？"

烈云厚颜无耻地答："我当然是负责照顾久微咯。对了，这段时间，你千万不要来打扰我们，膳食也免了，我们需要凝神聚气，好好修复。"

说完，他就拉着久微笑嘻嘻地朝静心室走去。

白慕风觉得很奇怪，却又说不出怪在哪里。在极热腹地的这几天，久微想必也是累惨了，他心里自然是疼惜久微的，知道这个时候有烈云在她身边，比自己管用，便也不再多言。他转身回到寝室，打算看看赫连宇澈的情况。

把热好的汤药盛来时，赫连宇澈已经醒了好久。这几天他气色好了不少，看来是解药起了效果，也算没有白费他们的努力。

"久微呢？"没有看到叽叽喳喳的久微，赫连宇澈难得多问了一句。

"她这几日要静心调养，之前太过劳累了。"白慕风淡淡地应道。

闻言，赫连宇澈的内心生出一丝愧疚，他默默看了眼白慕风，思忖许久，在他打算离开的时候，终于放下自尊心，道："谢谢你们。"

"等久微在的时候，你再亲自道谢，我无所谓的。"赫连宇澈之于白慕风而言是一个非常复杂的存在。白慕风曾试图置赫连宇澈于死地，但赫连宇澈又是促使他和久微重逢的人，这五年来，如果没有赫连宇澈的庇护，久微不可能在异国他乡生活得如此安稳。

赫连宇澈冷不防笑了笑，看似在问白慕风，实际上更像在问自己："你觉得她还有救吗？"

白慕风不解地看向赫连宇澈，这才意识到他口中所指的"她"是楚子苓。赫连宇澈大概是知道他也曾中过噬心蛊，想从他口中得到一丝安慰吧？

见白慕风不说话,赫连宇澈缓缓地靠在背枕上,脸上有些疲惫:"噬心蛊在楚子苓身上种了多少年,我就找了解药多少年,不管是江湖术士的偏方,还是传说中的药材,我都会想尽办法弄到手,但结果一次次让我失望。直到遇见久微,我才有了一丝希冀。"

即使用了灵参也回天乏术,他也不再像之前那样怨天尤人。尽管她现在像个没事人一样沉睡着,身体却承受着噬心蛊的侵蚀,就算她能醒来,不知道身体能否承受得住这样的痛苦。

"我害怕过,也想过给她一个了结,但就是下不了手。"他被捕后的日日夜夜担心的不是自己的生死,而是楚子苓的安危,即使听说赫连郁要处决他,他惦念的依旧是楚子苓的将来。

"你以前是个大夫,你是真的一点儿也不记得了,还是觉得没法回答我的问题?"赫连宇澈不知道自己为什么会对白慕风说这么多,这些全都是他藏在心里从不曾与人说过的心事,也许只是一时感慨,又或许他经历过一次生死后,能体会楚子苓的感受了。

"老实说,我也不清楚。"白慕风没法给他确切的答案,"我能解毒,仅是侥幸。"

他说得婉转,但是个人都能看得出来,楚子苓的毒已经无药可解了,让她离开,或许才是最大的仁慈。

"不过,也许还有办法值得一试。我曾从虎涯口中听说过火凰花的奇效,它可以很好地克制噬心蛊的毒性。之前我就想过用火凰花解除体内的噬心蛊,奈何周围总有眼线盯着,令我寸步难行。"

"火凰花?"

赫连宇澈不禁一怔,那不是极热腹地才有的花吗?

三

当天,久微就和烈云偷偷溜出了皇陵,来到千里外的极热腹地。

"云哥你这千里瞬移果真名不虚传。"姜还是老的辣,当过神仙的总有点儿过人之处,久微不禁对烈云露出崇拜的目光。

"这不算什么啦,就是耗点儿法力,回头多吃几根金条补补就好。"烈云得意地叉了会儿腰，发现不远处正是他们要找的火凤花丛，"看，踏破铁鞋无觅处，得来全不费工夫。"

有了上次摘火焰果的经验，而且还有法术高强的烈云陪同，久微觉得采摘火凤花简直是小菜一碟。不过，她忽略了火凤花的生长地，那可是极热腹地的中心，一不留神，就会被热沙烫伤了手。

"小心点儿，丫头。"烈云立刻施展法术，为她冰敷烫伤的手指。"瞧你这双手，再晚一步铁定烤成小猪蹄儿。"

久微吐了吐舌头："一时心急疏忽了。"她指了指另一边的火凤花丛，让烈云帮忙去采，"云哥，再多带几朵回去吧，我想给楚子苓研制解药。"

烈云若有所思地看了她一眼，还是老实照办了。

顺利采完火凤花，他们立刻前往狐仙居，希望苏魁能够兑现诺言。

"你们的诚意我是感受到了，但我也没答应要把澈心镜借给你们呀。"

苏魁对自己出尔反尔的行为丝毫不觉羞耻，反倒戏谑他们说："唉，你们也太好骗了，伯父你有仙术在身自是不怕，不过那小姑娘一看道行就不如你。极热腹地遍地都是危险，若是有什么三长两短，可别怪到我头上来。"

久微抢在烈云被激怒前率先道："这你倒不用担心，我虽修为不如云哥，但灵参精并没有你想的那么脆弱。"

听到"灵参"二字，苏魁顿时两眼放光。

众人还没反应过来，苏魁就以迅雷不及掩耳之势，施展了一道"遁土流沙术"。脚下的土地顿时变成了流沙之海，将久微一路推到了苏魁的身边。

"没想到竟有灵参亲自送上门来，正好可以抓来送给翎……"他擒住久微正要开溜，有一道身影比他更快。

大掌疾风劈来，千吨重量把他压在地面上，疼得他嗷嗷大叫："伯……伯父，饶命，我的腰……好疼！"

烈云为久微解开缚身咒，这才慢条斯理地冷嘲道："是谁不屑于喊我伯父，说我往自己脸上贴金？"

苏魁只觉得自己的腰肢都要散架了，踩在他身上的是一股无形的力量，仿佛一只巨大的爪子把他按在地上，无法动弹。

"是我狗嘴，不，狐嘴吐不出象牙，伯父你就原谅我吧。"腰上又响起一阵清脆的"咔嚓"声，苏魁连连哀号，不得不投降，"是我错了，你们想要怎样，我都照办！"

"澈心镜的事呢？"

"借，澈心镜我借给你们啦！"

身上无形的重压消失了，烈云满意地拍拍手："你可别再食言，不然我就让让你再尝尝幻象的滋味。"

这个幻象是烈云的拿手招数，会让对手的感官出现错觉，刚才压在苏魁身上的重压其实并不存在，不过是他中了幻象产生的错觉。

苏魁自然不敢怠慢，连滚带爬地赶回石窟，不一会儿就托着一只锦盒回来了。

烈云接过盒子打开，看见丝绢上静静躺着一块圆形的青铜镜。

"孺子可教也。"烈云满意地摸了摸小狐的脑袋。

看着烈云似笑非笑的眼神，苏魁不禁打了个寒战。

呜，勾陈祖师爷，快来救我！

怕苏魁使诈，烈云再次确认了一下盒中的澈心镜。青铜雕花的镜身，镜面清澈如洗，还散发着丝丝仙气，的确是注有灵力的法宝。

他这才安心地收起澈心镜，看向苏魁："小狐，我看你向来机灵狡黠，今日怎会如此鲁莽？"烈云暗指他挟持久微这件事，比起自找麻烦，他认为溜之大吉才是上上策。况且他们实力有多悬殊，聪明的苏魁不可能不知道。

苏魁只是叹了声，将目光移到久微身上，不甘心道："天下至补的灵参就在面前，谁会不心动？"

"那你明知道打不过我，还硬来？"烈云循循善诱，就像一个耐心的长辈，他对苏魁的反常多少有了些眉目，"既然相识一场，你若有所求，我让久微送你点儿参露也无妨。"

听到烈云的承诺，苏魁顿时喜上眉梢，连语气都变得雀跃起来："真的吗？伯父？"

久微也附和道："当然没问题，你都肯借出澈心镜了，我们也不能白占你的便宜，不过你要灵参做什么呢？是谁生病了吗？"

她打量了一下苏魁，他属于纤细高挑的身材，虽不壮实，但也不至于瘦弱，身子骨看起来挺好的，怎么也用不着灵参吧？

这话一下子刺中了苏魁的软肋，他支支吾吾，犹豫了好久，才难为情地开口："是给蓝羽鹊疗伤用的……"

久微一怔，不知为何，她的第一反应竟是翎儿。

"如果我没记错的话，你们银狐一族捕食过蓝羽鹊吧，为什么会想要给它们疗伤呢？"思及翎儿提起银狐时咬牙切齿的模样，两族的关系势必如水火一般。

岂料，苏魁情绪激动地为自己辩解道："我又不是故意要伤害她的！银狐千百年来都是以肉食为生，这种习性不可能轻易就能够改变……"说到最后，他越发无力，扶着额，陷入了苦思，"尽管我也想过改吃素，但她一看见我就逃，视我如洪水猛兽，真是太打击人了。"

"她？你说的是翎儿吗？"久微试探地问。

原来大家都知道他的意中人是谁！苏魁的脸顿时像火烧了一般，红得滴血。

"对，我就是喜欢上一只蓝羽鹊了怎么着，你们尽管嘲笑我吧。"

作为银狐一族的首领，竟然为了一只鸟改口吃素，还爱上了曾经的"食物"，别提有多匪夷所思了，连他自己也是苦思冥想了好久才找到了答案。如今他还想寻药给翎儿疗伤，简直有违他一贯做事的风格。

"哎呀呀，原来小狐喜欢蓝羽鹊，真是令人意外啊。不过，蓝羽鹊的羽毛当真漂亮，你会喜欢上它，也是理所当然。"烈云坏心眼地调侃他道，"你相中人家，是打算用它的羽毛做羽衣吗？"

苏魁恼火地拍掉烈云搭在他肩上的手，义正词严道："别总把我想得那么恶劣，我如果有意做羽衣，又怎会给它们留生路？"

这倒是大实话，其实不只是银狐一族对蓝羽鹊虎视眈眈，周边的凶兽也视它们为盘中餐，那美丽的羽毛更是让它们时常遭到商队猎手的追捕。

银狐一族捕食过蓝羽鹊是不争的事实，再加上还有"掏鸟蛋""拐幼雏"等一系列前科，苏魁自知自己在翎儿心中已是罪大恶极，所以他也不打算为自己和族人辩解。但翎儿确实是因为他才被族人咬伤的，他至今仍感到十分愧疚。

每当他想要去山林探望她时，她都如惊弓之鸟，吓得退避三舍不说，还成群结伴地朝他投掷石子，将他驱赶出林。甚至还把他每次路过时的深情凝视，曲解成对食物的热切渴望。偏偏他又死要面子，不仅由着对方误会，还总爱说反话刺激对方，导致屡次求爱，屡次失败。每次看到翎儿脸上露出的厌恶表情，他别提有多沮丧了。

"我也不是非要她接受我的感情，不过是觉得，我已经害她飞不起来了，不能再让她失去这副好嗓子。"

翎儿的伤深及皮肉，还差点儿被咬断脖颈，嗓子也因此受到影响。最初苏魁来到比丘山林不过为了开拓觅食区域，却无意间听到了翎儿的歌声，一时着了迷，他后知后觉，大概就是从那时起，他的心里就住进了一只蓝羽鹊吧。

诉说完心中的怅惘，苏魁本以为会遭到两个人的取笑和奚落，没想到久微和烈云竟对他投来同情的目光。

"小狐不哭，被甩没什么大不了的，跨种族恋爱需要勇气，伯父挺你哦。"烈云拍拍他的肩膀，示以精神上的支持。

久微则感动得抹了一把泪，朝他竖起拇指道："别放弃，小狐！所谓精诚所至，金石为开，你再加把劲儿，总有一天会追到翎儿的！"

"喂，你们到底有没有认真听我说话？我现在不是沮丧被甩，是……"

不等苏魁抱怨完，久微便接过话茬："是想帮翎儿疗伤嘛，我当然知道。你放心吧，我前不久去过比丘山林，翎儿的伤已经好得差不多了。"

"那她还能飞吗？"苏魁关心地问。

"可能还需再静养一段时间，急不得。"

见苏魁终于舒了一口气，久微故意问他："你真的喜欢翎儿吗？"

此话一出，苏魁猛地一呛，半响，才红着脸小声道："嗯。"

明明就很喜欢翎儿，这个苏魁真是不够坦率。

"虽然不知道你们最后能不能在一起，不过我可以帮你说个媒。"久微朝苏魁别有深意地眨了眨眼，"我们正要去比丘山林做客，你要不要一起同行？"

四

久微本以为好好开导，让他们放下对彼此的成见，就能令蓝羽鹊和银狐们和好。但她似乎高估了银狐一族的名声……

"银狐？快逃啊——"

蓝羽鹊长老率先发现苏魁的身影，他一边飞一边通报，鸟儿们闻声，纷纷四处逃窜。

这别提说媒了，他们还没踏进比丘山林，全林的鸟禽就已经戒备起来。

苏魁早已见怪不怪，还打趣道："不是我自满，我的影响力一直都这么大。"

敢情他还觉得骄傲了？久微忍不住翻了个白眼。

"你被翎儿讨厌成这样，心里就没点儿数吗？"

苏魁的到来，在比丘山林引起一阵恐慌，不管久微在木屋前如何呼喊，翎儿都闭门不见。

"她害怕我，也不是没有原因的。"苏魁苦笑了一下。

他有一次外出捕食，逮住了一只蓝羽鹊，如果不是听出这是翎儿的声音，他差点儿就将她误食了。

闻言，久微又是一阵头疼，初次见面就差点儿把对方当作食物吃掉了，还有比这更糟糕的事吗？

这门亲事怕是不好说了，如果这时去说媒，用脚指头想都知道翎儿一定会拒绝。所以，久微打算改策略，先消除翎儿对苏魁的芥蒂之心，建议银狐送礼物去讨翎儿的欢心。但是，苏魁的做法令久微大吃一惊……

"等等，小狐，你手里拿的是什么？"久微惊恐地看着他。

苏魁不明所以，皱起眉，一脸嫌弃地说："真是没见过世面，七彩羽衣都不知道。"说着就朝木屋走去。

久微一把拉住他："你这是去求和，还是去恐吓别人？"

"为什么？这可是最华贵的羽衣，世间难求之宝啊。"苏魁不解道。

久微差点儿被这只不解风情的狐狸气个半死，她指了指树上瑟瑟发抖的蓝羽鹊群道："你见过哪只鸟儿喜欢用羽毛做的袭衣？我若送你一件狐皮大衣，你会高兴吗？"

苏魁顿时恍然大悟，灰溜溜地摸了摸鼻子："那……我该送些什么？我又没给姑娘送过东西，怎么会知道她喜欢什么？"

这家伙总算有点儿意识了，久微清了清嗓子，语重心长地开导他道："总之别越雷池一步，不然你在翎儿心中，永无翻身之日。"

"你的意思是，你很了解翎儿的喜好？"

"呃，算是吧……"

"真的吗？那我送另外的宝物可好？"

……

一旁的烈云见此情景，忍不住笑了起来。向来目中无人又嚣张自大的苏魁，竟会不耻下问。其实在他看来，他们俩都是对世间情爱一知半解的小屁孩儿。

就在这时，烈云注意到木屋的窗台上露出半颗小脑袋，原来有人一直在偷看他们。他笑着挥挥手，引得翎儿一阵脸红。

而身后为了送礼一事聊得不可开交的两个人，恰恰错过了这一幕。

那天以后，银狐每天都变着花样来比丘山林给蓝羽鹊送礼物。

有东海贝母珠做的头饰、人间的绫罗绸缎、珍藏许久的祖传大补丹……但这些统统都没能换来翎儿哪怕一丝关注，礼物一律被拒之门外。

反倒是烈云不经意路过时，翎儿都会殷勤地献上好吃的水果。

"伯父，这究竟是怎么回事？你跟翎儿很熟吗？"苏魁走到在树下假寐的男人面前，他手边的方帕上还放着鲜艳欲滴的山莓，简直令人嫉妒得眼红。

烈云打了个哈欠，将山莓全都递了过去："小狐你要吃吗？都给你吧。"他还是对金银珠宝更有食欲。

"太过分了！你竟然糟蹋翎儿的一片心意！"嘴上虽然骂骂咧咧，手却诚实地接过方帕，这可是他心心念念得不到的东西啊。

"我貔貅又不吃凡间食物，你吃了正好，不浪费。"烈云伸了个懒腰，却伸手从久微头上摘了一颗小参果，美滋滋地吃起来，"怎么样，你们的作战计划又失败了？"

闻言，苏魁和久微惭愧地垂下了头。

"一时失手而已，也许是还没有送到翎儿喜欢的礼物，对吧，久微？"苏魁看向战友，假装胸有成竹的模样。

"对啊，这是持久战，欲速则不达。"久微配合地点了点头。

烈云看破不说破，这两个小屁孩分明就是束手无策，看来，还是需要他这个长辈出马。

随后，烈云在木屋前礼貌地敲了敲门，很快，门内就有了响应。翎儿羞怯地扶着门，含情脉脉地看着烈云。两个人嘘寒问暖了一番，不知道聊了些什么，翎儿突然热情地邀请烈云进屋喝茶，躲在不远处偷看的两个人看得目瞪口呆。

"这什么情况？"苏魁惊呼道。

久微摸了摸下巴，不禁感慨了起来："我云哥之前在天庭的时候就备受仙女姐姐们的喜爱，翎儿会招架不住他的美貌诱惑，也很正常。"

"什么？"苏魁顿时如遭雷击，激动地抓住久微的肩膀猛烈地摇晃起来，"不是说好要帮我做媒的吗？伯父现在横插一脚抢我意中人，你管不管？管不管？"

"管管管！你先别摇了。"久微嫌弃地推开他，整理了一下思路，对苏魁做了个"暂时撤退"的手势。

一想到屋内两个人甜甜蜜蜜，有说有笑，苏魁就气得浑身炸毛。在久微多次催促下，苏魁这才不情不愿地离开，却还是频频回头遥望木屋，满脸都写着醋意。

至于木屋内，气氛正好，翎儿端茶递水，就差没给烈云捏肩捶背了，那份绵绵情意，烈云当然没法视而不见。

"翎儿姑娘，你太客气了，我自己招呼自己便可。"他婉拒她的好意，决定开门见山，"我这次是专程来为我的侄儿小狐说媒的。"

闻言，翎儿的脸顿时煞白了一片。

"貔貅大人，您这是在跟我开玩笑吗？"翎儿万万没想到烈云会来替她说媒，而且说媒的对象还是与她们蓝羽鹊一族有着血海深仇的银狐。"即使他没有伤害过我，他们银狐一族也洗不清杀我族人的罪孽。我又怎能若无其事地答应？更何况，我并不喜欢他！"

烈云苦笑了一下："我也知道，让你完全原谅他未免太过强人所难。不过，我希望你能理解，他毕竟是一族之首，为族人觅食是他作为领袖的责任。这天地伦常，弱肉强食，本是自然的规则。易地而处，若你是狐狸，他是猎物，也免不了对立。可他却为了你，开始吃素，这对一只银狐而言，有多荒谬，你知道吗？"

"吃素？"翎儿第一次听说这种事，很是震惊。

"对啊，很意外吧？"烈云见她有些动摇，便趁热打铁道，"他还私下让族民到别的地方觅食，你难道没有发现比丘山林最近异样太平吗？看在他一片诚心的分儿上，你就跟他交个朋友吧，如何？"

翎儿只觉得心思有些混乱，不知该如何回答。烈云所说的，她依旧感到难以置信，那个残忍捕杀蓝羽鹊的银狐竟然会喜欢她？她怎么也想不通这件事。

烈云觉得该说的他已经说完了，正要告辞时，瞧见她手上的白纱，不经意地问："听说你伤了羽翅，现在伤势好些了吗？"

"有心了，还是老样子。"翎儿垂下眼睑，没有看他。

送走烈云没多久，房里的青黛才幽幽转醒，出来便瞧见翎儿这副若有所思的消沉模样，连她走到自己的身边都没有注意到。

"翎儿，刚才有客人来了吗？"

翎儿这才回过神，见青黛正神色肃穆地打量着自己。

"你醒了，青黛。刚才是貔貅大人到家里做客，说是要为我和银狐说媒。"她说着连自己都感到滑稽，忍不住笑了起来，"蓝羽鹊和银狐天生就是敌对的，怎么可能在一起？"

青黛没有言语，而是奇怪本该在皇陵照顾六皇子的貔貅大人怎会出现在这里。

"久微有来找过我吗？"青黛问。

翎儿忽然想起久微嘱托的事情，如实转告道："久微姑娘前几日来探望过你，不过你当时正在睡觉，就没有叫醒你。她让我转告你，六皇子的毒已经清除了。"

知道赫连宇澈平安无事，青黛的心头大石总算落下了，草草收拾了一下随身物，她就急匆匆告辞了。

五

翌日，苏魁又来到木屋前送礼，依旧吃了闭门羹。

他放下海螺贝的饰品，沮丧地耷拉着耳朵和尾巴，失望而归。可他没有发现，翎儿在他走后没多久，悄悄拿起他带来的海螺贝壳，神情有些复杂。

见苏魁满脸愁容地回来，久微就知道他又是毫无进展。

"唉，小狐，别灰心，下次一定会成功的。"

苏魁摆摆手，心灰意冷道："行了，你就别安慰我了，我本来就不该对这种事抱有希望。"

他没心没肺地扑入女眷们的怀抱，假装不在意，还催促久微离开："澈心镜都已经借你们了，赶紧用完赶紧还回来吧。"

"所以，你就这么放弃了吗？"

久微把他从女眷的身上拉起来，他脸上满是不悦："对啊，她不是喜欢我伯父那种类型吗？我又何苦自作多情？难道我堂堂银狐族长，还愁找不到伴侣吗？"

又来了，口是心非。

"你分明就是在逃避现实，还有，你既然喜欢翎儿，还是不要再和其他雌狐厮混了……"她遣走一众女眷，硬拉着他往比丘山林的方向走去。

"我不去，不去！"

……

烈云来到狐仙居，就看见苏魁高高地抱着石柱，像一只附在树干上的知了，久微则在下面苦口婆心地劝他下来。

"怎么了？你俩吵架了？"烈云看着上方的苏魁，他心情似乎很差，看到自己时甚至连声招呼都不打。

"伯父来了，怎么就这态度？小狐。"

苏魁冷哼一声，算是打过招呼了。

从久微口中得知事情的来龙去脉后，烈云揶揄道："活该，就你这副德行，哪个姑娘会看得上你？你听伯父说，翎儿她其实……"

"不听不听，王八念经。"苏魁气鼓鼓地跳下柱子，捂着耳朵就往石窟走去。虽说在族人面前万分威风，不过他大多数时候还是很孩子气的。

烈云见状，故意拔高音量道："唉，亏我上次特地去找翎儿说媒，原想告诉你个好法子讨姑娘芳心，看样子你是不需要了。"

两只白色狐耳倏然一动，原本快要跨入洞穴的脚突然急转而来，长臂一钩，苏魁哥俩好地搭在烈云肩上，笑嘻嘻地说："伯父辛苦了，侄儿给你准备了丰盛的聚宝盆，待伯父吃饱喝足后，可否指导侄儿一番？"

"……"

久微无言地扶了扶额头，你的原则呢？

但当夜，却发生了意想不到的事情。

比丘山林突然发起大火，林中鸟儿纷纷飞离火海，只有翎儿被困在了木屋。火势太大，门锁都烧熔成一团，翎儿急得变回原形，正要破窗飞出，才发现自己根本无法挥动翅膀。

而在山林不远处，久微和苏魁正在采集花茶蜜。

"为什么要挑这个时候采蜜？"苏魁打着哈欠，不一会儿就喊累，坐在一边偷懒。

久微小心翼翼地将花蜜导入瓷瓶内，堵上瓶塞。

"你没听云哥说吗？火蜂夜里酿蜜，这个时候的花茶蜜是最好的。用花茶蜜调兑参露入药，效果一定很好。你也想翎儿早点儿好起来吧？"久微将苏魁重新拉了起来，将瓷瓶塞给他。

苏魁若有所思地看着手中的瓷瓶，疑惑道："这么寒酸的东西，她真的会喜欢吗？"

"礼物不分轻重，心意才是最重要的。"

确如久微所说，能治好翎儿才是他所乐见的，如果这朴实的礼物对她的伤势有用，他就算每天像只勤劳的蜜蜂围着花茶打转又何妨？

刚打定主意，就瞧见了远方升起的火光与浓烟。

久微惊道："那不是比丘山的方向吗？"

不等她说完，苏魁便如离弦之箭，幻化成原形，黑夜里，一只巨大的银狐疾行而去，一眨眼的工夫，便消失在了远方，久微也紧随其后。

比丘山林已经成了一片火海，久微本想用御风术灭火，不承想弄巧反拙，令火势变得更大。

逃出来的蓝羽鹊纷纷向久微他们求助，也顾不得害怕苏魁，比起苏魁，这漫天的火光反倒更令它们恐慌。

"久微姑娘，翎儿还困在木屋里，拜托你救救她。"鸟儿们又惊又怕，火苗把他们的羽翅烧焦了不少，一个个都狼狈不堪。

"久微，来，助为兄灭火。"烈云这个大救星适时出现，原来他一直不放心两个人，就跟了过来。说着，他施法降下冰雨，久微以风加速冰屑消融，顿时天降甘霖，控制住了火势。

苏魁见状，二话不说冲入火海，朝木屋的方向奔去。久微和烈云为他掩护，一路浇灭扑来的火龙。但他前进的速度太快，久微他们完全跟不上。眼看着烈火又要熊熊燃烧起来，他们不敢稍有怠慢，继续施法灭火。

来到木屋前，门框已经烧得发黑，苏魁来不得思索，纵身撞开门，一眼就看见了翎儿，她用微弱的灵力为自己结起一层结界，奈何力量太弱，结界不成方圆，火还是将她烫伤了，衣衫也已被熏黑了一大片。

看到这样的景象，苏魁的心不禁一阵刺痛。

木屋已经被烧得厉害，房梁纷纷坍塌，苏魁当即用自己的身体护住她，硬生生挨了一记重击。

"银狐？"翎儿的意识有点儿迷糊，只隐隐看见一道人影。

"没事，我会保护你的。"

苏魁抱起她火速冲出屋外，眼看着悬梁又要砸落下来，千钧一发之际，一阵风雪袭来，将他们身后的火苗吹散，雨雪骤然降落，把这场大火彻底扑灭。

究竟这场大火因何而起，始终无人知道。

翎儿和其他被救出来的伙伴都得到了紧急救治，久微和烈云忙得不可开交。见翎儿只是轻微烫伤，苏魁紧绷的心弦总算是松了下来。

直到久微来看他，他才发现自己整个后背都被烧秃了。他这样爱美的银狐，竟甘愿烧成这样，连他自己都觉得难以置信。

可他从没如此庆幸救了翎儿，还好保护了她。

第七章
双生姐妹花

一

翎儿只静养了几天,就能下床活动了。手上的烫伤并不碍事,只是痛失家园令她心里难免有些伤感。她与族人不得不迁徙到新的山林,寻找新的落脚的地方。

就在这时,烈云告诉他们玉溪山有一处绿林,可以让他们暂时住下。玉溪山离狐仙居不远,他们本心有疑虑,但眼下的处境由不得他们选择,便承了他的好意。

烈云联合玉溪山的精怪们帮忙筑巢,在巨树上搭了一间树屋,翎儿与她的伙伴们有了新的住所后,很快就融入了当地的环境。

为了使她早日康复,久微还每天送来一罐花茶蜜酿,据说对修复她的断翅很有帮助。对此,翎儿不胜感激。

不过,久微仅出现过几次,后来就没有露面了,蜜酿也都是放在门前。

每天清晨,她只来得及听见树屋外的脚步声,但当她来到屋外,人已不见了,就只看见地上摆有一壶蜜酿,以及新鲜的野花。

多亏了这些蜜酿,翎儿的伤势一天天好转起来,断翅竟也奇迹般的能够摆动了,虽然不能像以往那样展翅高飞,但能够再次抬起那双翅膀,她已经感动不已。

只是总来不及与久微道谢,翎儿决定隔日早早起来守在门边,亲自向她道谢。可第二日清晨,除了脚步声,她还听到门外传来一阵喃喃细语。

"每天都喝光了,也不知道好了没有。"苏魁弯腰放下瓷瓶,这些花茶蜜酿兑有灵参露,虽没有亲眼看到它的效果,但从久微口中得知翎儿的近况,他就放心不少。"今日凤仙花开得很是灿烂,还是难得一见的蓝凤仙,跟你的羽毛一样好看……"

后来还细细碎碎地嘀咕了些什么,翎儿听得不太仔细,她悄悄打开门缝,看见一道银色的背影。

他摇头晃脑地走下木梯,用手捂着腰,走起路来有些踌跚。

刚走两步,就听他龇牙咧嘴地低咒起来:"哟,又裂开了,回头还得让久微把药量加倍。"

翎儿站在木屋外,看着渐渐远去的身影,惊得捂住了嘴。

原来每天为她送蜜酿的人,竟然是苏魁。

隔日,本以为会再见到苏魁,没想到这次来的人却是久微。

第七章 双生姐妹花

"抱歉，我来晚了，都怪这天，让人困意不断。"日上三竿，久微才带着蜜酿来到树屋，顺便为翎儿复诊，"筋骨修复得不错，你现在抬起翅膀，还会疼吗？"

翎儿摇了摇头，感激道："已经不疼了，我昨日试着起飞，已经能稍微飞高一些了。"

见她喜笑颜开，久微也很为她高兴："量力而行，不要让翅膀太过劳累，还需再静养一段时间，待完全康复，你想怎么飞都不是问题。"

"谢谢你，久微。"

"不客气啦，你也帮我照顾过青黛姐，应该的。"久微收拾了一下药囊，见天色不早，便准备告辞，"我该回去了，你好好照顾自己。"

正要走出木屋，翎儿忍不住开口问道："那个……他今日为何没来？"

久微一怔，随后恍然明白过来她的意思，捂着嘴轻轻笑了起来。

"原来被你发现了？"

翎儿微红着脸，无措地交叠着十指，嗫嚅道："嗯。"

"我不是存心骗你的。其实，那些蜜酿都是小狐亲手酿制的，他担心你知道实情后拒绝服药，便以我的名义，每日为你送来。他每天都是五更天就出发前往玉溪山，只敢悄悄放下就走。"

久微见她没有什么反应，心想她是不是仍心存介怀，便安慰她说："你若在意，那以后还是由我亲自送蜜酿来吧。"

翎儿知道她误会了自己，忙解释道："不是的，久微，我不是这个意思。我只是，有些困惑。"

想起当日火烧比丘山，她虽意识模糊，但仍记得清清楚楚，当时是苏魁冒死将她救出火海，他身上的烧伤就是最有力的证明。

若要她完全放下仇恨原谅他，一时之间恐怕很难做到，但她怎么也想不通，苏魁为什么会舍身相救，为什么会这样保护她呢？银狐与蓝羽鹊不是向来都是敌对关系吗？

久微明白她的无措，不过这种事情，若由她这个外人来说破就没有意义了。

"你还是很害怕苏魁？"

翎儿点了点头："我的族人大多死于银狐之手，他却救了我，我不知道他是不是有别的意图。"

"这个嘛，如果非要说有什么意图，大概是想改变和你之间的现状吧。"久微扶着翎儿，来到窗台前，朝远处的一角望去，"有个傻瓜，因为背上伤口太疼下不了床，但又不放心我办事，硬是跟来了，简直多此一举。"

顺着久微暗示的方向，翎儿看见不远处的一棵树下藏着一道银色身影，似乎感受到了她们的目光，立马缩到树后，装出一副途经此地的模样。

"你想保护你的族民，他也想守护自己重视的人，出发点都没错。过去的事情，或许已经没法改变，但未来还可以由你亲手改写，不是吗？"

久微离开木屋前的话犹在耳畔，翎儿看着桌上那枝凤仙花，心微微一动。

五更天，鱼肚白的天还混杂着浓浓的水雾，苏魁像以往那样来到木屋外，一边扶着腰骂骂咧咧，一边放下蜜酿的瓷瓶。昨日伤口发炎，让他发了高烧，夜里痛得死去活来，天亮一退烧，他就立马赶来了。苏魁想，好歹他也是只狐妖，这点儿伤痛算不了什么。

苏魁正打算离开，却惊讶地发现门前放了一束凤仙花。正疑惑着，木屋的门被推开了，他一抬头就看见了翎儿。

翎儿的出现完全在苏魁的意料之外，以至于他一时之间做不出反应，像只石化的松狮，只茫然地张了张嘴。

"谢谢你每天特地过来给我送蜜酿。"翎儿主动打破沉默。

"不客气。"苏魁一时不知该把眼神往哪里放，只好别开脸盯着那束凤仙花，"你伤好点儿了吗？"

"嗯。不过，从明天开始你就别再送了吧。"

翎儿的答复如迎面泼来的冷冰，扎得苏魁的心又是一阵生疼。

果然还是惹她讨厌了。

也是呢，坏家伙送来的蜜酿，换作自己也不敢吃。更何况他心思谨慎，疑心又重，说不定还会怀疑对方是在下毒害自己，哪有翎儿这般善良，还亲自与他道谢？

唉，他就不该痴心妄想，试图改变两族的敌对关系。还是赶紧打道回府，免得又遭蓝羽鹊们的投石问候。虽然会有点儿难过，但男子汉大丈夫，大不了回去蒙头大睡几天，醒来又是一条好小狐……

苏魁突然耷拉下耳朵，垂头丧气，整个人都蔫了，以至于翎儿接下来的肺腑之言，都没能听仔细。

"我好得差不多了，蜜酿你留着自己用，我也会去狐仙居探望你。"

"哦，我这就回去……咦，等等，你刚才说什么？"不是要赶他走，让他再也不要出现在她的面前吗？

第七章

"我说,你不必再来玉溪山,这次换我去狐仙居看你,好吗?"翎儿忽然笑了起来,像一朵摇曳的凤仙花,娇俏迷人。

她她她……竟然说会来狐仙居探望他?

苏魁的脸顿时红成一片,捂着嘴,激动得说不出话来。由于太过激动,牵扯到背上的伤口,明明疼得想要号叫,却因为开心哈哈大笑起来,总之,一副哭笑不得的样子,看起来十分滑稽。

翎儿还是第一次看见这样的苏魁,不似记忆中冷漠凶残的银狐,而是一副憨傻呆呆的模样,这让他看起来可爱了不少。

"不可以?"翎儿眨着一双水汪汪的大眼,一副我见犹怜的模样。

苏魁顿时看痴了,良久,反应过来,一个劲儿地点头:"当……当然可以!"

他后知后觉,原来这世上最美妙的,莫过于苦尽甘来的滋味。

翎儿做出的让步,让蓝羽鹊与银狐一族的关系得到了巨大的改善。

随后,两族定下盟约,互不干涉和伤害彼此。

银狐得天独厚的狩猎能力,为蓝羽鹊在弱势的环境中保留了生存的空间,将企图伤害它们的猛兽都驱逐开。而蓝羽鹊的歌声也有荡涤心灵的作用,令聒噪的森林变得祥和起来。它们偶尔还从空中捎来鲜果,那些果实采自银狐们难以到达的高山,不仅能改善银狐的皮毛,还能让它们延年益寿。

至于苏魁有没有赢得翎儿的芳心,似乎仍需努力。听说翎儿养好伤后,越发美丽,还被推举为族中领袖,接替退隐的长老的位置。不仅族中的雄鸟对其频频示爱,连周遭的精怪也都对她一片倾心。

苏魁顿觉危机重重,每天都会溜达到玉溪山去盯梢,但常常寡不敌众,被鸟儿们啄得满头是包,哪里还有银狐族长的威严?

他又纳闷,又着急,怎么总是让翎儿看到自己狼狈的一面?可他没有发现的是,翎儿已经不再害怕他了,还会在他每日来玉溪山时,采一束凤仙花装点鸟居,因为这是他曾夸赞过的花,也是她今生见过的最美丽的花。

二

蓝羽鹊与银狐一族的恩怨得以化解,久微和烈云可谓是一大功臣。虽然没能帮忙查出纵火的元凶,却在它们重建家园时鼎力相助,让比丘山林再次恢复了生机。

事情总算告一段落，久微想起被搁置已久的澈心镜，提议道："既然澈心镜能看到过去发生的事情，不如我们就用它来看看纵火凶手的真面目？"

"我正有此意。哼，我倒要看看究竟是哪个胆大包天的狗贼，敢伤害翎儿！"苏魁强烈附议道。

烈云也有同感，由于使用澈心镜需要消耗极大的灵力，他决定替代苏魁念咒。

一声咒令之后，镜子有了反应，镜面如湖水激荡一般，荡起一圈又一圈的涟漪，接着，澈心镜就重现了案发当日的景象。

那天清晨，大雾弥漫，林中一片迷蒙，连久微他们都看不清有何异状。

又过了一会儿，雾中突然亮起了一点儿光亮，有两道黑影从林雾中穿了过来。原来是两个穆民打扮的行脚商，误入了比丘山林。

"你看，这就是你非要抄捷径的下场。"其中一个人抱怨道。

另一个人抖着手，手上的火折子因为雾气潮湿，不一会儿就熄灭了。没有了火光，两个人越发害怕。同伴又责备道："瞧你笨手笨脚的，火都熄灭了，万一遇到野兽怎么办？"说着从衣兜里取出新的火折子，点燃了手中的自制火把，一边走一边用枯叶助燃，火势逐渐扩大，把周围照得通透明亮。

忽然，林中响起了野兽的嚎叫声，吓得那个人一个激灵，将火把抖落在地。胆小的两个人逃都逃不及，哪里还顾得上拾火？立马朝林子的另一头狂奔。那火点燃了地上干枯的树枝，又烧着了从树上垂落下来的蔓藤，随后一路燃烧至整棵大树。

真相大白，就因为两个行脚商的疏忽，给比丘山林带来了一场无妄之灾。

"什么啊？原来是这两个人类在搞鬼！"苏魁气得牙痒痒，撂下狠话，"若让我再看到他们，一定要把他们绑在极热腹地上烤个几天几夜。"

久微摆摆手，规劝道："你就别气了，看他们也不是故意的。既然大家都平安无事，就这样算了。"

"是啊，小狐，若没有这场火，说不定你和翎儿还在原地踏步呢。"烈云揽过他的肩膀，指了指镜中的火光，"这就叫因祸得福。"

确实无法反驳，虽然为此吃了不少苦头，但确实是值得的，苏魁姑且就原谅了这两个人类。所幸不是出自族人之手，否则他所做的一切都白费了。

"小狐，这澈心镜能否回溯到多年以前？"虽说是法宝，能窥看过去和未来，但肯定也有自己的限制，否则如此逆天的宝物，怎么会落在凡间？

苏魁拍拍胸脯，保证道："五十年都绰绰有余。我以前听祖父说过，他年轻时曾用澈心镜偷看过未来祖母的模样呢。"

"那太好了,说不定能在楚子苓中毒前,找出制毒的配方呢。"久微惊喜道。

烈云这才恍然大悟,原来她要澈心镜,就是为了这事儿。

新一轮的咒令就要开始了,众人屏气凝息,期待着镜中的景象。不承想,烈云手中的澈心镜突然"砰"的一声碎裂开来。

"我们银狐一族的传家宝啊——"

看着地面上摔成碎片的澈心镜,苏魁痛心得哇哇大哭。

"不必再费心思了,楚子苓根本无药可解。"

循声望去,他们这才发现身后还站着一个人,正是许久没有露面的青黛。

看到始作俑者,苏魁挽起衣袖就要找她报仇。

"岂有此理,你竟敢打碎我的家传宝物,是谁给你的勇气?"苏魁结印,盛怒下居然恢复了狐形,张开巨大的狐尾就朝她袭了过来。

青黛不为所动,因为久微已经率先挡在了她的面前,阻止了苏魁的攻击。

"冷静点儿,小狐!"

苏魁不听劝解,眼看着就要伤到久微,烈云摇了摇头,施法将它制服在地,那只狐狸很快就又变回人形,还伴随着一阵痛苦的哀号。

"伯父轻点儿,我背上的伤还疼着呢……"

"知道疼就老实点儿,不就碎了面镜子,至于这么大动肝火吗?"烈云将他从地面上拉了起来。

苏魁委屈极了,但又不敢忤逆,只能小声地反驳道:"那可是我们的传家宝呢。"

"传家宝不过是身外之物,旧的不去新的不来。"烈云敷衍地开导他道。

"可那是从祖师爷那里传下来的,好珍贵的说。"

"勾陈手中的宝物不少,换一件继承不就行了?"

"可是……"

"别可是了,你不说我不说,这事儿就这么过去了。"

烈云轻描淡写的几句话,就这样决定了银狐一族祖传宝物的生死,甚至连反驳的余地都没有给苏魁。

看着死不瞑目的澈心镜,苏魁的小心脏一阵一阵地抽痛,呜呜……

但青黛总归有错在先,久微也不会盲目偏袒,只是想不通一向冷静的她为何会做出如此鲁莽惊人的事情。不过,她更在意青黛此时出现的目的。

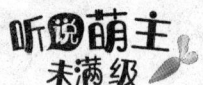

"青黛姐，翎儿说你之前离开了比丘山，你去哪里了？"

青黛叹了口气，但看到久微满脸关心的表情，犹豫了一下，开口道："其实，我哪里也没去，一直跟着你们。"

久微一怔，不解道："为什么不同我们会合呢？我还没来得及亲口告诉你赫连宇澈已经解毒的消息。"

"我已经从翎儿口中得知了。"

"那你不想见他吗？"久微见她不回应，心里越发担忧，思及她刚才提及楚子苓的那番话，又问，"你刚才说楚子苓无药可解，是什么意思？我们正打算用澈心镜找出噬心蛊的配方，而且前不久我们还采到了火凰花，说不定能找到线索研制出解毒剂呢！"

"不可能，楚子苓不会醒来的。"

一想到澈心镜即将揭露的真相，青黛就再也无法冷静。与其被他们发现丑陋的实情，倒不如由她亲手揭开一切。

"楚子苓早就已经死了。"

"怎么可能？她的肉身还在，还有呼吸呢。青黛姐，你不要沮丧啊，我们努力想办法，一定可以……"

"久微。"青黛突然情绪激动地打断她，再抬头，眼里已经闪着泪光，脸上也是痛苦的表情，"打从一开始，楚子苓就没有救回的可能。"

三

即使是灵丹妙药，也不可能救回一个已故的灵魂。这是青黛再清楚不过的事，但她依旧陪着赫连宇澈四处寻医求药，只为了一场永远也无法实现的梦。

"我自作主张假传六皇子的口谕，让你们离开金砂国，就是为了不让你们再卷入此事。"可她没有想到赫连宇澈如此固执，即使被赫连郁多次刺杀，他也只想保护楚子苓，甚至不惜牺牲自己的性命。

所以不如直接让久微离开，彻底断了赫连宇澈的希望，这样他就不会再妄想用灵参治好楚子苓，至于他的执念，就让时间慢慢冲淡吧。可她无论如何也没有想到，赫连宇澈竟然做好了与楚子苓共赴黄泉的准备，这让青黛既心痛又无奈。

"如果楚子苓已经离世，那她的肉身又如何解释？"毕竟这五年来是久微亲自为

第七章 双生姐妹花

楚子苓看诊用药，那女子与寻常人无异，如何让她相信楚子苓是一个已死之人？

"普通人确实做不到，但只要懂点儿仙术，就不成问题。"

见久微满脸惊讶，青黛反问道："你不是早就发现我不是人类的事吗？"

当日在比丘山林为青黛上药，久微发现她的伤口有着异于常人的愈合能力。手臂上时隐时现的枯藤色，无不说明着她身份的特殊性。

久微不是毫无察觉，只是朝夕相处多年，她竟不知青黛懂得仙术，一时之间心里五味杂陈。不知是青黛隐藏得太好，还是她太过驽钝。

正当她犹豫着要不要开口，青黛一眼看穿了她的心思，笑道："我知道，我不拿出点儿有力的证据，你大概不会相信我所说的话。"

说着，青黛用手拂过自己的脸庞，一阵轻烟过后，她终于露出了自己真正的面容。

看见她的真面容，不只久微，连一旁的烈云和苏魁都震惊不已。

"为什么你会和楚子苓，不，应该说简直和我长得一模一样？"

眼前的青黛不再是印象中那个冷若冰霜的青黛，而是有着和久微一模一样的容颜，一颦一笑如同复刻。如果不是眼角下的那颗泪痣，她们几乎让人分辨不出来。

对于大家的反应，青黛丝毫不觉得意外，她已经好久没有以真面示人了，平日里那副冷冰冰的面孔不过是她在人间的一个伪装。本以为早已舍弃掉原来的身份，没想到造化弄人。

"久微，我知道你现在一定有很多事想要问我。别着急，我会把我所知道的统统都告诉你。"青黛拉起她的手，恳切地说，"但在那之前，你能不能答应我向六皇子保守秘密？"

唯独这些秘密，她想一辈子都烂在心底。

狐仙居中，众人神色肃穆，青黛喝了口热茶，暖了暖发冷的手心。

事情太多太复杂，她斟酌了一会儿，决定从阿曼王妃被封为穆后说起。

"六皇子的母妃，不仅貌美，还体恤百姓，当时她备受穆帝宠爱，自然遭到宫中其他嫔妃的嫉恨，她的皇子更被传言是储君人选。这样一个心慈手软的女子怎能斗得过后宫那些妃嫔？可幸运的是，她在这场血洗的后宫争斗中取得了胜利，这一切都是因为有楚王相助。"

楚王与阿曼王妃的父辈交好，多次为她进言，巩固了她在宫中的地位。可以说，若没有楚王，她在宫中的处境迥然不同。却也因此，阿曼王妃不得不受制于楚王。

一年后，阿曼王妃被拥立为穆后，但这不过是楚王为实现其篡位野心的第一步。

穆后在不久后的一场旱灾中死去，自此，楚王便精心培养赫连宇澈，企图控制未来的国君。

"楚子苓由楚王侧室所生，从小受尽正妻的欺凌，十岁那年还差点儿被弃于荒野。"青黛想起那个在草堆中瑟瑟发抖的身躯，她瘦骨嶙峋，还被毁了容，大约命不久矣。

青黛怜悯于她悲惨的身世，决定将她救下，并赋予她与自己相同的容貌，甚至还帮她复仇。在那之后不久，楚王的正妻便在睡梦中死去。但楚子苓也因此付出了代价，她失去了在这之前所有的记忆，青黛还对楚王府内所有人施术，使得众人深信楚子苓就是这副模样。

为了避免不老容颜带来的麻烦，十几年来，青黛一直变换着不同的身份陪伴在赫连宇澈的身边。而长大后的楚子苓越发亭亭玉立，与她一起长大的赫连兄弟同时喜欢上了她。后来她与赫连宇澈相恋，几乎要到了谈婚论嫁的地步。

看着他们相爱相守，青黛虽感慨万千，但见楚子苓心地善良，定会替她好好照顾赫连宇澈，便决定放手离开。

可她没有想到的是，她刚离开不久，楚王就发动了政变。政变没有成功，他在刺杀穆帝的过程中失利，楚子苓畏罪服毒自尽，而楚王则下落不明。

楚子苓的死，令赫连宇澈备受打击。他疯了一般迁怒所有人，遣走一批又一批的大夫，没有人敢在他面前说楚子苓已经死了，生怕为此丢了小命。

青黛从没见过他如此绝望的模样，甚至自欺欺人地认为楚子苓只是睡着了。她本以为自己所做的一切，能确保他走向幸福美满的人生，可她错了，还错得十分离谱。

"你为何不选择恢复楚子苓的原貌？"久微不解道。

"或许我也在羡慕着平凡人的生活吧，自私地以为只要以这样的方式，就能让她替代我与那个人再续前缘。"青黛放下手中的茶杯，茶水已凉，可心头仍旧炙热，"所以，我用法术保存着楚子苓的肉身，她的容颜从此与我的法术共生，如果我死了，她也会被打回原形。"

她本以为赫连宇澈总有一天会放弃，但没想到他的固执超乎她的想象。他甚至为了江湖术士所谓的救命药方，连即将到手的王位都不要。

久微没想到他们竟然有着这样的过往，惊讶于楚子苓肉身秘密的同时，对青黛的做法感到不解："你为什么不告诉他真相呢？"

青黛知道这虚假的希望只会让赫连宇澈越陷越深，可见他好不容易重新振作起来，满怀希望地出门寻药，她就不忍心说穿一切。

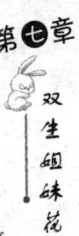

而她自己，又何尝不是在自欺欺人呢？以为只要陪在他身边，就能减轻罪恶感，这几百年的固执相守，不过是为了让自己的良心好过点儿罢了。

"久微，你让我如何告诉他？明明身边已经有我这株灵参了，我还袖手旁观，陪他四处寻药，去救一个永远都不会醒来的人。"

四

久微自从离开天山，就不曾再见过同族。灵参修炼，需要极其漫长的时间才能化为人形，可青黛不仅修为在自己之上，甚至还隐藏了灵气，让她这五年来一直被蒙在鼓里。

对此，烈云似乎毫不惊讶，他打从一开始就知道楚子苓是具空壳。他打量了青黛几眼，断言道："你就是双生灵参的另外一株吧？"

烈云的话让久微感到难以置信，她震惊地看向身旁的女子，见她丝毫没有反驳的意思。

千年前的那场仙魔大战，众人所知的甚少，连资质最老的烈云也只知道个大概。当初若没有山神大人的协助，久微也不可能得知双生灵参的存在。

"没错，我就是当初从诛仙剑下侥幸逃走的那株灵参。"青黛直言不讳，对久微露出一个歉意的笑容，"很抱歉，一直没能和你相认。"

青黛原名久曦，和久微是天山同为一体的双生灵参。她先久微一步有了意识，但刚有了意识，就要面对执剑诛她的战神龙渊，所幸有玄冥仙尊替她求情，而她也在这个过程中趁机逃离了天山。

下山后，她无处可去，终日过着东躲西藏的生活，好几次都差点儿死于凶兽的爪下。从此，她刻苦修炼，誓要提升自己的修为，终于在百岁那年，学会了炼化成人形。

"我本以为我这一生都会在修仙寻道中度过。直到遇见了那个人，这一生的轨迹都被改变了。"

"那个人？"

青黛点了点头，深呼吸了一下，这才缓缓吐出心中百转千回的那个名字。

"他叫陆广白，是几百年前我遇到的第一个人类，也是我至今都无法弥补的遗憾。"

就在青黛修炼成人形的第二年，山上来了个男人，他就是陆广白。

初次相遇，陆广白非但没有被她的原形吓跑，反而喜上眉梢。他自称是山下小镇的一名铸剑师，因妻子患病，来山上采药，希望能找到人们口中能医百病的灵参。他认为青黛的出现，是他的赤诚感动了上苍。

尽管青黛对他十分警惕，常常在他上山时躲起来避而不见，但陆广白始终没有放弃，每天都会上山来见她。有时候是几句简单的寒暄，有时候是倾诉内心焦虑的碎碎念。

青黛从没见过如此执着的怪人，久而久之便对他产生了好奇。

听说他的妻子患有肺疾，终日卧床不起，连城中的大夫都无能为力。家中老小全由他一个人照顾，他还要兼顾武器铺的生意，生活可谓是异常艰辛。

虽然陆广白有求于她，但他从不强迫她，他总在耐心地等待，等她愿意相信他、接纳他。

就这样三个月过去了，他终于用自己的真诚拉近了彼此的距离。

他告诉青黛许多关于人界的事，还教她识字，让她小小的世界，顿时充满了色彩，以至于她好想看看他口中的人间究竟是个怎样的存在。

后来，陆广白来见她的次数变得越来越少。青黛从没想过不过是几日不见，竟如隔三秋，再见他时，欣喜若狂得连自己都感到惊讶，可那时出现在她面前的却是山中的狐妖。

那狐妖在妖怪中小有名声，为助涨自己的修为，早就对青黛觊觎多时。奈何灵参难以捕捉，它怎么都找不到青黛的弱点，只好打起了陆广白的主意。

"喂，小灵参，你该不会真的相信那个男人吧？"狐妖不怀好意地靠近，"我听说最近镇上来了不少采参人，指不定是为你而来。"

青黛对他所言丝毫不感兴趣，一年到头都有百姓来山上采传说中的灵参灵芝，这不过是他们日子过得太闲了。况且，想要抓住她又谈何容易？

狐妖当然知道她不会轻信于它，便煞有介事地说："你大概不知道灵参的市值吧？仅仅一指就值十两黄金，谁会丢着横财不赚？山下的百姓或许不知灵参真假，但那个男人可是知道得一清二楚。"

提及陆广白，果然引起了青黛的注意，狐妖心里非常得意，这株灵参终于上钩了。

"他每日上山讨好你，不就是为了让你折一星半点儿灵参给他嘛。"

青黛皱眉道："他那是为妻子求药。"

"这可就难说了，没准儿那只是为了博得你的同情编织的谎言。"狐妖绕到她的

第七章 双生姐妹花

身侧,继续煽风点火,"人心是贪婪的,又怎会对我们妖怪推心置腹呢?他和那些采参人似乎有所来往,你可要当心哪。"

"他不可能骗我!"

狐妖似笑非笑地看向她:"你若不信,过几日便知。"

青黛半信半疑,可没想到隔日就见到了陆广白。他行色匆匆,瞻前顾后,好像在警惕着什么。

"你快走吧,山下来了好多采参人,他们马上就要上山了。"

陆广白催促她赶紧离开,还指着后山的一条山路道:"你从那个方向下山,可以看到洛河,渡河去到对岸,那里有一处山林,比这里要安全一些。"说着把手里的一袋碎银递给了她,他知道她或许用不上,但这是他的一点儿心意。

"我不怕,他们抓不住我的。"青黛丝毫没有把采参人放在眼里。

陆广白摇了摇头:"我听说他们当中有个法力高强的道人,万一你失手被擒,我会很担心的。"

他会担心她?青黛的脸上顿时染上一抹微醺的红,她接过碎银,忐忑地问:"我走了,你就不怕永远都得不到灵参吗?"

"我说过,我不会勉强你的,况且我妻子的病也不是一时半会儿就能痊愈的。倒是你帮忙采的那些药草,对她的病情很有帮助。"陆广白感激道,"等一切安稳后,我会到邻城找你。"

他的话让她深信不疑,却没想到令人心碎的事实正在后面等着她。

青黛按照陆广白的指示下山,刚走到半山腰,就被一众采参人堵住了去路。为首的道士捋着胡子得意道:"果真如姓陆的所言,灵参打算逃跑呢。"

道士的话让青黛如遭雷击,她万万没想到陆广白竟然会出卖她。

可他不是说好等一切安顿好就会来找她吗?难道这一切都是为了骗她落入采参人的圈套而编织的谎言?

青黛立马幻化为原形,打算钻入土中,但那道士眼疾手快地投下绳网,勒住了她的下腹。其他采参人也早有准备,用道士给他们的缚仙符定住她的身体,不让她有一丝一毫脱身的机会。

现阶段的青黛还只是个半仙,缚仙符的作用对她并不是很大,为脱离陷阱,她忍痛断掉一截参肢,不过眨眼的工夫,她就从网下遁土溜走。

陆广白没有想到这么快就又见到了青黛,他还来不及说出关心的话语,就被青黛一剑所杀,临终前,依稀听到她不甘地质问自己:"为什么将我的行踪泄露给采参人的偏偏是你？我们不是做过约定了吗？"

他虚弱地看着她，汨汨流血的唇呢喃着什么，之后便再也没能醒来。

五

青黛回忆到这里停了下来，曾经的一切依旧历历在目，她微喘着，只觉得胸口尖锐的刺痛。

"你没事吧，青黛姐？"久微见她脸色苍白，担忧地问。

青黛摇了摇头，缓了一会儿，继续说道："我受狐妖挑唆，被愤怒蒙蔽了双眼，将陆广白的真心当成了虚情假意，以为他故意将我的行踪告诉采参人，只是为了分得灵参为重病的妻子治病，甚至还错手杀了他。我很后悔，至今都无法原谅自己。"

事实上，陆广白不仅没有泄露她的行踪，还设法将采参人引到别的地方去。是狐妖使用幻术变成道士，误导众人上山采参，只为了让她恼怒分神，好趁她松懈时找机会偷袭。

她杀了陆广白后，手足无措地愣在原地，连身后不断靠近自己的狐妖都没有察觉。狐妖就这样用缚仙网轻轻松松地将她困住。

它取笑青黛轻信谎言，而从它口中得知了真相的青黛几乎崩溃，她的大脑一片空白，也是在那时，她堕入了魔道。她杀了狐妖，为陆广白报仇雪恨，甚至想通过自我了断的方式来偿还对他的亏欠，但她忘不了他的遗憾。

"求你救救我的妻……"

陆夫人等了一个多月，没有等到失踪的丈夫归来，反而等来他在山上遇害的噩耗。青黛没有告诉她真相，所以陆家自始至终都以为陆广白是被野兽杀害。她履行陆广白的遗愿，为陆夫人带来灵参入药，很快她的肺疾有了好转，不久后就彻底痊愈了。

但青黛心有杂念，内心被悔恨和七情六欲填满，已难再修仙。她被困在一个叫作"陆广白"的牢笼里，不知前路何方，更不知该往何处走。

后来她见到了陆广白的遗腹子，心中燃起了希望。她取走陆广白的随身佩剑留作纪念，还改名为青黛，决定世世代代守护陆家子孙，只为了弥补自己的罪孽。

"我就这样，一直陪伴着他的子子孙孙直到今日。"青黛垂下眼，不知该用什么样的表情来回应众人的目光，只是静静地说着，"赫连宇澈是他的子孙里长得最像他

第七章 双生姐妹花

的一个，我时常会错以为陆广白还活着，而我也还在他身边。"

久微没想到姐姐用情如此之深，只感叹命运弄人。对于青黛，她的心情同样五味杂陈，从没想过两个人曾是命运共同体。世上唯一的亲人就在眼前，她既高兴，同时又感到悲凉，两个人分开，却有着截然不同的命运，她要比青黛幸福许多，至少她所爱之人仍在身边。

见姐妹二人面色凝重，烈云不禁摇了摇头，阔别千年的重逢，不应该是这样的呀。思及久微的过往，作为义兄的他不免多关心了几句。

"青黛姑娘，你既已入了魔道，天界怕是不会轻易放过你。你与久微是双生灵参，如果你犯下什么大错，想必久微也无法置身事外。"

想到玄冥仙尊已被贬入凡间，久微问道："天界为什么一定要将我们赶尽杀绝呢？就因为我们是双生灵参吗？"她们与别的精怪并没有什么不同，更不是什么十恶不赦、天理难容的大魔头，为了她们，玄冥仙尊把仙途都搭了进去，也未免太小题大做了吧？她完全无法理解天界的做法。

青黛叹道："千年来，龙渊一直监视着我，大概他始终认为我是灭世的隐患吧。"

"可是，我们明明什么坏事都没有做……"

"久微，你就别问为什么了。这事儿别说你们，就连当年参与过伐魔的神都不知道，至于知情人士，大都选择了沉默，想必是触到了天帝的机密吧。"烈云摸摸她的头，安慰道，"我知道你很在意玄冥的事，但天界有天界的规矩，他被贬入凡间已是天帝最大的仁慈了。"

"那倒未必，龙渊与此事关系重大，我想他一定知道些什么。"青黛提议道，"也许能从他那里套出点儿消息来。"

烈云摆摆手，否决了她的提议，因为他太了解龙渊的脾气了，从那座冰山口中套话，几乎是不可能的。

"龙渊不愿说也没关系，又不是完全没有办法知道过去的事。"

见烈云一副胸有成竹的模样，久微小声提醒他道："云哥，你是不是忘了澈心镜已经坏了的事？"

"傻丫头，我当然记得。"烈云白了她一眼，他还不至于健忘到这种程度，再怎么说他也是见多识广的百事通，"要想穿越时空，就不得不提四大凶兽之一的饕餮了。"

"饕餮？噢，这我知道。"一旁当听众许久的苏魁突然插话，"就是五年前把天山夷为平地的那只大家伙嘛。听说它不仅食量惊人，还有着逆转时空的能力。"

"确实有所耳闻，不过饕餮不是在五年前被战神收服了吗？"青黛作为目击者之一，亲眼看见龙渊将其打败，还是不费吹灰之力那种。

烈云点了点头，应和道："也幸好它被炼妖壶给收了，不然它能回到过去把天地毁灭好几次。"

"那不就是完全没有办法了吗？臭云哥，害我白高兴一场。"久微瞪了他一眼。

"我这不就是为了让你彻底死心嘛，过去的事，你知道如何，不知道又如何？玄冥既然违背天意行事，就说明他做好了受罚的觉悟，反倒是你一直耿耿于怀。"

烈云说的道理她都懂，她只是替玄冥仙尊感到不值罢了。但没想到连青黛都劝她放弃，不要再干涉太多，这让她感到很沮丧。

"他现在就在你身边，难道还不够吗？"

"我想帮他重回天界，做回本该受众神敬仰的神祇。"久微定睛看向她，脸上写满了执着，"姐姐，他已经为我们牺牲了太多。"

"你……叫我什么？"这一声呼唤，让青黛整个人都怔住了。

千白年来，她一直都是一个人四处飘零，饱尝孤独与痛苦，只是从未与人诉说。至于亲情，更是她不敢奢求的东西，她甚至害怕久微会不认她这个姐姐。

久微将她拥入怀中，道出之前一直怯于开口的话："姐姐，我或许不是一个称职的妹妹，但我会尽我最大的努力，让我所爱的人都变得幸福。玄冥仙尊也好，你也好，不管将来如何，我都不会再让你们孤单一人了。"

"久微……"未尽的话语，卡在喉间，青黛回拥住她，无声地淌着眼泪。

这两个丫头总算是坦诚相见了，烈云不禁露出欣慰的笑容。

"既然我是久微的义兄，也不介意再多你一个妹妹。"烈云张开双臂，示意他这个义兄的怀抱随时都会为她敞开。

但青黛只是白了他一眼，施展法术朝他投去一颗石子以示鄙夷。烈云偏头躲过石子，不依不饶道："真的不考虑一下吗？我是会招财的那种哥哥哟？如果改变主意，随时来找我哦！"

"云哥，你就别欺负姐姐了。"久微实在是难以想象这两个人聚在一起会是怎样的画面，大概会更加热闹吧？

面对久微的指责，烈云直呼冤枉，忙为自己辩解："我哪有？明明是你姐姐先凶我！你说对吧，小狐？"

苏魁别开头,冷哼道:"别指望我会帮你说话。"

"喂!还是不是自己人?"

……

三个人吵吵闹闹的,哪里还有长幼尊卑,瑞兽灵参的样子?他们就像平凡百姓那样,放肆欢笑,纵情喧嚣。青黛不禁有些羡慕他们,原来开怀大笑是这样美好的感觉。

以后,她也能让赫连宇澈重拾这样的笑容吗?

第八章
休想抢走师父

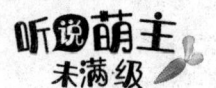

短暂的停留后，久微一行人便离开狐仙居，回到了皇陵。

进入皇陵前，青黛又变回了原来的模样。久微忍不住开口问："姐姐，你为什么不以真面目面对赫连宇澈呢？他总有一天会知道实情吧？"

青黛摇了摇头，浅笑道："时机到了，我自然会跟他坦白一切，你们替我保守秘密好吗？"

"好吧。"久微自认不擅长撒谎，就怕哪天会说漏嘴，也不知道赫连宇澈知道这些事后，会是怎样的反应。

说着，众人就走进了皇陵秘道，本想从秘道偷偷溜回静心室，岂料白慕风已在门外等候他们多时。

事实上，这几个月来久微和烈云断断续续地往返两地，白慕风早已对他们产生了怀疑。此番见到尾随而来的青黛，他实在没办法再睁一只眼闭一只眼了。

白慕风双手抱胸，倚在青铜门上，似笑非笑地望着他们："看你们气色红润，看来静心休养的成果不错嘛。这阵子在外面有何奇遇，不妨与我分享分享？"

闻言，久微和烈云同时倒吸一口气，糟糕，被发现了。

"呃，慕风，你听我解释。"久微拉着他的袖子，眨着眼睛，用商量的语气说道，"我这不是因为有苦衷嘛。"

护短心切的烈云也忙为自己和久微开脱道："对啊，你误会了，这静心休养也需要汲取一些外面的日月精华的，那样才能……"

正要伸手去搭白慕风的肩，却被他冰冷的目光挡下。

白慕风微眯着眼，笑容越发森冷。

"你给我闭嘴。"

"哦。"烈云放下手，可怜兮兮地退到一旁，不敢有丝毫懈怠，拉着青黛"咻"的一声，有多远逃多远。

久微本想跟着他们一块跑，却被两条长臂挡住了去路。

她被困在青铜门和坚实的胸膛之间，一抬头，就对上了白慕风如墨一般的眼眸，顿时涨红了脸。

"我给你一炷香的时间解释。"他觉得他对她已经很宽容了。

第八章 休想抢走师父

"就是跟云哥出去转了转，休养不能只待在屋子里，偶尔也要出去走动走动嘛……"她心虚得不敢直视他的眼，连撒谎时头顶会开花都不自知，继续编着蹩脚的理由，"然后就在回来的路上恰巧碰到青黛姐，我说的都是真的。"

白慕风冷不防拔下她头顶的小花，讪笑道："你觉得我会相信吗？至少你先把这个一撒谎头顶就会开花的习惯改了。"

久微知道再也瞒不下去了，率先投降，一把揽住他的腰，将脸埋在他的胸膛，撒娇道："我不是故意要骗你的，这事说来复杂，我怕你会生气，才和云哥瞒着你偷溜出去。"

她以为这样就可以蒙混过关吗？她和烈云消失了那么长一段时间，他日夜担心，可她一点儿也不懂他的心情。

白慕风叹了口气，将她从自己身上推开，转身走向寝室，任凭久微怎么呼唤，都不回头。

"慕风……"久微垂下头，怎么办？他真的生气了。

接下来的情形就演变成这样了。

每日膳后，白慕风就去宝库练剑，丝毫不搭理某人。连殷勤讨好的茶水食物，都无法打动他。面对劝和的烈云，他只有一句话："你也是共犯，别指望我听信你的狡辩。"

于是，加入沮丧行列的，又多了一个人。

"云哥，他已经五天没有和我说话了！"久微扑入化为原形的兄长怀抱，哇哇大哭。

烈云也哭嚷道："我也被他瞪了整整五天！一点儿都不尊重我这个神兽大人！"顺便摇了摇尾巴以示不满和抗议。

一旁的青黛无语地摇了摇头，这两个笨蛋，完全没有意识到自己错过了最佳的坦白时机，白慕风无非是想让他们主动告知外出的原因。

虽然她也很想帮妹妹求情，不过白慕风不同于往日那个白大夫，她又不擅长这方面的人情世故，真的有些爱莫能助，只好求助于赫连宇澈。

赫连宇澈虽然不了解他们的情况，但从白慕风的反应大抵也猜到了几分。

"久微，白慕风会生气也是人之常情。毕竟你瞒着他外出多时，但凡是个在乎你的人，都会担心。"赫连宇澈还向久微描述了她不在期间，各种失魂落魄的白慕风，话未说完，面前的人就一溜烟跑了，"真猴急，我都还没说完呢。"

方转身，就对上身后女子的目光，赫连宇澈微微扬起唇角，心情看起来不错。他朝她走去，抓住她的手腕问道："那丫头莽撞惯了，怎么连你也弄得浑身是伤？"

青黛抽回手，虽然腰腹间的伤已经恢复得差不多了，但动作依旧有些僵硬，诛仙

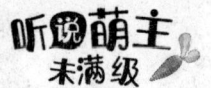

剑的切肤之痛时时刻刻提醒着她的所作所为。

"难免失手。"她敷衍道。

"哦？你也会失手，真是稀奇。"

青黛假装看不懂他眼中的嘲笑，向他汇报要事："之前听探子来报，如今王都遍布通缉令，污蔑你为蓄谋篡位，与外族勾结的反贼。六皇子接下来有何打算？"

赫连宇澈似乎早有预见："祈雨祭前他们必定有行动，我需要见一见父皇。"

二

夜半，久微来到白慕风的寝室前，忐忑地轻推开了门。

"慕风，你睡了吗？"

榻上的人拉起被子，直接背过身去："睡了。"

这不就醒着嘛，久微叹气，把房门轻轻带上。将手中的盘子放在桌上，来到他的身边，近乎央求般开口："我做了些点心，你要吃吗？"

白慕风冷哼一声，拒绝了她的好意："我困了。"

久微拉了拉被单，见他不理自己，便爬上床，掰过他的肩膀，迫使他转身看向自己，可他依旧纹丝不动。

"你还在生我的气？对不起嘛，我真的不是有意瞒着你，就是怕你担心才不说的。"

半响，没有得到白慕风的回应，久微渐渐有些泄气，她松开手里的被单，想要离开，白慕风却突然张开被单，将她裹了进来，顺势把人按在了床上。

久微一抬头，就对上了白慕风的眼睛。

这是这几天来，第一次被他正视，久微心里止不住"扑通"急跳了起来。

"我……"

白慕风却抢在她之前说道："我不是在气你，而是在气我自己。"

"为什么？"久微看着那双黑眸，见它们有些黯然，心中顿时懊悔，她竟让他露出这种困扰的表情。

"我气自己太过弱小，在你有求于人时，第一个想到的竟然不是我。"他不否认烈云神通广大，这是他或许这辈子都无法达到的高度，但他不甘心，就算他曾经是神祇，但现在只是个凡人而已。

没想到白慕风竟为此事烦恼，正如赫连宇澈所言，他是在乎她的。久微顿时红了脸，声如蚊蚋道："我有依赖你啊。"

白慕风故意看着她绯红的脸道："什么？大声点儿。"

"你明知故问。"久微拉起被单蒙住脸，可马上又被白慕风轻易拉开，让她羞赧的姿态无处遁形。

"你不说，我又怎知你内心所想？真不公平，从来都是我被隔绝在外，哪怕只是微不足道的事，我也想参与进去啊。"白慕风把脸埋入她的肩窝，不想让她看到自己失落的表情。

他想，自己现在这个样子一定很难看吧？就像一个得不到糖的孩子，以冷战反抗被忽视的不满。这样的自己，和她印象中的玄冥定是相差甚远，想到这里，他就越发没有安全感，害怕她总有一天会离开自己。

久微却忽然伸手从背后将他紧紧抱住，轻易就抚去了他的不安。

"原来我们的想法都一样。"她释怀地笑了起来，"我也是因为太在乎你，才不愿让你涉险，但又不知该如何让你明白我的心意。我担心你若知道我去求澈心镜，要面临银狐的种种刁难，你定会让我放弃，又或是也跟过去。我的初衷是在不惊动你的前提下，完好地解决所有的事情。你知道的，楚子岑的生死，我不可能袖手旁观。"

"你说的没错。"如果无法阻拦她冒险行事，他会选择与她共同进退。

"嗯，瞒着你是我不对，我应该早些坦白的。让你感到如此不安，对不起。"是她忽略了他的心情，如果她出发前能与他先商量一番，或许白慕风就会谅解，甚至还有可能支持她的做法。也不至于令他担惊受怕，令彼此之间的信任出现裂痕，她该对白慕风多些信心的。

"抱歉，我也太孩子气了。"白慕风吻过她的额头，为自己的意气用事道歉，"比起在你的庇护下活着，我更希望能亲自保护你。我不想你将来后悔当初选择了我。"他不是悲观，只是觉得将来是个未知数，即使有过海誓山盟，他也不愿以此束缚久微的一生。

久微蹙起眉头，伸手招了招他的脸颊，严肃道："我说过的，不管你去哪里，我都会和你在一起。不管你是玄冥，还是白慕风，我这辈子就跟定你了。你如果轻视我的感情，我真的会跟你急的。"

白慕风不禁一怔，心中涌出一股不可名状的暖流，穿过心田，将他最后一丝晦涩的黑暗映照成绚烂的天光。仿佛前路荆棘，只要能和她在一起，就一定能坚定地走下去。

"好，都听你的。"他将自己的手从她的环抱中拉开，反拥住她，在她耳边轻轻地说。

他好想好好珍惜这个女孩儿,让她一生一世幸福。

两个人和好后,就在榻上你一言我一语地聊天,把这些日子来没能诉说的心里话,统统倾诉了出来。

"老实说,你和烈云每天形影不离,我心里很不是滋味。"白慕风支起手臂,侧身看着身旁的久微,"名义上的'义兄',也是个活生生的男人,你懂我的意思吗?"

久微瞬间意会到他的暗示,忍不住"咯咯"笑了起来。

"你吃醋啦?"

白慕风挑眉,直言不讳:"是,我吃醋了。"

久微得意地搂过他的脖子,亲昵地蹭着他,哈哈笑道:"笨蛋,我又不喜欢云哥,我喜欢的是你呀。"

"哼,还算中听,我原谅你了。"他捏了捏她小巧的鼻子,叮咛道,"以后有什么事,都要先与我打声招呼,我没有你想的那么不通情达理。还有,离你那心术不正的义兄远一点儿。"

不知为何,听白慕风训斥自己竟也会这么甜蜜,久微觉得这几天被冷落的委屈,全都烟消云散了。

就在他们说着腻歪的密语时,外面突然传来一声轻咳。原来是门没有关好,自己径自打开了,而门外站着的是不知道何时出现的青黛和赫连宇澈。

两个人神色迥异,青黛别开了红透的脸,赫连宇澈则一脸识趣的表情。

"希望没有打扰到你们。"赫连宇澈指了指外面,"二位忙完的话,请到宝库来,我有些事想与大家商量。"

三

明明已是金秋,天气却反常的燥热。

王都民居的一口深井里,一滴水都没有,这样久旱未雨的现象,自二十多年前的旱灾以来,还是第一次遇见。然而,令百姓们苦不堪言的不是旱灾,而是那变本加厉的苛政。

五年来卧病不起的穆帝重振大局,不仅加重赋税,还抓捕大批奴隶用以献祭,一时间,金砂大漠人心惶惶。

第八章 休想抢走师父

打探完消息，一道身影出现在市井深巷的旧民宿前，在二楼的厢房停了下来。房内的人已等候多时，她确认安全后，才褪去身上的斗笠。

"如今王都内外广布六皇子的通缉令，红莲宫一众佣仆也被关押。内政已被国师和大皇子的势力控制，恐怕穆帝也仅是个傀儡。"青黛接过久微递来的茶水，道了声谢。

"那你知道阿霜他们被关在什么地方吗？"久微关心道。

"据说，作为祈雨祭品被关在地牢里。"

"祭品？"

赫连宇澈解释道："金砂国一直有祈雨祭祀的传统，以往都是用畜牧谷物祭天，自从国师上任以后，便开始了残忍无道的奴隶祭献，还掳掠大批财宝，而作为祭品的大多数都是奴隶或重级囚犯。"

久微从没听说过如此残忍的祭献仪式。一想到眉上霜即将面临的一切，她不禁慌了神，好在身后的白慕风扶了她一把，才不至于瘫倒："我要去救阿霜！"

白慕风对她摇了摇头，示意别冲动行事。

"消息确切吗？"他问青黛。

"我会再去打听打听，久微，你别担心，我也不愿意看到阿霜他们遇害。"

久微难以置信地摇了摇头："怎么会有献祭奴隶这样残忍的做法？简直不可理喻。以性命作为代价换来的风调雨顺，这样的生活真的会幸福吗？"

对此，赫连宇澈似乎早已司空见惯："你不知道也很正常，这一向是皇族秘事，也是为了不引起民怨。"

二十多年前，金砂国遭遇了一场百年难遇的大旱，几乎半城的百姓都死于灾难。而秦世封的出现，如同救世主一般，他以祈雨祭司的身份求来大雨，让金砂国重新焕发出生机。自此，民众将他奉为神使，对他大肆颂扬，而穆帝为了收拢民心，更是将他捧上国师的高位。

不得不说秦世封确实有些能耐，在周边村落快要被黄沙淹没时，他每回都能祈来大雨为王都带来恩泽。

赫连宇澈这次回到王都，就是为了找穆帝谈判，阻止这场荒谬的祈雨祭。只是万事开头难，他的红莲军如今已经所剩无几。

"青黛，能联系上穆将军吗？"

青黛摇了摇头，遗憾地禀报道："听说朝内拥护六皇子的朝臣，皆是被治罪的治罪，被处死的处死。连穆后遗留的势力，都惨遭肃清。"

闻言，赫连宇澈感到一阵痛心疾首。

这几个月来，金砂国发生了一连串的流血政变，几乎将赫连宇澈的亲信一网打尽。而赫连郁的羽翼却逐渐丰满起来，连城民都绝望地认为未来的穆帝会是大皇子。

"下月初便是祈雨祭，我们的时间所剩无几，一定要尽快联系上穆将军。"穆合是国中颇有为名的老将，曾辅佐穆帝建立功业，他手握五万大军，要想镇压一场内乱绝非难事，"事不宜迟，今晚我们就入宫。"

与此同时，地牢的一角，一个小小的身影正在努力地往窗外钻。

"霜公子，再加把劲儿。"底下的宫女扶着踩在她肩上的两条腿，而她也被另外几个宫女搀扶着。上方是一个四方的小牢窗，足以让一个五岁的孩童钻出去。

这些女孩儿全都是红莲宫的婢女，虽然只是几名宫女，却都不是贪生怕死的懦弱之徒，她们将所有的希望都寄托在眉上霜的身上，希望他能给大家带来福音。

眉上霜憋得满脸通红，腰腹的位置稍显拥挤，以至于他被卡在半途，十分尴尬。他有些沮丧地道："我出不去啦，小苑姐姐。"

小苑只好使出撒手锏："你难道不想再次见到久微姑娘吗？只要与六皇子会合，你就一定能再见到她！"

果然，眉上霜身体一颤，腰腹猛地一缩，竟顺利地爬出了牢窗。他抓紧窗栏，回头对她们说道："你们放心，我一定会马上让六皇子来救你们的！"

牢窗连接着地牢外的草坪，眉上霜匍匐前进，趁守卫转身之际，躲进了一旁的草丛，一直等到入夜两队换班，才找到机会逃出了禁区。

他不知道自己此刻身处何地，四周守卫森严，他一个五岁的孩子能有什么能耐逃出去？

就在这时，宫墙外驶来一辆马车，从车上下来的竟是国师秦世封。

那个人童颜鹤发，鬓前两缕白发最为瞩目，眉上霜不知他是何方神圣，却认出了他身旁的赫连郁，两个人在别院中的露天观庭中欣赏舞姬，其间谈笑风生，完全没有注意到躲在屏风后的眉上霜。

此处歌舞升平，一派欢乐，入目皆是美酒佳酿，有颗粒饱满的朝贡葡萄，有鲜香汁满的牛肉，更令人讽刺的是，王都百姓们千金难求的饮用水，却被他们肆意挥霍。

"我听说你是巫山祭司出身，那祈雨靠的也是巫术？"尽管民间都把秦世封奉为神使，但在赫连郁看来他不过是个普通人，纵有再大的能耐，也不见得能只手遮天。

"大皇子，您这话叫我如何回应是好？"秦世封轻啜了一口烈酒，脸上笑意盈盈，"我不过是授意传达雨神神旨的灵媒罢了。"

第八章 休想抢走师父

这家伙倒是挺会避重就轻，赫连郁不禁嗤之以鼻。

秦世封瞧见他眼中明显的嘲意，也不在意，他放下国务前来，可不是来找他喝酒闲聊的，便开门见山道："祈雨祭已经部署了，穆帝的行动也尽在掌控之中，就等大皇子你继位称帝了。"

"父皇现在这副模样，怕是也坚持不了太久，你确定他能在祈雨祭上毒发身亡？"赫连郁半信半疑道。

"那是自然。"秦世封笑眯眯道，"他体内的蛊都是我精心培养的，只要一声号令，便能让他当场毙命。这些蛊有多厉害，大皇子最清楚不过了。"

"可我六皇弟还在外叛逃，难保节外生枝。"赫连郁向来疑心重，虽然亲眼看到赫连宇澈被灌下剧毒，但他依旧有些不放心。

秦世封为他斟了一杯酒，揶揄道："大皇子您未免太过杞人忧天了。您是唯一的储君，这已是板上钉钉的事实，其他皇子也都归顺了您，更何况我还派了沙虎帮的人去追杀他们，就算六皇子命大能够逃走，但中了烈焰蝎的毒，也迟早活不下去。算算日子，他怕是已经被毒蛊蚕食殆尽，化作一摊血水了吧。"

噬心蛊的威力，赫连郁是见识过的，当年楚王便是死于这种剧毒，连一丝一毫喘息的机会都没有。而秦世封正是噬心蛊的制毒者，这也是赫连郁忌惮他的原因。秦世封虽承诺辅助自己称帝，但不见得对他有多忠心。

"还是不能掉以轻心，那女侍卫带走了雪魄瑶，没有圣器在手，怕是会惹来一众元老非议……"

秦世封做了一个抹脖子的动作："谁若不服，杀了便是。"

屏风后的眉上霜不禁倒吸了一口冷气，没想到大皇子一直在密谋弑君篡位。而且，六皇子竟然死了？那他师父岂不是也已遭遇不测？他正想逃出去通风报信，不料一脚踢到屏风，发出一阵声响。

"什么人？"赫连郁警觉地转过头。

眉上霜顾不得思考，拔腿就跑。赫连郁这才发现是那个被囚的小学徒，忙下令道："快给我去追，地牢里的囚犯逃出来了！"

孩子与成人的体格相差甚远，不一会儿，眉上霜就被追兵给逮住了。

"放开我，你们这些助纣为虐的坏蛋！"他拼死挣扎，用尽力气在兵卫的手臂上狠狠咬了一口，痛得对方一把将他摔了出去。眉上霜就这样撞到了前方的雕花栏杆上，当场磕破了头，眼看着就要被兵卫拿住。一柄长剑穿刺而来，面前的兵卫应声倒下。

四

看清面前的女子,眉上霜不禁喜极而泣。

"青黛姐姐。"不仅如此,他还看见她身后疾驰而来的久微等人,长久以来积压在心中的委屈和思念,一下子爆发了。

久微疾步向他跑来,二话不说,将他紧紧拥入怀抱,眉上霜当即号啕大哭起来。

"师父,师父你可回来了,呜……"眉上霜揪紧她的衣衫,丝毫不敢松手,生怕她一眨眼又消失不见,或是现在出现在他面前的师父不过是个幻影,"我还以为你不要我了,是不是阿霜不乖,你才不回来找我?"

见他哭得撕心裂肺,久微不禁红了眼眶,揉了揉他的脑袋道:"小傻瓜,师父怎么可能不要阿霜?我一直都在找机会回来看你,可是……对不起,阿霜,让你担心了。"她揽住怀中的人,能清晰地感觉到他的身体在不住地颤抖,可以想象这些日子他经历了多少痛苦和黑暗。

久微痛恨自己太过狠心,竟抛下他独自承受这些,若她早些回来,眉上霜和红莲宫的婢女们便不会受这样的苦。为了掩人耳目,他们躲到了被封禁的红莲宫里。

"阿霜,你是如何逃出来的?"久微泡了一壶宁神茶,红莲宫此时一片狼藉,全都是因为搜捕打砸所致,所幸她保存在房中的药材还在。

眉上霜的情绪已经稳定了不少,再加上熟悉的宁神茶香,他总算安下心来。

"我和小苑姐姐她们都被关在地牢里,每天都被审讯拷问,让我们供出六皇子的下落。姐姐们不说,就会被打得浑身是伤,睡不了觉。他们见我是小孩问不出什么来,就踢了我几脚。"

这种令人煎熬的日子持续了好几个月,在听说要被送去当祭品时,大家都渐渐失去了求生的意识。所幸,天无绝人之路,让他发现牢窗的栅栏断了一个缺口,这才燃起了大家的希望。

"小苑姐姐她们还被关在牢里,我逃出来后,便撞见大皇子与一个男人密会,他们想在祈雨祭那天杀了穆帝。"

闻言,赫连宇澈气愤地一拳捶在桌子上:"岂有此理,皇兄不仅密谋造反,还妄图弑君称帝,那可是我们的父皇啊!"

青黛蹲下身,与坐在椅子上的眉上霜平视,温柔地安抚他:"放心,我们会想办

第八章 休想抢走师父

法把小苑她们救出来。你说的那个和大皇子密会的男人，是不是额前有两缕白发，看起来却很年轻？"

"对，就是他。"

赫连宇澈不禁冷笑起来："果然是秦世封搞的鬼，这个人心怀鬼胎，结党营私，还祸乱国政，父皇当初就是太过信任他，才招致这样的下场。我需要与父皇谈一谈，青黛，走。"

"哎，赫连宇澈等等……"久微还没说完，赫连宇澈主仆二人就已匆匆离开了厢房，"这样贸然行事，万一被追兵发现了怎么办？"

"放心吧，久微，有青黛在，况且赫连宇澈武功高强，没人伤得了他们。我们还是趁着这个机会，想办法救人为好。"白慕风将她拉到自己的身边坐下，她方才哭过，眼睛又红又肿，叫他心疼不已，"来，我给你擦擦。"

两个人举止亲密，言行默契，眉上霜怎么也没想到他不在的期间，师父竟然与别的男人好上了。他睁着一双水灵灵的大眼打量着面前的陌生男人，对方似乎注意到了他的目光，默默地看向他。久微这才反应过来要为两个人介绍："阿霜，你还记得我之前去淮南国寻人的事吗？"

"记得，那个害你等了又等的人，就是他？"眉上霜绝顶聪明，从他师父扭捏的神态中便知晓，这个男人就是让她苦等多年的"故人"了。师父每回从淮南国回来，总会偷偷哭泣，这些他都记忆犹新，所以他对这个男人的印象并不怎么好。

他擅自消失多年，又凭什么如此理所当然地拥有师父所有的关爱？眉上霜打从第一眼就不喜欢他，就是他害师父终日郁郁寡欢的。

"你不替我感到高兴吗？以后啊，我们三个人就又可以像从前那样，生活在一起了。"说到这里，久微忍不住在脑海里描绘起未来美好的情景。

白慕风曾听说过久微收有一名学徒，但没想到竟是个如此年幼的孩子。他假装没有看到眉上霜眼中的敌意，自我介绍道："我是白慕风。"

"你们是如何重遇的？"眉上霜在意的只有这个。

久微本想跳过风来镇那段经历，但她不想隐瞒自己和白慕风的关系，眉上霜有权知道这些，因为他也是她生命中极为重要的亲人。

"他就是当初掳走我的狐面霍加。"

眉上霜简直不敢相信，这个男人竟然就是当初掳走久微的人。一定是他的师父太善良了，才会被他的甜言蜜语骗去，否则怎么会原谅一个助纣为虐的恶徒？他可是亲眼看见霍加随大皇子一起毁了整座红莲宫……

他立马将师父护在身后，张开双臂，正色道："你休想再伤害我师父！要带走师父，先踏过我的尸体！"

久微"扑哧"一声笑了出来，揉了揉眉上霜的脑袋，道："你在说什么傻话，慕风才不会做那种事。"

眉上霜小脑袋一阵猛摇，指着面前的男人质疑道："我才不信呢！赫连郁身边没几个好人，说不定他是为了得到什么情报，才假意跟师父套近乎的。跟这种人在一起，就等同于引狼入室！说不定他正在找机会干掉我们所有人呢！"

他咄咄逼人的愤怒之词，把白慕风逗笑了，他一把拎起这个小家伙，将他举至与自己平视的高度，饶有兴味地笑道："原来我在你眼里这么坏？"

"放开我，你这个笑面虎！小白脸！"眉上霜想从白慕风的手中挣脱，奈何白慕风的手臂如铁箍一般，他怎么也挣脱不开，只能在空中胡乱蹬脚。

白慕风如他所愿松开了手，"咚"的一声，眉上霜摔了个跟头，捂着摔疼的屁股哇哇大叫起来："以大欺小，不要脸！"小家伙忍着在眼眶打转的泪水，猛地扑过去，抱着白慕风的腿就是一阵啃咬。

没想到他个子小，咬人倒是毫不留情，白慕风的腿上很快就出现一道见血的牙印，他本不在意，可不知怎的，突然一阵晕眩。还是久微机警，立刻把眉上霜抱走，看见他微露出的小獠牙，再看看白慕风腿肚上微紫的痕迹，确认这是白眉蝮蛇毒无误。

白慕风撑着眩晕的身体，惊讶道："这家伙也不是人类？"

久微尴尬一笑，所幸眉上霜道行尚浅，这蛇毒是本能使然，只有危急时刻，他才会释放毒素自卫。

事实上，久微从来没有告诉过眉上霜他是白眉蝮蛇精的事，如果他能抑制本能，或许当个平凡人也未尝不是好事。但小家伙从小就机灵懂事，很早就察觉到了自己的身份。他知道久微不是人类，自然也不会以身为精怪为耻。

"是又如何！"眉上霜朝他吐舌做了个鬼脸，"你要是真被毒死了，也是活该！"

久微敲了一下他的脑门，教育道："过分了，阿霜，我说过不能对普通人使毒的，若用量过多，会出人命的。"说着来到白慕风身边，关心地查看伤口："还好伤口不深，你先含着参片解毒。"

看着师父对别的男人关怀备至，又是解毒，又是抹药，眼里完全没有自己，眉上霜揉了揉方才受伤的小臂，可怜兮兮地说："师父，我屁股疼。"

久微看也没看他,从包里摸出一盒金创药塞给他:"阿霜乖,自己揉揉。"

什么?竟然让自己揉?

更让眉上霜备受打击的是,那个男人居然还朝他幸灾乐祸地笑。

这个人果然不是善类!师父快醒醒!

五

与此同时,赫连宇澈和青黛顺利潜入了正殿。

守在偏殿的兵卫,还没来得及发出呼叫就被青黛击昏在地。迎面而来的婢女见来人是久未露面的六皇子,吓得摔掉了手中的夜光酒壶,忙跪下磕头:"皇子饶命!"

赫连宇澈冷冷地问:"父皇呢?"

婢女头也不敢抬,应声回答:"穆帝正在偏殿书房……唔。"话未说完,便昏了过去,而击昏她的正是旁的青黛。

"你也太性急了。"赫连宇澈瞥了她一眼。

"我这叫万无一失。"青黛绕过他的身边,嘴硬道。

一段时日不见,她的性格倒是开朗了不少,还会与他斗嘴了。比起之前那副逆来顺受的冰冷模样,现在的她更鲜活明媚。尽管赫连宇澈不知道她究竟经历过什么,但他挺中意这样的青黛。

踏入书房,空气中弥漫着淡淡的血腥味,还有一股不知名的香气,这些气味儿夹杂在熏香中,寻常人不易察觉,但青黛闻出来了。

"父皇。"赫连宇澈走向书案前的中年男子。

男子抬起头,眼窝深陷,眸中无光,两眼涣散,因常年卧病在床,枯瘦的身体早已大不如前,曾经的草原霸主,如今只剩下一副空洞的外壳。

"父皇,快停止祈雨祭吧,您被秦世封和皇兄骗了!儿臣不希望有一天您因为这出荒唐的闹剧被钉在穆族的耻辱柱上!"

可赫连宇澈的忠告完全没能打动这位帝王。他面无表情地放下奏折,微张惨白的唇,嗓音中透着沧桑和疲惫:"一派胡言,来人,把这个叛国之子带下去!"

没能唤来士兵护驾,穆帝终于察觉到了不妥,他微眯起双眸,看着眼前与自己没有半分相似的六皇子,他甚至没能在这个孩子身上,找到哪怕一点儿穆后的影子。

"你究竟是何人?"他茫然地反问。

"父皇,我是澈儿,你难道认不出我了吗?"

穆帝却冷冷笑道:"你这眉眼倒是看着和楚王有几分相似,越是长大越是觉得你像别人。"他话中有话,激怒了一直隐忍着的赫连宇澈。

"母后从未做过对父皇不忠之事,我是您的亲骨肉无疑,我永远忠于您和这个国家,绝无虚言。"

青黛注意到了穆帝的反常,他嘴角歪斜,脸部的肌肉不受控制,十分僵硬,连愤怒的表情都不受自己控制。一瞬间,她似乎在他的脖颈处看到一块一闪而过的黑影。她不禁暗忖,那难道是毒蛊的幼虫?

"无须多言,奴隶祭祀势在必行,谁也不能改变寡人的决定!"

赫连宇澈见谈判破裂,心中一阵钝痛:"父皇,您若是再执迷不悟,为了金砂国子民的未来,我宁可背负弑君之名,也不愿让游牧民族的骄傲被践踏至此。"他正要抽出剑鞘里的剑,一个石子自远方射来,击落了他手中的剑。

不一会儿,他们就被赶来的士兵重重包围,为首的赫连郁笑容满面。

"澈弟,这就是你的不对了,许久不曾回宫,一回来就到父皇这里来胡闹,又不是三岁小孩了,可不能事事都这样任性妄为。"说完,他强压着内心的震惊,打量起他,"你是如何在烈焰蝎的剧毒中活下来的?"

他就知道不该相信秦世封的话,没想到赫连宇澈还活着,如果不是毒药失效,那就有可能是秦世封暗中帮助了赫连宇澈。他不知道秦世封到底在心里打着什么盘算,但既然他先出卖自己,就休怪他不留任何情面。

"既然毒不死你,那我今日就要亲眼看到你断气的样子。"赫连郁一声令下,士兵们持剑蜂拥而上。

见状,青黛挥起手中的剑,只见一道剑光闪过,众人就被一股无名的力量给击退了。青黛趁机拉着赫连宇澈破窗而出。

"妖……妖怪?"

赫连郁摔坐在地,事情发生得太过匆忙,他只来得及看到青黛那双冰冷的赤瞳。

第九章
祈雨巫女多苦难

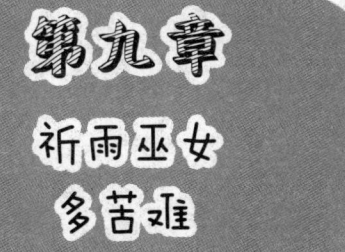

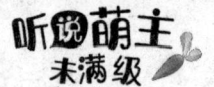

一颗、两颗、三颗，越来越多的黑色丸子砸了过来。

始作俑者躲在久微身后，怒目而视，手上仍没停下恶作剧的动作。

"阿霜，你别拿藿香丸玩。"久微看向身后的眉上霜，他正摸起一颗藿香丸，"咻"的一声，又弹向了对面面无表情的白慕风。

"我哪有玩儿？我这是在辟邪！"说着，又绕着白慕风转了一圈，一边打转，一边撒藿香丸，仿佛真的在做一场驱魔仪式。

久微有些哭笑不得，这孩子到底是有多不喜欢白慕风？

见他把藿香丸挥霍得差不多了，白慕风这才伸手拉住想要逃跑的眉上霜，皮笑肉不笑地问："闹够了吗？"

这次眉上霜学聪明了，直接一脚踹向他的小腿，趁他吃痛之际，立马开溜。哪想白慕风快速挥起剑鞘，绊了他一跤。只听"扑通"一声，眉上霜被绊倒在地，他骂骂咧咧道："卑鄙，竟然暗'剑'伤人！"

喂喂，哪有恶人先告状的？

久微平日里很宠眉上霜，但不代表他也会放纵小家伙胡闹，所以，他决定好好教育这个捣蛋鬼一番。

刚打定主意，一阵轻烟突然出现在他的面前，将他和眉上霜隔离开来。

白慕风还没反应过来，那轻烟就幻化成了一个女子。

"沈梦雨？"久微这才发现沉睡于珠坠里的沈梦雨竟然硬闯了出来，而且是在没有她咒术协助的情况下，"你魂体虚弱，贸然离开珠坠，会使魂体飞散的。"

沈梦雨却顾不了这些，她满脸都是重逢的喜悦，丝毫不把这些放在心上："不要紧，我早晚都要离去，此时此刻，我只想好好与他告别。"

久微一怔，瞬间明白了她的用意，她拉着白慕风离开，给他们留下最后一段独处的时间。

眉上霜不明所以，看着双双离开的两个人，不安道："你们要去哪里？"

"阿霜。"一道清浅温婉的女声响起，刚才那道幻影逐渐清晰起来。

她是个极好看的女子，面容精致，黛眉粉唇，一袭绿衣，楚楚动人。

眉上霜看着她，心中有一股说不上来的似曾相识的感觉。

第九章 祈雨巫女多苦难

"你是谁？"他困惑道。

那弯微笑的眼中闪过一丝黯淡，不过也仅仅是一瞬间，很快她又扬起嘴角。

"抱歉，吓到你了吧？如果可以，我也不希望以这样的方式出现。"氤氲着雾气的双眸，终究落下了欣慰的泪水，可她无怨无悔，"我很开心，能与你再次相见。"

"你……到底在说些什么？"眉上霜眨着懵懂的眼睛，不解地问。

这个问题真是难倒她了，如今的眉上霜早已忘记前尘过往，自然也不记得他对她的恨意，虽然沈梦雨不免有些伤感，可这对彼此而言，未尝不是件好事。

如今的眉上霜活泼开朗，身边还有深爱着他的人。

"如果当初不是遇见我，你一定会过得比现在更幸福吧。若能寻回你的心，我这一世便再无遗憾。"这是她始终放不下的事情。

她对他的伤害已无法弥补，也从不敢奢望能够得到他的原谅，但唯独这件事她无法原谅自己。

眉上霜越发搞不懂这个人，一会儿自说自话，一会儿又对他刨根问底，还尽是些他不知所云的事情。

"寻回我的心？"他摆摆手，"我的心不是好好地在这里吗？"他拍了拍胸脯，"扑通扑通"的，这不是心跳的声音是什么？真是个怪胎。

突然一阵风扑面，原来是沈梦雨抱住了他，她贴近他的胸膛，确实能清楚地听到一阵富有节律的心跳声。

"太好了。"她再也忍不住，眼泪决堤而出。

她曾以为他们会被永远困在过往之中，无法挣脱。但如今眉上霜已然新生，他不必再背负过去的枷锁。她很为他感到开心，却也害怕如果有一天她从这个世上离开，将会留他一个人承受痛苦，这比永世不入轮回，更教她万念俱灰。

沈梦雨抱着他，最后一次放纵自己，从他身上汲取久违的温暖。

"怎么突然哭起来了？是我说错什么了吗？"眉上霜没法挣脱，倒不如说她这无形的躯体，他根本就无法触碰。不知从何时起，沈梦雨的喜怒哀乐已经能够牵动他的思绪了。

"没有。"她摇了摇头，就这样一会儿就好，她想好好记住这个拥抱，"对不起，阿霜，很久很久以前，我就想跟你道歉了。可缘分总让我们擦肩而过，但我已经很满足了，至少我还能在最后一刻见到你。"

她露出一抹释怀的笑容，身边开始出现星星点点的光斑，像飞散的流萤。

"谢谢你，阿霜，让我不悔爱过一场。"

说完，她的身影化成了一股轻烟，缓缓地消失不见，眉上霜想要伸手抓她，却什么也没有抓住，只有一颗精致的珠坠落在他的手中。

"笨蛋。"

他下意识地脱口而出，盯着手中的坠子，心里五味杂陈。

在他陷入良久的沉默中时，忽然有人拍了一下他的后脑勺，他回过头，就看见白慕风正用淡漠的眼神看着自己。

"既然告别完了，那就走吧。"

眉上霜恍然回神，愣愣地点头："哦。"

没有抵抗，也没有争吵，就这么静静地任由白慕风牵着他的手朝前方云杉树下的那道身影走去。

眉上霜仰头看着白慕风的背影，心情有些微妙，不明白他为什么不问自己刚才发生的事情。

最后，他忍不住开口问："你们都认识刚才那个人？"

"她五百年前曾与你相识，仅此而已。"白慕风点到即止，就算他告知眉上霜他们曾相爱过，也于事无补，他对此深有体会。

眉上霜低下了头，小声嘀咕起来："我过去究竟是一个什么样的人？为什么会变成现在这副模样，这些师父都从未跟我提起过。"他既好奇又有些害怕，担心一旦知道了，会惹师父伤心。所以明明心智早已达到成年男子的水平，却仍然装成一个乖巧无知的孩子，只为让她心安，也为了能够坦然地面对自己。

"知道了又如何？"白慕风回头看了他一眼，伸手弹了一下他的额头，"久微连我那样不堪的过去都能包容接纳，不管曾经的你是什么样子，都不会影响她对你的感情。"

闻言，眉上霜不禁一怔，红着眼眶点了点头。

"好了，快收起眼泪，免得我被误会……唔？"一颗藿香丸应声弹到他的脸上，面前的小家伙正朝着他挤眉弄眼做鬼脸。

"哪来的藿香丸？"白慕风强压下心中的怒火问。

"唰"的一声，眉上霜从口袋里又掏出了一个小瓷瓶，脸上满是得意。

"呸，本大爷怎么可能是那么脆弱的男人？少摆出一副长辈的样子来教训我！"眉上霜说着，又朝他扔了几颗藿香丸，然后撒腿就跑。

"臭小鬼，你给我站住！竟敢戏弄我！"他刚才真的以为眉上霜哭了，可恶，现在该哭的反而是他自己,藿香丸太呛人,熏得眼睛火辣辣的疼。

"哈哈哈哈哈,来追我呀!"

一大一小一边拌嘴一边打闹,仿佛一下子又回到了从前。

"眉兄,你别跑得太急,那片林子里有荆棘花。"

"哎哟小白,你咋不早说?"

"白眉蝮蛇果然耳背。"

"你说什么?"

"没……没有啊,对吧,久微?"

……

平和镇的美好时光历历在目,久微喜极而泣,站在云杉树下看着这一生挚爱的两个人朝自己走来。

以后也要这样,三个人永远在一起,这次约好了。

二

三更时分,夜色已浓。

根据眉上霜提供的信息,他们掌握了红莲宫的人被关押的具体位置。久微正担心还未归来的赫连宇澈和青黛,主仆二人就出现在地牢外,与他们会合了。

"与穆帝谈得怎么样?"久微问。

"我的话,父皇完全听不进去。"一想到当时的情景,赫连宇澈就忍不住皱起眉头,"父皇仿佛变了一个人,对我的态度很冷淡……"他从穆帝的眼中看不出一丝人类该有的情绪波动,就像一个冷血的傀儡。

一旁的青黛笃定道:"穆帝也许被噬心蛊操纵了。"

但凡被噬心蛊操纵的人,严重者会失去心智,宛如一具空壳。在她看来,穆帝的情况虽然与以往的中毒者没什么不同,但下毒者似乎更想通过操控这具躯体来达成某种目的。

"噬心蛊?"久微一怔,提出疑惑,"噬心蛊毒性剧烈,中毒者几乎很少有能活下来的,为什么穆帝至今安然无恙?"

"此事说来话长,也有可能是秦世封施法让毒蛊沉睡了,才没能危机穆帝性命,但也这仅是我的猜测。"

说着,他们偷偷潜入了地牢。久微用法术击昏守卫兵,一路来到地牢深处,三下五除二撂倒了里面的守卫兵,一切顺利得不像话。地牢关押着如此重要的祭品,为什么不多安排几个士兵看守?

看到赫连宇澈,红莲宫的宫女们都感到难以置信,纷纷相拥而泣。

"阿霜果然带六皇子来救我们了,谢天谢地!"

青黛不费吹灰之力,挥剑砍向牢门,那铁制牢锁如纸片一般瞬间就断裂了。得救的宫女们纷纷跪下,向营救他们的人一个劲儿地叩头。

"小苑,其他人都被关在什么地方?"青黛问。

小苑回忆道:"我们与重级囚犯分别关押在东西禁区的地牢里,听说西牢里还关着巫女娘娘。岚胜他们因为不愿供出红莲军下落,被打成重伤,丢在了西牢。"岚胜是红莲宫的护卫长,知道许多重要的情报,但他宁死也不愿出卖六皇子。他平日里就像大家的兄长,如今生死未卜,小苑她们都为他担忧不已。

"巫女娘娘在西牢?"青黛与赫连宇澈交换了一下眼色,"那是白公子的生母。"

闻言,白慕风猛然一怔,久微亦然。

"真的吗?慕风的亲生母亲尚在人世?"久微催着赫连宇澈,"那还等什么?事不宜迟,我们赶紧去救人!慕风,太好了,你终于可以见到你娘了。"

原来他并不是孤单一人,在这个世上,还有与他血脉相连的亲人。

白慕风不由得心头一阵温暖。

西牢守卫也是同样松懈,赫连宇澈越发觉得有些不妥,久微却乐观地认为:"这不是好事吗?说不定这正是我们救出慕风他娘的大好机会!"

"话虽如此……"但这显然不是他皇兄的行事风格,祈雨祭在即,囚犯是极其重要的祭品,光凭这点,他就应当加强兵力把守地牢。更何况,赫连若岚还是皇室重级囚徒,就更不可能放松警惕。

在久微的带领下,四人来到牢狱最深处。

淡淡的月光透过窗栏投入牢中,映照着女子枯瘦如柴的身子。与一般的牢狱不同,她所在的牢房要整洁许多,似乎每日有人精心打理。她身上穿着月牙色的锦衣,周围还添置了不少所需品,若非手脚上的镣铐过于瞩目,别人还会以为她是宫里的某位贵人。

听到脚步声,原本坐在卧榻上的她立马用丝被裹紧自己,不时探出脸偷看外面的情况。

"她就是慕风的娘吗？"久微打量着牢里战战兢兢的身影，不确定地问。

赫连宇澈点了点头，拍了拍牢门的木栏，试图引起她的注意："赫连若岚，你还记得你的儿子吗？"然而，他并没有得到对方的回应，赫连若岚仍是一脸惊慌，将自己缩在角落里，时刻提防着他们。

"她入狱后不久就疯了，别说让他们母子相认，怕是要从她口中问出点儿什么，都是不可能的。"

穆帝虽然将赫连若岚打入了地牢中，但念及她是自己的胞妹，仍给予她优待，但她注定今生失去自由，老死在这狱中。

"伯母，您别怕，我们是来救您的！"久微扶着牢门，笑着与她打招呼。

赫连若岚猛地摇了摇头，嘴里支支吾吾的，吐字不清，满脸都是受到惊吓的模样。听到牢门打开的声音，她更是情绪大躁，抓起帛枕就朝他们砸来。

"慕风你别愣着啊，快过来。"久微拉着身旁的白慕风向她慢慢靠近，每走一步，赫连若岚便如惊弓之鸟，身子颤抖起来。她的动作看起来十分怪异，下身似乎很重，每挪动一寸，额头都会冒出一片汗水。

看到白慕风那张清俊的脸，赫连若岚突然号啕大哭起来。

"良生，良生，呜……"她捂住颤抖的唇，不敢相信她挂念了这么久的人竟然会出现在自己的眼前。她险些哭昏过去，好在被久微及时扶住。

良久，她缓过神来，小心翼翼的样子，仿佛这一切都是一场幻境。她犹豫了好久，才颤颤巍巍地抚上白慕风的脸庞。

"娘。"一声呼喊，包含着他难以诉说的长情。

"慕风，我的孩子慕风。"赫连若岚早已泪如雨下，她与良生的骨肉已经长大成人，也越发与良生相似，看到他，就如同看到自己痛失的爱人。

白慕风握住母亲覆在自己脸上的手，那掌心里的温暖不仅驱散了地牢里的阴暗，也融化了她冰封已久的心。

三

这十几年来，赫连若岚用装疯卖傻来逃避一切逼供。

可这长达一年的牢狱之苦，已将她折磨得不成人形。最疼爱的亲妹妹落到如斯田地，穆帝最终放弃向她打听雪魄瑶的下落，又念及兄妹之情，赦免了她的死罪，但要

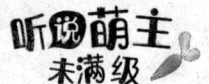

让她终生待在牢中以示惩戒。

赫连若岚也因此保住了雪魄瑶,让它长埋于平和镇。她本以为她将会守着这个秘密死去,却没想到还能再次见到她的孩子。

"你爹如今葬在何处?"她曾买通伺候她的宫女,让她帮忙打听父子俩的消息,但那已是多年以前的事了。宫女只告诉他平和镇已成了鬼镇,许多城民都死于怪疾,镇上早已没有大夫了。正因如此,她一直以为自己的丈夫和儿子已经离世了,她整日以泪洗面,懊悔自己没能陪在他们身边。

平和镇的事,白慕风已经不记得了,所以久微替他答道:"当时的怪疾,被视为一种传染病,所以镇上的死者全都被火葬了,连同骨灰一起全都埋在了泥沼里。"

连死都不得善终,这是何等残忍!赫连若岚闭上眼,却已是泪流满面。

"是娘让你们受苦了。如果良生当初没有收留我,那该有多好。他本立志赴京考取功名,却为了我甘愿放弃大好前程,留在小镇里当了名小大夫。"赫连若岚苦笑道,胸口又是一阵呛疼,这几年,她的身体每况愈下,早已大不如前。

"娘,你没事吧?"

赫连若岚摇了摇头,关心道:"你们为何要贸然闯入宫来?如今局势大不如前,六皇子你应该很清楚才对。"

"为了阻止即将开始的祈雨祭,我需要你的帮助。"赫连宇澈开门见山道。

赫连若岚苦笑道:"我不过是个阶下囚,有辱巫女圣名,连雨神都不再为我显出仙示,又如何帮得了你?况且,雪魄瑶至今下落未明,想要挽救这个腐败的国家,怕是一线生机都没有了。你们还是趁着追兵到来之前,赶紧离开这里。"

"娘。"白慕风突然打断她的话,"我不会再丢下你了。"他并不想让赫连若岚为难,但相比于一己私欲,他更关心金砂国的未来。"其实,孩儿早已将雪魄瑶归还给了穆族,现在,它就在六皇子的手中。"

"你……"赫连若岚一怔,一时之间,不知该如何开口。但任谁都能看得出来,她神色凝重,似乎事情有些严重。

雪魄瑶得于他手,也失于他手,从久微口中得知,他当初利用雪魄瑶作为筹码,与赫连宇澈进行谈判,白慕风坚信,即使是现在失去记忆的他,也会做出同样的选择。

他不理解母亲的做法,为何宁可背负骂名,也要窃走雪魄瑶,令百姓陷入水深火热之中。"娘,你当初窃走雪魄瑶,一定是有苦衷的吧?"

赫连若岚叹了口气,她知道这些事终究是瞒不下去的,但愿这沉重的事实,不要

第九章 祈雨巫女多苦难

伤害到这些孩子。

"不错,雪魄瑶正是我窃走的。"

她闭上眼,十年前的事情仿佛就发生在昨天。

金砂国处于荒漠之中,能屹立至今且繁荣昌盛,水源是他们生生不息的命脉。但在这样一个覆满黄沙的国度,水从何而来?祈福祭天,恳求雨神垂怜,并非人们一厢情愿,金砂国祭司一族,拥有灵媒体质,能够召唤雨神。

赫连若岚的母妃正是因为生于祭司一族,才得以称后掌权。这个家族世代都会有一个灵媒体质的孩子,而赫连若岚正是新的巫女人选。她自幼天赋异禀,不到十岁,就继承了巫女的衣钵,作为灵媒,为国民传达雨神的旨意。可以说,她的资质远远超过以往的巫女。

而她也始终认为巫女是她的终生使命,她所做的一切,都能为国民带来幸福。直到有一天,她偷听到了祭司长与国师的对话。

"秦大人,我已按你的吩咐部署好了一切,让沙虎帮的人混入卫兵队中,只要穆帝踏入祈雨殿,就可以营造出遇刺的假象。"祭司长谄媚地笑道,"那事成之后,关于提拔我的事?"

秦世封负手而立,只是淡淡地看了他一眼:"那就要看你怎么做了,雪魄瑶如今由皇女保管,若得不到圣器,即使穆帝死了,皇位依旧会落在穆族手中,你懂我的意思吗?"

祭司长立马单膝下跪,拍着胸脯承诺道:"属下明白,我一定会想尽一切办法让赫连若岚交出雪魄瑶来,助秦大人登位称帝!"

之后,两个人放声大笑,像是在嘲笑即将被推翻的穆族王朝。

雪魄瑶不仅是他们穆族世代传承的圣物,也是开启皇陵宝库的重要密钥,若是落在他人手中,后果不堪设想。作为穆族巫女,赫连若岚自然不会让他们的奸计得逞。她连夜带走雪魄瑶,逃出宫外,一路向南而行。

相传穆族先祖游历至南国时,助当地居民斩杀了凌虐百姓的雪狼,掌管霜雪的青女对其赏识有加,故赠予圣器雪魄瑶以表谢意。后来穆族先祖将雪魄瑶带回北漠,带来一方润泽造福族民的同时,在这片黄沙上建立起了属于游牧民的国度。

赫连若岚就这样茫然无措地逃至淮南国,不知道身后的追兵什么时候会追上自己。她日夜兼程,想找一个安全的地方躲起来,最终,在天山脚下饿昏了过去。

就是在那个时候,她遇见了白良生。

白良生将她带回平和镇,两个人一见如故,很快便成亲了。可她没想到这安逸的生活并没有维持多久,她带走雪魄瑶后,就发生了一系列令她难以预料的事情。

祭司长将祈雨失败的责任归咎于她,时值大暑,本该是雨神眷顾的时期,他们却放纵旱魃肆虐人间,经过长达九十多日的旱灾,金砂国城民死伤无数。此时,秦世封在祭司长等人的簇拥下登上法坛,成为新一任神使,举行祈雨仪式。

事实上,他们不过是打着祈雨的幌子,坐收渔翁之利。沙虎帮独享绿洲水源,而秦世封正是这些利益链的幕后操纵者。他以救世主的姿态出现,一场大雨让他从一个普通的郡县长官一跃为一国之师。从此,绿洲贸易被秦世封一派彻底垄断。

国宝失窃,穆后离世,在这样的双重打击下,穆帝一蹶不振。受到蛊惑的穆帝,迟迟未立储君。而皇子们尚且年幼,不能参与政事。秦世封趁机拉拢元老会,开始干涉国政,从此苛税频收。尽管这位国师贪婪蛮横,但他是雨神唯一的使者,没有人能够动摇他的地位,民众都是敢怒不能言。

赫连若岚得知这些事后,痛心不已,还因此大病了一场。

秦世封并没有放弃过寻找雪魄瑶,多年来一直派人四处搜捕赫连若岚。赫连若岚以为只要自己隐居民间,就能带着雪魄瑶逃离纷争。秦世封一日得不到雪魄瑶,他就无法篡夺皇兄的宝座。但她不知道的是,秦世封在意的从来都不是皇位,而是皇陵宝库中无尽的财富。

"穆族皇陵埋有建国以来所有的金银财宝,得到雪魄瑶,就等同于拥有富可敌国的资本。以秦世封的本事,他就算是自封为王,成立一个新的国度,也不过是易如反掌的事。"赫连若岚看向白慕风,说道,"在你七岁那年,我被追兵抓捕回国,我曾嘱咐你爹把雪魄瑶埋在无名碑下。"

此番回去,她早已做好了不可能活着再见父子二人的心理准备,却没想到白良生先她一步离开人世。

"如果不是我叛逃,就不会有那么多无辜的人死去。我没能为宗族尽上巫女应有的责任,如今苟且活着,只为了尽自己最后一丝努力为国民祈福,希望他们能够平安度过每年的酷暑。"这也是唯一能让她活下去的理由。

灵媒体质万里挑一,即使不再年轻,赫连若岚仍具有召唤雨神的能力。但秦世封

第九章 祈雨巫女多苦难

为了阻止她再次出现于民众眼前，狠心挑断她的脚筋，让她哪里也不能去，更别说在祈雨祭的圣坛上跳祈雨之舞了，她只能看着牢窗外灰蒙蒙的天空，痛苦地度过余生。

不能跳舞的巫女，难以进行祈雨仪式，也就无法召唤雨神降临。奴仆们起初忌讳她皇室的身份，不敢在她面前声张抱怨。但她整日装疯卖傻，渐渐地令他们放下了戒心，平日闲话家常，几乎全都是对皇权的鄙夷，她这才知道绿洲水源已成了这个国家奢侈昂贵的物资。

"寻常百姓若想喝上一口干净的水，就必须付出相应的课税。"许多贫苦大众，无可奈何，只得自己打井挖掘，得过且过地喝着浑浊的井水。

这个国家的人口及兵力逐年被消耗，她担心总有一天会使这国家走向灭亡。

想到这里，赫连若岚不甘地捶向双腿，那里早已没有任何知觉，痛的只有她的心。

"娘，你别这样。如果雪魄瑶落在秦世封手上，说不定金砂国的情况会更加糟糕。"母亲的经历，令他心中一阵钝痛，他只想赶紧带她离开这个地方。

久微愤愤不平，为赫连若岚叫屈。

"秦世封总有一天会为他的所作所为付出代价！"

闻言，赫连若岚只是无力地摇了摇头："秦世封不是你们能轻易对付的，他手中握有兵权，处事阴狠毒辣。五年前就开始私用奴隶献祭，我不知道他有何用意，但多年来他容颜不老，反而越来越年轻，像是在修炼某种邪佞的法术。"

久微与青黛相视一眼，不约而同地想，或许那秦世封根本就不是人类。

"原来，这是如此不祥之物。"赫连宇澈笑着取出怀中的雪魄瑶，从它身上散发出来的晶莹剔透的光，缓缓照亮了阴暗的牢房。

赫连若岚看向他，欣慰道："但愿你能用这不祥之物，为穆族子民带来幸福。"

就在此时，外面传来一阵嘈杂声，大概是追兵注意到了西牢内情况有异。他们只好从西牢侧门逃出，不承想外面一队整齐的人马已经等候多时。

"不愧是国师，果然料事如神，知道他们会来救赫连若岚。"为首的赫连郁摇着金丝扇，饶有兴致地打量着他们，"本皇子宅心仁厚，特地让你们多聚一会儿。不过你们明明能全身而退，为什么非要回来救这个瘸子，也不嫌累赘？还是乖乖束手就擒，把雪魄瑶交出来吧。"

赫连宇澈怒不可遏，拔剑就冲向了赫连郁，还没过招，秦世封的剑就已挥来。强劲的外力折断了他的剑身，只见秦世封莞尔一笑："六皇子，你的火气未免也太大了点儿。"

"无耻奸臣，挑拨皇室关系，还试图篡夺帝位，我绝不会让你称心如意！"一场混战骤然开启，赫连宇澈将迎面涌来的士兵一一击退，"青黛，带他们离开。"

青黛只是稍做犹豫，便掩护白慕风等人撤退。白慕风背着赫连若岚，一路迎击着敌方的偷袭，久微见状，使用狂风术击退了不断前进的追兵。

"前面是用来躲避外敌的地道，我们从那里出去。"青黛转动象牙石雕的机关，很快花园里就有一堵墙打开了。不等他们顺利钻入，白慕风背上的赫连若岚就被追兵一把拉到了地上。

"你们快走，不用管我！"赫连若岚发出声嘶力竭的呼喊。

白慕风立马掉转身，将她面前的士兵击杀，正要重新背起她，又被陆续赶来的追兵打断。久微想要施法营救，却被秦世封一眼识破，率先使用水符降下大雨，将她撞到数尺之外的地方。

"咳，秦世封果然懂得法术……"那隐现的妖气，从他身上源源不断地泄露。

赫连宇澈跟着众人的脚步紧随其后，却不慎被后方的赫连郁重挫在地。秦世封见状，使了个束身咒，使赫连宇澈无法动弹。赫连郁趁机在他身上一番搜索，很快就摸出了雪魄瑶。

"终于到手了。"赫连郁不可遏制地狂笑，此时此刻，他的眼里只有雪魄瑶，丝毫没有注意到危险。青黛伺机袭向他，刺伤了他的手臂，雪魄瑶从他的手中滚落了下来，赫连若岚见状，一把抓住它护入怀中。

眼见密道的石门即将关闭，青黛顾不上太多，拉起赫连宇澈闪现到石门内，来之前，她在久微和白慕风的身上施下了同心咒，所以二人一瞬便被她传召到身边。

"还有我娘！"白慕风想要去救赫连若岚，却被青黛拦住了。

她本来可以把赫连若岚传到密道里，却被秦世封更加强势的咒术打断了，所以赫连若岚只被传到了石门前。而自己也因受到反噬作用，猝不及防地喷出一口污血。

白慕风趴在地上，想要拉住门外那只朝他伸来的手，却只听到赫连若岚虚弱的叮咛："要好好活着。"之后，一柄长剑插入她的后背，在她白色的锦衣上溅起一朵刺眼的红花。

"哐当"一声，密道的石门重重落下，伴随的是白慕风悲痛欲绝的呐喊声。

密道机关一旦开启，再次启动便要花费很长一段时间。门外追兵用尽一切办法，都没能扭动象牙石雕的机关。

赫连若岚死后，赫连郁重新夺回那颗雪魄瑶。

"恭喜大皇子取得圣物，日后便是名正言顺的穆帝了。"

第九章 祈雨巫山多苦难

秦世封的祝贺，令赫连郁的内心一阵五味杂陈。这老狐狸，怕是明着道喜，暗地里想着如何把他也一起除掉吧？秦世封这时没有动手，无非是他还有被利用的价值。

雪魄瑶是开启皇陵的关键之物，但它有一个苛刻的条件，那就是需要具有皇族血脉的人才能开启。他们表面上互利互助，事实上都在暗地里想方设法地将对方除去。秦世封手中掌握的兵权，连他都要忌惮几分，雪魄瑶是他继位的重要凭证，否则难以令元老们信服。

"听闻皇陵宝库藏有至尊神器，只要被神器认定为主，就会被赋予长生不老的力量。"秦世封突然别有深意地看了他一眼，笑道，"穆帝多年来潜心钻研皇陵机关，便是为此。"

"长生不老？还真想瞧瞧那里面有何乾坤。"赫连郁内心一阵不屑，面上却虚应着，装出一副很感兴趣的样子。他不笨，所谓的"长生不老"不过是秦世封为了蛊惑他随口编造的谎言。

若真能长生不老，他的父皇就不会活得如行尸走肉一般。

于是，各怀鬼胎的二人开始部署几日后的祈雨祭。

……

另一边，久微等人与关外的穆将军取得了联系，目前在穆将军的友人家中暂避风头。此番入宫，他们赔了夫人又折兵，青黛的元神尚未恢复不说，白慕风终日沉浸在丧母的悲痛里无法自拔，就连赫连宇澈也为失去雪魄瑶而耿耿于怀。看到大家一个个都是灰心沮丧的样子，久微的心里很是难过。

"师父，你们好歹吃点儿吧，小苑姐姐她们都张罗好饭菜了。"眉上霜和小苑从厨房端来几道农家小炒，却看见大家都是一副郁郁寡欢的模样。

"对啊，她们辛辛苦苦地准备了饭菜，我们千万别辜负了她们的心意，大家都吃点儿东西吧，吃完再好好商量对策。"久微堆起满脸的笑容，招呼另外三个人动身。

青黛认同她的说法，至少她得照顾好主子的身体，便也催促赫连宇澈用膳。

"我没什么胃口，你们吃吧。"说着，白慕风就从他们面前走了出去，久微放心不下，也追了上去。

房舍远离市井，在平整的屋顶上，能一眼看到远方，偶有黄沙掠过，染黄了大片天空。白慕风坐在屋顶上，面无表情地看着远方。

久微爬了上来，从他的身后环抱住他。

"我最近会偶尔记起一些事，我娘是个很温柔的人，我爹很爱她，直到临终前还笑着对我说，他这一生过得很幸福。"泪水悄无声息地从他的脸颊滑落，"若当真如此，那就好了。"

久微侧耳倾听，收拢了手臂："你还有我，你不是孤单一人。"

"久微，如果……"白慕风欲言又止，末了，将手叠在她的手上，摇了摇头，径自说道，"没什么，谢谢你。"

"什么？吞吞吐吐的，有事情绝对不能瞒着我，我会担心的。"见他重新打起精神，久微露出了一个轻松的笑容，绕到他的面前与他平视，"我也很幸福，因为我遇见了你。"

"我也是。"

斜阳落下，染红了西方的天空，两道身影渐渐隐没在这瑰丽的云霞之下。

久微不知道，这个时候的白慕风已经做好了离别的打算。

五

祈雨前夕，穆将军从关外风尘仆仆地归来，为众人带来了一则消息。

"淮南国十万兵马已驻扎边关多时，探子来报，祈雨祭当日，他们就会带兵攻入王都。"穆将军在桌上展开了羊皮地图，上面是清晰可见的敌我据点。

赫连宇澈不禁皱起眉头，道："淮南国的兵马不适应荒漠的环境，虽然我们占有优势，但仅凭穆将军的一万骑兵，也只能抵挡他们数日。"

"皇子所言甚是，况且如今内外交困，不从根本上解决兵力问题，这场战争在所难免。"他们始终希望能不以武力解决问题，将伤亡降到最低。

"可知出征的是哪位将军？"

"据说是大胜淮北的徐京墨。"

原来徐京墨驻兵边境就为了此事，久微不禁恍然大悟，可为什么淮南国要忍到这个时候才动手呢？

"徐京墨是我们的朋友，不如让我和慕风去找他们谈判，他应该会理解我们的苦衷。"久微提议道。

没想到久微竟和那位有名的冷傲将军是莫逆之交，赫连宇澈颇感意外。他想了一会儿，考虑到久微的特殊身份，最终还是答应了："好吧，明日你和白慕风随穆将军守在王都城门外，必要时，就拜托你们了。"

第九章 祈雨巫女多苦难

于是，他们安排两队人马分头行事，赫连宇澈带领着精锐部队举兵进城，久微和白慕风则随穆将军在王都外待命。

但计划远赶不上变化，没想到淮南军竟在破晓前攻打王都，顿时硝烟四起，犹在睡梦中的士兵被打得措手不及。

而最令人震惊的，莫过于与徐京墨同行的竟然是金砂国的大皇子赫连郁。原来，赫连郁联合淮南国一同攻打自己的国家，如今兵临城下，他率众逼穆帝退位让贤。对此感到震惊的除了久微他们，还有秦世封。

"岂有此理，赫连郁竟然出卖我！"秦世封不由得大为恼怒，他怎么也没想到，自己的全盘计划会因赫连郁的背叛被彻底打乱。

事实上赫连郁早已看穿秦世封的心思，他企图利用噬心蛊操控丧失意志的穆帝，即使没有雪魄瑶在手，也可以通过穆帝之口，名正言顺地传位于自己，还能将通敌卖国的罪名嫁祸于他。

"你别以为我不知道你在盘算些什么！"只要他一死，雪魄瑶自然就会落到秦世封的手中，他只需故技重施，对另外一个皇子施以噬心蛊控制其心智，就能轻松打通皇陵宝库之路。

既然如此，赫连郁一不做二不休，索性联合淮南国攻下王城。为此，他以穆族皇陵堆积如山的财宝和绿洲的商道为诱饵，让淮南王同他合作，发动这场政变。况且他现在有雪魄瑶在手，秦世封根本不足以为惧。

两派内讧引来的却是灾难性的毁灭，王都的房屋被纷纷击毁，百姓们流离失所，四处逃窜。即使赫连宇澈加入援救，也无法阻止进攻的势头。

久微想要阻止徐京墨攻城略地，可战场混乱，他们根本找不到适合的时机去谈判。战场上，即使碰见熟面孔，徐京墨也不愿有辱王命，与他们对峙下去。

就在赫连宇澈等人被重挫之际，突然刮来一阵狂风，随后，一只巨大的貔貅从天而降。赫连郁见状，掉转马头率先逃跑，却被一只大掌拍落马下。而被他藏于怀中的雪魄瑶也不受控制一般，悬空而去，落到了貔貅的口中。

"年轻人，都说了一国圣器不能随便拿来玩，你们是把我这个守护兽的话当成耳旁风了吗？"

赫连郁当即吓得晕了过去。王都内顿时陷入混乱之中，士兵们纷纷后退，秦世封对空中的巨兽不屑一顾，冷哼道："你究竟是谁？"

话音刚落，那神兽在一阵耀眼的光芒中变成了一个清俊的男子，烈云有点儿哭笑不得："枉你还自称凶兽，怎么连自己的天敌都看不出来？别来无恙啊，饕餮。"

饕餮？听到这个名字，正在赶往此处的久微感到十分震惊。

五年前，一夜之间将平和镇夷为平地的就是它，它令白慕风痛失亲朋与家园，更残忍地吞食了天山的子民，令昔日欣欣向荣的乐园变成一片荒芜的废墟。

久微无论如何都不会原谅饕餮，如果没有它，白慕风就不会经历这么多的磨难。可那穷凶极恶的凶兽，此刻竟然出现在这里，而且在金砂国五年，居然没人识破它的身份！

秦世封，饕餮在人界伪造的新身份。准确而言，是秦世封自愿将自己的肉身献给饕餮，以换取无尽的力量。

眼见情势不妙，秦世封立刻施法呼风唤雨。一眨眼的工夫，天上就降起了倾盆大雨，雨势又急又猛，几乎都要淹没王都了。

百姓们都纷纷朝屋顶爬去，却很快又被大雨冲了下来。

眼看着这场大雨就要造成一场巨大的洪灾，烈云施法在空中布了一道如气泡一般的圆形结界，将大家包裹在里面，以阻挡雨水的进攻。

"云哥，饕餮明明被战神封在锁妖壶里，为什么会出现在这里？"

"我昨日用水镜与仙界老友叙旧，不小心被我八卦到了龙渊被天帝责备的事。"烈云毫不客气地捂嘴偷笑，满脸幸灾乐祸，"据说因为锁妖壶壶身破裂，导致饕餮的元神逃了出去，他至今都没能将逃犯逮捕回来呢。"

而且龙渊因为性格问题得罪过不少人，就连烈云，还因偷吃宝矿被他参过一本呢。这下公务犯了错，自然没少招人奚落。

"如今饕餮现出元神，龙渊应该很快就会追踪到它的下落。"

"那在龙渊来之前，我们先合力将它收拾了吧！"久微说着就要冲破结界，与外头的那个妖冶男子拼个你死我活，却被烈云一把揪了回来。

"傻丫头，今时不同往日，现在的饕餮妖力大增，你绝不是它的对手。"烈云指了指萦绕在秦世封头上的那团黑紫色的阴霾，"这些年来他以祈雨之名，用奴隶祭祀，实则是为了吸食人类精气来提升自己的妖力。"

隐忍五年，秦世封为滋养体内的饕餮，以权谋私，极力提议用战俘做祭品，饕餮损耗的元神，这才得以恢复。嗜血法阵中，奴隶们几乎无一生还，所有的生命源都被提炼成了赤血珠，这也是为何秦世封多年来容颜不老，还越发青春的缘故。

"那我们就这样放任他不管吗？你看看王城现在都成什么样子了？还有那么多百姓没来得及营救，再这样下去，这里迟早会被淹的。"

话音刚落，洪水冲断塔柱，往镇民的方向涌去，掀起了巨大的浪涛。水位已高

第九章 祈雨巫女多苦难

至成年男子的胸膛，水面上还形成了很多旋涡，人一旦被卷入其中，便再难有活命的机会。

此时，悬在高空中的秦世封，半人半鬼面，异样狰狞。看着在苦海中垂死挣扎的人们，他发出了得意的笑声。

"愚昧无知的人，还妄想打败我。连龙渊都制不住我，就凭你们几个？"他振臂一挥，卷起数道水柱，那水柱犹如一条条巨大的水龙，气势汹汹地朝他们袭来,穿破了烈云的结界，使得他们从高空中急坠下来。

烈云急中生智，迅速捏了几道冰符，将水柱凝结成冰，阻止它们进一步攻击。久微也施展御风术将众人托起，落在了城塔之上。

白慕风等人安全着陆后，才惊觉王都外竟然一滴水也没有，而以王都为中心的上空则透着暗红色的光。久微飞到高空，从上往下看，终于发现了真相。

整座王都置于法阵当中，且以法坛为阵眼，而那法阵正是令人闻风丧胆的嗜血阵！

第十章
一不小心回到千年前

一

　　为了找到突破口，阻止饕餮持续降雨，久微前往法坛中心，打算破坏阵眼。烈云则牵制住饕餮，为她争取更多的时间。

　　双方在空中激烈战斗，饕餮因施术受到干扰，雨势渐渐减弱。

　　久微来到祭坛，很快就找到了阵眼，阵眼的中心有一张石桌，石桌上有一颗碗口那么大的赤血珠，正闪耀着莹莹的亮光。久微正要施法将其击碎，却被人从身后刺了一剑。

　　她回过头，就看到穆帝扭曲的表情，他高声嚷道："我不会让你坏了饕餮大人的好事，为了这永生不死的国度，献出你的生命吧！"他挥舞着手中的匕首朝她冲了过来，久微灵巧地躲过，让他扑了个空。

　　阵眼在不断地扩大，赤血珠也随之变大，难道饕餮在施术降雨的同时，还在用法阵吸食阵内百姓的生命源？

　　事实证明，久微的猜想并没有错。

　　只听"咚"的一声，穆帝突然倒在地上，五官和手指以肉眼可见的速度萎缩，最后变成一具干尸。

　　"不好，我要尽快击碎这阵眼。"久微施法敲击赤血珠，但它就像金刚石一样坚硬无比，任凭她使了多大的力气，一点儿破碎的痕迹都没有。

　　就在她六神无主的时候，青黛突然来到她的身边。

　　"姐姐，这个阵眼太坚固，我没有办法击破它。"

　　青黛拔出剑，朝它劈了过去，果然坚如磐石，她仔细观察了一下阵眼，终于明白过来。

　　"久微，这个阵眼有结界护着，你我同时击碎放置在东西两侧的阴阳石，便可打破它的护罩。"

　　如青黛所说，久微很快发现法坛右方石柱上嵌有一颗阴阳鱼形状的石头。姐妹二人同时施展法术，将左右两边的阴阳石同时击碎。赤血珠的光辉瞬间就黯淡了下来。

　　"成功了！"久微兴奋道。

　　青黛敲了敲她的脑袋："别高兴得太早，阵眼还没有被彻底破坏，王都的百姓仍然没有脱离嗜血阵的威胁，我们要尽快将它摧毁。"

　　没了结界，击碎阵眼的过程果然轻松了不少。等两个人快要将赤血石彻底击碎时，忽然从天而降两道身影，正是打得难舍难分的烈云和秦世封。

过度使用咒术，秦世封的肉身似乎超过了极限，连站都站不起来，倒在了地上，他体内的饕餮鄙夷道："废物，只会给我拖后腿！"

"不，我还可以……"秦世封哀求道，突然，他痛苦地扭动起来，身体仿佛被撕裂开，痛不欲生，"饕餮大人，相信我，我一定可以帮你复仇，啊……"

久微看着在地面上痛苦挣扎的秦世封，不知道他究竟发生了什么事情，他痛苦地哀号着，没过多久，那哀号渐渐变成了诡谲自负的冷笑声。

秦世封慢慢从地面上爬了起来，他的瞳孔变得细长，一点儿也不像人类。反应过来的烈云立马喊道："小心，那是夺了秦世封肉身的饕餮！"

与此同时，大雨骤停，原本等候在外的赫连宇澈，突然飞身跃向对面的屋檐。

"赫连宇澈，你别轻举妄动，随我在这里等他们回来！"

可白慕风的劝阻只换来他一句："我不能坐以待毙，这是我的故乡。"说完，他纵身跃过屋檐，一路向法坛的方向奔去。

"我何曾不想守护我的故乡。"白慕风盯着他远去的身影喃喃自语道。

赫连宇澈赶到法坛，发现情况不容乐观，烈云和青黛都受了重伤，久微也落到了饕餮的手中，被秦世封掐着脖颈，不论怎样还击都无法从他的手中挣脱。

见状，赫连宇澈三步并作两步，扬起手中的剑就朝秦世封的背后刺去，哪想，对方忽然转身，用手指掐住剑尖，一把将剑折断。赫连宇澈还未反应过来，就连人带剑被秦世封一掌击飞。

"秦世封，你这个浑蛋！"赫连宇澈艰难地从地面上爬起来，拾起一旁的断剑，还想再与之一战。

饕餮的注意力暂时从久微身上转移开，他松开了锁着久微脖子的手，转而袭向赫连宇澈。赫连宇澈挥剑挡住了第一击，但接连而来的快攻很快就让他招架不住了。就在饕餮的手快要刺入他的心脏时，一道身影忽然出现在两个人之间。

"青黛……"赫连宇澈看着眼前这个替他挡下致命一击的女子，她脸色惨白，嘴角还渗着血丝，以最快的速度结印将他与烈云身侧的那柄剑瞬间转移了位置。

原来烈云早已在暗中结印，就等久微和赫连宇澈落入他的结界中。他看向青黛，为她的勇气感到钦佩，明知是送死，却仍然选择了牺牲自己。

"不！姐姐，不要！"久微扑簌着眼泪，不愿青黛独自应对这一切。可赫连宇澈还没来得及唤出她的名字，他们就已经消失在了光芒之后。

安心送走众人，青黛缓缓地转向饕餮。

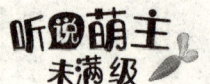

"你的同伴都丢下你走了,你不怕死?"

"死又何妨?我已经活了千年,早已将生死置之度外。今日我就要与你一同下地狱,也算为自己这一生落下一个精彩的句点。"

她说完,迅速在手中结出一道火符,可还没来得及引爆,心脏骤然停止跳动,原来饕餮已将她的金丹直接粉碎于体内,她甚至来不及感觉疼痛,就已经失去了所有的感官和知觉。身体开始扭曲萎缩,她很快就被打回了原形。

看着脚下这株干瘪的灵参,饕餮嗤笑道:"又是这个碍眼的天山灵参精,简直不自量力。"

这边,被传送到王都城外的烈云等人刚和白慕风会合,就看到法坛那里升起一阵浓烟,正是火符引爆的结果。

赫连宇澈茫然地跪在地上,从混乱的思绪中勉强找回一丝理智,他自欺欺人地问:"青黛会没事的,对吧?"见无人回应,他好不容易冷静下来的头脑,"嗡"的一声再次变得混乱,他用力扶着久微的肩头,希望能从她口中得到肯定的答案,"回答我啊,久微!她既然有自信护我全身而退,也一定能平安无事地回到我身边,对不对?"

久微忍不住哽咽起来。

白慕风再也看不下去,将他从久微身边拉开,责备道:"你冷静点儿。"

"六皇子,这是青黛姑娘让我转交给你的。"爆炸过后,饕餮不知所终,烈云只在灰烬中寻到了这把烧焦的剑。这里被她注入了一丝灵力,正因如此,她才能将赫连宇澈成功传了出去。

赫连宇澈认出来了,这正是青黛从不离身的那把佩剑,剑穗如她的名字一样,是青黛之色。可他无法承认这个事实,他指责烈云道:"既然你不愿救子苓,那我就以皇陵主人的身份命令你,把青黛带回来!立刻!"

烈云摇了摇头:"主人啊主人,你又何苦为难我呢?青黛姑娘已经死了,你……"

话未说完,就被赫连宇澈打断:"你胡说!没有见到她的尸首,我绝不承认!"

"够了。"一道沉痛无力的声音插入两个人之间,"姐姐已经不在了,赫连宇澈,你就面对事实吧。"

赫连宇澈不禁苦笑:"久微,怎么连你也这么说,你不是最喜欢青黛吗?以前的你哪怕一点儿希望也没有,也不会轻易气馁,怎么现在也跟他们一样说青黛死了?为什么?"

"你不信?好,跟我来。"

二

一行人刚回到皇陵，便听见小苑惊慌失措的尖叫声。

"皇子，郡主她……郡主她……"

为避免受到战事波及，烈云在出发前已将一众奴仆带入了皇陵。而此前被一直安置在皇陵的楚子苓，则由小苑代为照顾，然而小苑却被眼前的一幕吓哭了。

赫连宇澈不等她说完，便径自冲向了寝室，跟在后面的久微努力安抚小苑："没事吧？"

"久微姑娘，郡主变成了一具干尸。"回忆起那恐怖的画面，小苑突然捂着嘴干呕起来，在同伴的搀扶下，才勉强站了起来。

"师父，这不关小苑姐姐的事，郡主昨日还好好的，今天小苑姐姐想为她更衣擦身，就发现她已经变成了这副模样。"眉上霜担心赫连宇澈会怪罪小苑，连忙为她求情，希望久微也能帮忙劝说几句。

"没事的，我知道，你们都回房吧，此事在六皇子面前莫要再提。"久微叮嘱众人后，才随着赫连宇澈的脚步跟了上去。

久微踏入寝室，见赫连宇澈茫然失措地站在床边。榻上的干尸正如小苑所言，除了熟悉的服饰能够辨认出楚子苓的身份，其他的几乎面目全非，可见生前就惨遭毁容。那早已失去生机的肉身，不再有往昔秀丽的面容，只剩下一具冰冷的尸骨。

"楚子苓早已死于噬心蛊下，是姐姐用法术将她的肉身保存了下来，从此她们命运相连，一旦姐姐死了，楚子苓身上的咒术就会失效。"

久微将青黛隐忍付出的一切，毫无保留地全部告诉了他，包括她千年来一直守护着陆广白世代子孙的事。

"你或许感到难以置信，但事实就是如此，姐姐与我是一对双生灵参。"

赫连宇澈愤怒地吼道："你们竟然骗了我这么久！寻什么解药，找什么传说中的灵参，你们一个两个把我耍得团团转。"他怒极反笑，嗤笑自己被蒙在鼓里，还愚蠢地抱着希望，以为能救醒楚子苓。

这些年的付出，原来不过是一场笑话。

"对，是我们骗了你，姐姐不也一直陪着你自欺欺人吗？"看到他这副窝囊颓废的样子，久微怒其不争，近乎迁怒般地捶打他的胸口，眼泪像断了线的珠子不断往下落,"你眼里就只有楚子苓,姐姐的死,你就一点儿感觉也没有吗?赫连宇澈你个木头,浑蛋!"

白慕风从身后拉住她,将她拥入怀中好生安抚。久微哭了一会儿,越发疲累,白慕风带着她回房,只留下烈云与赫连宇澈。

"你曾拒绝我想要唤醒楚子苓的愿望,是不是你早已知道她是具尸骨?"赫连宇澈后知后觉烈云那时候说的"对亡故者无能为力"的意思。

"她被仙术护着尸身,但凡仙兽都嗅得出来尸臭。只是,我当时也不确认那咒术出自何人之手。"烈云查看了楚子苓的尸骨,感叹道,"这孩子本来的面貌也和你往日所见的不同,似乎五六岁时就已改头换面,恐怕你看见的一直都是青黛的相貌。"

闻言,赫连宇澈不禁一怔,青黛的长相和楚子苓一样?

如此一想,确实不值得惊讶。青黛和久微是双生姐妹,难怪初见久微时,她会和楚子苓如出一辙,原来是青黛将自己的容颜复刻给了楚子苓。

得知真相,赫连宇澈又怒又悲,楚子苓也好,青黛也罢,她们都已不在他的身边,只余下一柄焦黑的佩剑,是她存在过的证明。

泪水无声地滴在剑身上,红颜已成幻影,他的身侧再也没有人相伴。

此时,金砂荒漠上方出现异象。天空仿佛裂开一般,大雨倾盆而下,黄沙顿时化成海洋,云间盘旋着妖冶诡异的紫光。

连皇陵底下栖息的沙虫都躁动不已,久微等人登上观星台,通过水镜看到了外面的景象。王都陷落后,淮南兵为躲避水难,大举撤兵退至关外,周边的城镇也都惨遭破坏。

看着眼前悲惨的景象,白慕风感到头痛欲裂,背上的星宿印记像火一般灼烧着他。

"慕风,你怎么了?"久微关心道。

他摇了摇头,眉头却因为痛苦拧作一团:"饕餮还藏在金砂国内没走。"他指了指水镜中的裂天,"天象紊乱就是最好的证明,它仍在布阵施法。"

"恐怕这是'天漏'。"烈云一直都在留意着天象的变化,一旦星辰错乱,极有可能影响四时更替,祸及人界。

突然,水镜中出现了饕餮的身影。

它不再以人形现身,而是恢复了它本来的面貌。一只形似羚羊的巨大怪物,发出尖声咆哮,百里之外都能听见如婴儿般的恸哭。

"糟了,看样子囚在锁妖壶里的饕餮肉身也逃出来了。"烈云惊诧道。

饕餮如今妖力大增,为祸四方,新生城镇被它一脚踏平,不仅如此,它还大开吃戒，吸食了所有能够看到的百姓。

当久微他们赶到水镜显示的地方时，饕餮正打算水攻城镇，逼迫躲在石堡洞窟里的百姓将生命献给他。汹涌的水龙卷走了未来得及逃跑的灾民，到处都是呼救声，饕餮张口扑去，将那些人全都吞食了。

"啊——"白慕风头疼的症状越发明显，他双眼充血，散发狂舞，像变了个人似的，连靠近他的久微都没能认出来，将她重重击飞。

"慕风！你到底怎么了？"不管久微怎么唤他的名字，他都没有回头，发狂一般朝饕餮所在的方向飞去。

彼时，饕餮的元神已经分离出本体，饶有兴致地看向朝自己袭来的白慕风。

"玄冥，我等你很久了！五年前吃了你一魂一魄，今日我要把你吃得骨头不剩！"饕餮凝起一束紫光朝他劈去。

白慕风以掌相抵，红艳的额心，逐渐显现出仙力，他扬手回以饕餮一击。天空顿时被红紫两种颜色染得浑浊一片，战况激烈，以致电闪雷鸣中分不清谁是谁。

"被吃掉一魂一魄？"久微这才后知后觉，白慕风之所以忘记过去的一切，原来是被饕餮蚕食了魂魄，而那魂魄中包含着他所有宝贵的记忆。

久微想要去助他一臂之力，却被烈云拦了下来。

"你疯了？你现在过去只是送死！"连他都在与饕餮的正面交锋中败下阵来，他很清楚此刻的饕餮有多强大。

"那你要我怎么办？眼睁睁看着慕风被杀吗？"尽管久微他们对上饕餮的胜算不大，可此刻人间已成炼狱，白慕风正在与饕餮拼死战斗，叫她安心待在一旁？

她第一次觉得自己是那么渺小，连自己心爱的人都无法保护。

就在这千钧一发之际，天外突然出现一道电光，打断了那两个人的缠斗，饕餮的元神被震落，白慕风回过头，就看见一道清冷的身影。

三

"仙尊，是属下失职。"男子单膝下跪，脸上满是愧疚，"此妖物本应在锁妖壶内受尽三昧真火之苦，却因我的疏忽，让它逃至人界肆虐百姓。"

"你是？"白慕风的额心又开始痛了，他茫然地看着眼前的男子，身体内有好几股力量在互相冲撞，他无法很好地控制，只觉得一阵晕眩。

那个人站起身，道："我是仙尊座下的战神龙渊，您被贬下凡间千年，前尘过往的记忆，都被天界抹去了。现在，正是您归位的时刻。"

尽管龙渊说了这么多，白慕风仍然对这个身份感到陌生，但逐渐恢复的力量，让他明白到保护苍生，他责无旁贷。

"龙渊，我需要你助我一臂之力。"

龙渊为白慕风的深明大义感到欣慰不已，尽管忘记了前尘过往，他依然是那个爱着苍生的玄冥仙尊。

"属下定当鞠躬尽瘁。"

看见战神龙渊手中的诛仙剑，饕餮如临大敌，气势上顿时弱了不少。它的元神立马回归肉身，打算将龙渊吞食入腹。

龙渊气势如虹，剑若烈焰，剑剑没入饕餮的肤肉之中，速度之快令饕餮无法招架。

"可恶，没想到龙渊还是那么难对付。"尽管这五年来饕餮因吸食人的生命而妖力大增，但龙渊的战力也越发精进，又岂是能硬碰硬的？所幸玄冥仍未归位，它尚且能够放手一搏。

忽然计上心头，饕餮布阵将白慕风囚在了嗜血阵中，讥笑道："等我吸收了玄冥的仙力，我看你们又能奈我何！"

"冥顽不灵。"龙渊全然没把它的话放在心里，一拳打歪它的嘴，连结印的过程都跳过了，徒手就将嗜血阵给斩断了。

饕餮见自己好不容易布下的嗜血阵就这样被他破坏了，不禁大吃一惊："什么？嗜血阵竟如此轻易就……"

不仅如此，连环痛击下，饕餮被揍得肚子疼："哎哟，饶命啊，肚子快裂开了，好痛，好痛，快住手！"

"把仙尊的一魂一魄吐出来。"龙渊恐吓道。

"大哥，那都是五年前吃的东西了，你让我怎么吐出来？早就被消化了。"饕餮骂骂咧咧地抱怨道。

"还想继续吗？"龙渊又是一拳。

魂识不同于食物，没法供给生命所需，那丢失的魂魄只能困在饕餮的腹内，龙渊很清楚这一点。

"唔，乘人之危算什么神？"捂着发痛的肚子，饕餮只敢小声嘀咕，在冷眸瞥来时，立马点头如捣蒜，就差没有下跪了，"不不不，我这就归还一魂一魄！大人饶命！"

第十章 一不小心回到千年前

不一会儿，它吐出了一颗珠子，一魂一魄就被困在这里。龙渊击碎它，从里面现出两个光点，在空中转了一圈，朝白慕风飞了过去。

白慕风看着围绕着他旋转的光点，伸手去触碰它们，两个光点就沿着他的指尖融入他的体内。刹那间，他的脑海里如走马观花般掠过一幕又一幕的片段，儿时的孤单，上天山求药的种种，平和镇尸横遍野的痛，还有被他遗忘的千年之约……

所有的一切突然再现在脑海中，以至于他受到的冲击过于猛烈，头痛欲裂，就快要坚持不住倒下时，龙渊眼疾手快地扶住他："你还好吗，仙尊？"

"龙渊。"

此时的白慕风眼神发生了变化，龙渊知道他终于想起了所有的事情。

久微不知道上面究竟发生了什么，只看见白慕风一会儿身体摇摇晃晃，一会儿又痛苦弓腰，心里越发担心。

"云哥，我要去找慕风，他看起来情况不太好。"

烈云劝道："有龙渊在，他不会有事的。"

"可是……"

"饕餮就交给他们吧，我们还有更重要的事情要做。"百姓正在遭受洪水的迫害，烈云主张一边营救，一边疏通水流。

久微知道此时不是只顾一己私欲的时候，她抬头看了一眼天空，毅然决定跟烈云一起去营救百姓。他们将救起的百姓送到安全的地方，烈云搭建结界，让百姓躲在结界中。

"再这样下去也不是办法，雨势丝毫没有减弱。"烈云无奈地看着天空中的裂口，那道裂口不但没有闭合，反而越来越大，怕是连饕餮自己也无法补救。

而且，上空的混战不时牵动到地面，引起大地一阵晃动。饕餮被龙渊击落时，惊起了洪流，碎石沙砾以及各种浑浊的障碍物洪水般涌来。那些躲在临时搭建的船只上的百姓承受着一波一波洪水浪涛的冲击，即使有结界的保护，仍免不了惊吓到他们。

眼睁睁地看着熟悉的家园被洪水摧毁，亲人被激流吞噬，他们就忍不住相拥在一起失声痛哭。

就在这时，上方又开始了激战。

究竟要怎样才能阻止天上持续降水？久微拉起湍流中奄奄一息的女孩，将她送入结界。烈云朝她伸手，急切道："久微，你也快上来，下一个巨浪马上就来了。"

就在这时，一道白光从她身侧疾驰而过，在大理石柱上撞出了一道缺口。

"慕风！"久微抽回手，转身跳下船只，朝白慕风的方向凌空飞去。

"回来，久微！"

眼看着巨浪就要袭来，烈云咬了咬牙，最终还是关闭了结界之门。

久微在空中快速飞行，那雨点又大又急，打在她身上格外的疼，她忍着刺骨的寒冷飞到白慕风的身边。身后是数丈高的巨浪，眼看着就要将他们吞没，白慕风强撑起身体，用尽最后一丝力气施展法术将浪涛击穿，巨浪被劈成两半，从他们的两侧冲过。

做完这一切，白慕风吐一口鲜血，倒头栽入久微的怀中。

"久微……"他微喘着，虽已回归神职，收回了一些神力，但星辰紊乱，他的仙体已大不如前，竟连饕餮也无法应对，让他很是懊恼。

久微见他意识飘忽，眼神涣散，担心他有性命之忧，顿时急红了眼。她忍不住放声痛哭，不让他闭眼："慕风，我在这儿！我好好的，你不要睡！千万不要！"

傻瓜，他只是消耗过度，一时没有力气说话。白慕风抬起手，抚摸着她的脸庞，自从他恢复记忆以后，心中就有许多话想对她说，却又不知该如何开口。

他让她等了千年，现在才想起两个人的约定，她会不会对他很失望？

"我这次不为瑶姬，只为你。"白慕风突然说了一句让她感到莫名其妙的告白。

久微似懂非懂，捧着他的手贴在自己的脸上。

"你吓死我了，我还以为你……你休息一会儿，我助你恢复灵力。"

此时，天上的混战仍然没结束，不时还有飞沙走石从空中坠落。饕餮始终紧盯着白慕风不放，一逃过龙渊的拦截，就朝他们直直飞了过来。

龙渊挺身而出，奋力阻挡，情急之中对久微说道："快带仙尊离开。"

"那你呢？我们一起联手对付他，总比你单打独斗要好。"白慕风在久微的搀扶下站了起来。

"仙尊你刚恢复力量，不可操之过急。"

白慕风摇了摇头："这一切都是因我而起，若不是因为千年前我的一己之私，也不会酿下祸根。"他取走龙渊的炼妖壶，念了一段咒语，在瓶身上下了同生咒，只有他死，炼妖壶才能解封。

"卑鄙的神族，又用那玩意儿监禁我！"饕餮一看见炼妖壶，就觉得大事不妙，若真的失手被擒，这次恐怕就没那么好的运气能够逃出来。这两个人实在是太棘手了，而且不知天界是否还会派来援兵，它不能就这样坐以待毙。

想到这里，它猛地蹭开龙渊，跃到空中，冷笑道："既然打不过你们，我唯有先杀掉你们了！"

它说完，张开血盆大口，面前的空气开始转动，形成一个巨大的旋涡。白慕风和龙渊还没有反应过来，久微就已经纵身跳了进去。

"我才不会让你得逞！"久微记得烈云说过，饕餮懂得逆行之术，若被它篡改了历史，说不定她就再也不能和白慕风重逢了。

她不要再和他分开，绝对不能！

"死丫头，快放手。"饕餮的逆行法阵受到影响，变得扭曲起来。

久微趴在它的头顶上，扯着它的羚角，使劲儿地踢它："我偏不……"不等她多踹几脚，逆行之术便已开启，她被一股强大的引力吸入了旋涡中心，和饕餮一同消失了。

一道强光闪现，白慕风的呼叫声被突然隔绝，久微回过神，发现时空已经逐渐稳定，面前的景象逐渐变得清晰，她定睛一看，觉得眼前的景象有些熟悉。

咦，这不是千年前的天山吗？

四

不，准确来说，这是尚未成型的天山地脉。此时的土壤仍显贫瘠，山丘矮小，只有一条小溪穿林而过，一切都是那么凄清，和她印象中的天山大不相同。

久微摸了摸身旁的巨石，是天山脚下的长青石没错，原来千年前它就是这副模样，光溜溜的，一点儿青苔都没有，她还以为是块普通的石头，没想到竟然是花岗岩。

"可恶，本想回到五年前把玄冥吃掉，没想到用力过猛，一下子回到了一千年前，都是你这丫头坏我好事！"不知何时出现的饕餮喘着重气，逆行之术消耗了它大半的妖力，此刻它几乎筋疲力尽。加上在与龙渊搏斗的过程中受了伤，眼下不宜再施逆行之术。

久微被它吓了一跳，没想到饕餮竟想回到五年前杀了当日坠崖的白慕风以除后患，不禁暗喜躲过了一劫。听它的意思，似乎在她的干扰下，阴差阳错地回到了千年之前？

"你还不如老实点儿接受天界的制裁，就算你将时光倒转一万次，结局也都是一样的！"

久微的恐吓丝毫没起任何作用，饕餮不屑一顾，为了避免再次损耗妖力，它选择三十六计走为上计！一溜烟，就施法将自己传送到了别的地方。

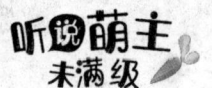

久微惊觉失策，没想到竟让它逃走了，她必须在饕餮发动下一次逆行之术前阻止它！

偌大的山林，突然惊起一阵飞鸟，久微朝声响的方向看去，想必是饕餮在那儿，她不假思索地就赶了过去。

然而，她看到的却是另外一番景象。

只见裂空中闪耀着一道白光，空中有两道身影正陷入苦战之中。一个无头之人高举巨斧，以乳为目，以脐为口，模样十分怪异。而另一个白衣男子则仙衣飘飘，与寻常人无异。久微还注意到有几根柱子从地面直通向天空，看来连接着天与地，但连接着天山的柱子却断裂了，只剩下几根勉强支撑着上方。

这究竟是什么？久微完全没有印象，难道这些都是她出生以前的事吗？

就在这时，无头之人猛然倒下，这场斗争暂且告一段落。可诡异之事继续发生，那几根柱子纷纷断裂，坠向人间，变成了几座大山。

其中一座正是天山，那根断裂的柱子逐渐与天山地脉融合，以一种肉眼可见的速度快速凝结力量生长，仅用了一炷香的时间，就焕发出勃勃生机。只见山林枝繁叶茂，土壤肥沃滋润，山峦重叠，一如她心目中所熟悉的壮丽宏伟的天山。

久微惊叹，原来天山是由那无头人砍断的柱子形成的，看来这根柱子不简单啊。她本想一探究竟，岂料天山突然猛烈地震动了起来。

怎么回事？久微一个不小心，没能站稳，滚向山腰，一头撞到了一棵树上，顿时眼冒金星。不禁在心中暗忖，她连极热腹地的巨蝎都能打败，又怎会栽倒在一棵树下呢？却不知此树并非寻常之树，而是由灵力汇聚而成的树妖。

迷迷糊糊中，她看到有一个人影在向自己靠近。待看清那个人的相貌，她顿时呆滞得忘记做出反应。

"姑娘，你没事吧？"一道磁性的嗓音如春风般掠过耳际。

久微反应过来，激动得一把抱住眼前的人。

"玄冥仙尊！"

原来久微刚才看到的，正是仙魔纷争的落幕之战。

那无头人便是刑天，与昊天争夺帝位，这里所说的昊天便是后来被人们所熟知的天帝。刑天被昊天断头，仍不依不饶，最终败给了昊天。而那些连接着天地的柱子，正是擎天之柱。由于双方恶战导致擎天柱断裂，为了不让天界下沉，刑天之力与断柱幻化成大山，代替了擎天之柱。

但事情并没有就此结束，这些大山因得到了刑天的仙力，滋养生灵，一时之间，妖物横行，星宿紊乱，影响了四象八方，以致灾害频起，民不聊生。

第十章

"你知道我?"玄冥不明所以,他在久微身上感应到了非人气息,但并没有察觉到恶意。于是礼貌地推开她,好心劝道:"快走吧,山上有很多妖怪。"

翩跹的白色仙衣,如瀑般的及腰长发,久微不禁在心中感慨,她有多久没有看到这副模样的玄冥?

"你呢?"久微关心道。

被称作玄冥的男子有些讶然,两个人不过初次见面,为何这个女子一副对他很熟悉的样子?

彼时,天山顶峰突然出现一道光芒,随即传来震耳欲聋的爆炸声。玄冥脸色骤变,立刻朝山顶飞去。久微顾不得那么多,忙紧随其后。

待赶到山顶,只来得及看见如柳絮般飘散的点点光芒往山间坠落。

"瑶姬,你为何……"玄冥伏在地上,发出一声沉痛的嘶吼。

最后一点光芒落在地面,很快便扎土而生。久微不知该如何安慰他,更对眼前的景象感到不解。

"玄冥仙尊,这是?"这些散落的光点带有仙气,理应从仙魂中瓦解。久微隐隐有种不好的预感,或许那位瑶姬已经……

这时,昊天降落在二人面前,久微这才看清天帝的真面貌。

白色羽衣的男子,眉目锋利,眼神冷漠,面对女儿的死亡,脸上没有任何表情。他如是命令道:"神女瑶姬为镇压群魔,牺牲自我,莫要白费了她的付出。玄冥,朕命你毁灭天山,以防刑天之力滋生妖魔。"

"天帝,瑶姬的死,在你眼中就这么不重要吗?"玄冥咬牙切齿道。

"这是她的命运,她为天界而死,是无上的光荣。"天帝不为所动,抛下这句话后就离去了。

玄冥悲愤地捶打着地面,久微真想好好安慰他一番,却听他不甘地说:"凭什么就让我的瑶姬为此而死,我宁可死的人是我。"

久微一怔,这才参透了他字里行间的意思。

原来,在这场仙魔大战中丧生的神女瑶姬正是他的恋人。

那些散落的光点是瑶姬最后余下的精魄,大多都已散去,只有仅存的一点儿入土凝聚,化作一株灵参幼苗。久微发现这个事实,已是几日以后。

也许玄冥早就注意到了,但他依旧放任天山妖物横行,全部心思都扑在那株灵参幼苗身上。很快,天帝就派来了战神龙渊,斩杀了一众妖魔鬼怪。龙渊敬重玄冥,却想不通他为何一定要逆天而行。

"仙尊,你一向心系苍生,为何现在你的心狭隘得只能装下瑶姬一人?"

玄冥不理会他,仍旧悉心浇灌。许久,才为他解惑:"瑶姬与苍生,孰重孰轻,我一直都很清楚。"

"那你为何还要选择逆天而行?"龙渊指着那株灵参幼苗,"它很有可能孕育出新的祸根。"

"一切自有定数。"玄冥言尽于此。

龙渊知道他就算说得再多,也无法改变玄冥的决定,但仍希望能够劝服他。

"属下会再来,希望仙尊能改变心意。"

直到龙渊的身影消失不见,玄冥这才开口问向身后的久微:"你也觉得我自私?"

久微一怔,随即摇了摇头。

"你很爱瑶姬?"她忍不住脱口而出道。

"是。"

这个笃定而毫不犹豫的回答,让久微脸上的笑容变得苦涩。原来玄冥仙尊不惜被贬下凡间,不是出于对自己的怜悯,而是为了瑶姬。

心一阵刺痛。

五

之后,灵参幼苗茁壮成长,还长成了双生芦头,这并不是个好兆头。但玄冥并不在乎。

"如果这样做会被贬入凡间,你仍会继续吗?"这是久微当时没能问出口的话,但显然,这个问题她已经有了答案,因为玄冥用实际行动证明了一切。

参天树妖长成,妖怪们纷纷从树洞钻出涌向人界,龙渊与玄冥联手镇压,但唯独要袒护那株参苗。

久微本打算置身事外,但再一次听到龙渊对他出言劝阻,而玄冥的态度一如既往的强硬,她不由得有些惴惴不安。

再这样下去,玄冥一定会受到惩罚。

尽管他爱的是瑶姬,她依旧不愿看到他伤心。如果改写千年前的命运,玄冥是否仍会遭受历劫后的苦难?她是否还会与他相遇?种种设想不断地在久微的脑海中浮现，她终究不希望他为此牺牲掉大好仙途，她决定亲手毁掉千年前的"自己"。

她来到凝聚妖物的参天巨树前，凭着记忆找到了那株双生灵参。正要施法将其连根拔起，却被人阻止了。

玄冥的出现，叫她内心一阵纠结。

"它不值得你付出这么多，你将来会因它被贬入凡间，千年来受尽磨难，甚至……"她极力劝阻玄冥祖护灵参，为了让他相信，她甚至将自己的真实身份告诉了他，"不管你信或是不信，我就是来自千年后的灵参，由这株灵参苗孕育而出，我对你的命运了如指掌。"

玄冥先是感到惊讶，很快又恢复了平静。

"若是如此，那我很庆幸自己当初做出的选择。"玄冥不以为意道。

"可是，我不是瑶姬！就算你保住了我和姐姐，她也还是不在了。"他如此奋身不顾地守护灵参，只会让久微觉得悲凉，他大约是爱得极深，才会拼尽全力保住瑶姬仅存的一缕精魄。

但她不是瑶姬的替身，她不愿意看到玄冥的眼中倒映着别的女子，更不想玄冥日后落人话柄，他是一个仁慈的神，心系苍生，决不能为了儿女私情酿成大错。

岂料，玄冥如此说道："千年后的我一定是在经过深思熟虑后才做出这样的决定，所以我不后悔。就算瑶姬不在，她遗留在人世的精魄也有可能是未来拯救苍生的希望。如果我所预见的未来是真的，我便要试一试。"

久微猛地一怔，她本以为玄冥对她的怜悯不过是为了保住瑶姬的精魄，可没想到玄冥由始至终都在为天下苍生考虑，是她太过狭隘，差点儿被嫉妒蒙蔽双眼。

恍然间，她想起白慕风那句话。

这次我不为瑶姬，只为你。

她真傻，明明白慕风早已对她表明心迹，她还会因为瑶姬对他失去信心。

久微不禁破涕为笑，抹了抹脸上狼狈的泪水。

他对自己从来都没有欺瞒，他是真的很珍惜她与这个世界。

如果时间一直停滞不前，或许和千年前的玄冥在一起也不错，他还是那个白衣翩翩的神祇，温柔、善良。可是，千年后的白慕风还在等着她。

等待的滋味，她一点儿也不想让他尝到。

玄冥困惑地偏头看向她，他真是当神当得太糊涂了，竟至今都没有打听她的来历，笑道："你说你是千年后的灵参，那又如何而来？"

"我……"不等久微同他讲述千年后的灾祸，周遭的空气就开始变得扭曲起来，她惊觉不妥，但身体已被一股力量吸到空中。

玄冥想要伸手拉她，可已经来不及了，饕餮的逆行之术再次启动。

进入异空间时，久微气得直跺脚。可恶，她还想跟玄冥仙尊多聊一会儿呢！她近乎泄愤地狂踩饕餮的脑袋，没想到时空纽带一震，面前的风景又变了，这一次竟让她回到了祈雨祭发生的前几天。

饕餮捶胸顿足，又穿越错了时空！

看着身后嬉皮笑脸的久微，它气得火冒三丈，挥起爪子就要教训久微，却被她灵活躲开，还失手伤了自己的眼睛。

"啊——"这次损耗的妖力，又要过好久才能恢复，思来想去，饕餮决定先把这个丫头收拾了！它分离出元神，与她在空中对峙，一时间，两个人竟你追我赶起来，这个小参精虽然没有龙渊棘手，但她一会儿钻土，一会儿遁地，把它累得上气不接下气。

恼羞成怒的饕餮想要裂空降雨，却忽然意识到时机不对，"天漏"一旦布下，便无法停止。它撤回手，收回元神，往某处飞去。

"喂，不打了？"久微看着他消失的方向追问道，那里正是胡溯关。她想了想，饕餮也许改变主意，要去杀赫连郁了。

于是，她连忙赶往胡溯关，很快就看到整装待发的大批淮南军马，为首的将军正是徐京墨。

夜深人静时，淮南国的军营里突然闯入一道身影，还好徐京墨反应快，不然差点儿一剑砍掉久微的脑袋。

"久微，你怎么会在这里？"徐京墨看了看四周，确认没有人发现她，才问道，"现在正值战事，很危险的。白慕风没陪你一起吗？"

"其实，我有事想要找你。"

久微将金砂国内乱的前因后果告诉了他，还忠告道："赫连郁无非是想利用淮南国的兵力镇压金砂国，帮助自己登上帝位，并非真心要和淮南国结盟。况且，他还没有称帝，如何兑现向淮南王许下的承诺？徐京墨，你也知道赫连郁的为人吧？"

赫连郁当初退婚容半夏，令她蒙羞，虽然她本人并不在意，但他这个做丈夫的，却容不得她受半点儿委屈。出征是奉淮南王之意，但当下……

"你可有证据？"

"证据嘛，暂时没有，不过……"久微笑着对他勾了勾手指，待他凑上来，她便悄悄把方法告诉了他。

第十章

翌日，赫连郁领兵前来与淮南军商议军事，却意外看到了久微。

"哦？这是徐将军为我准备的礼物吗？"

"此人昨晚闯入军营想要窃取军密，被我们抓了起来，原来皇子认识她？"徐京墨对手下摆了摆手，他们便将久微押到赫连郁面前。

赫连郁摸了摸下巴，不怀好意地打量着她："当然认识，这是我国重犯，我还有很多事情需要亲自审讯。"

然后，赫连郁就把她带到了某个营帐。

"楚子苓，你与澈弟可真是一对命大的鸳鸯。不过，如今你落到我的手中，想必他也只能束手就擒了。"

"你休想！"久微向他呸了一声。

赫连郁不怒反笑，抹了抹脸颊上的唾沫星子："别试图激怒我，我怕我失手杀了你。别心急，过几天便是祈雨祭，我会把你和赫连宇澈一同献祭给雨神。"

"别以为我不知道，你不就是想篡位，好独吞整座皇陵宝物吗？如今你已有雪魄瑶在手，又何必夜长梦多？"久微嗤笑道，"还是你觉得秦世封是真心效忠于你的？"

赫连郁掐住她的脸颊，皱起眉头："我都怀疑你会读心术了。不错，我确实怀疑秦世封，我虽然有雪魄瑶在手，但至今没有得到元老们首肯，况且若要与秦世封对抗，仅凭我手中的兵力远远不够。"

"所以，你才打算借助淮南国攻打金砂国？"久微试探地问。

赫连郁笑了起来："头脑倒是挺聪明，但这只是缓兵之计，秦世封擅长祈雨造洪，我若亲自上前线，怕是手上几万亲兵都会白白送命，若有淮南国助阵，那就不一样了。"有淮南军当挡箭牌，等他们与秦世封的军队两败俱伤，就是他坐收渔人之利的时候。

"原来如此。"久微突然笑了起来。

赫连郁正疑惑她态度的转变，面前这个"久微"，忽然变成了徐京墨的模样，可把周围的人吓得不轻。

"徐将军？"若他没有记错的话，营帐外都是他自己的人，徐京墨是怎么进来的？不，准确地说他为什么会变成楚子苓？

很快，营帐外传来一阵声响，另一个"徐京墨"走入帐内，他笑着对这边的徐京墨说道："徐将军，你都听得一清二楚吧？"

第十一章
我们一起回家

一

"这是怎么回事?两个徐将军?"赫连郁这才看见帐门前的"徐京墨"渐渐变回原形,"你……懂妖术?"

"什么妖术,说得可真难听。"

久微是逼不得已才对徐京墨坦白了自己灵参的身份,好让他配合自己演这出戏。起初得知这个事实,徐京墨被吓得够呛,他怎也没有想到自己的妻子曾喝了大半年的灵参"洗脚水"。

赫连郁生性多疑,他审讯久微时绝不会让淮南人靠近一步。所以,徐京墨只得以久微的面貌,去套出他的真心话。没想到赫连郁如此掉以轻心,竟对一个死囚说这么多秘密。

"皇子的立场,徐某已经明白,明日我军便会退出胡溯关外,回去与淮南王禀明。"徐京墨作揖告辞,把赫连郁说得哑口无言。

"不,徐将军,你怎能听信这丫头的一派胡言?我方才所说的你都误会了,况且我答应淮南王会以绿洲贸易权作为合作条件,你怎能自作主张反悔?"

"那就等皇子继位,成为新的穆帝时,再来差遣我们。"徐京墨笑着,大步走出营帐,身后跟着一脸得意的久微。

受到这样的屈辱,赫连郁怎能放过他们?他一声令下,亲信们很快就从四面八方闯入营帐,将他们统包围起来。

"既然徐将军执意如此,那将军的兵马就由我代为接管了。"赫连郁对手下发号施令,不承想,他的手下却联手逮住了他。

"你们这是在造反吗?你们抓我做什么?还不快去把对面两个人杀了!"

这下轮到久微得意洋洋了,她指了指营帐外倒在地上的士兵:"你的人全都被我们换掉了,你难道还没发现吗?"

赫连郁没想到如意算盘没有成功,援军也全都叛变,就连他即将施行的半夜突袭王都的计划,都被她知道得一清二楚。

"你怎会知道得如此清楚?"这是他尚未在军议上提出的计划,她怎么就会提前知道了?

久微从未来而来,自然没法跟他讲明其中缘由。

第十一章

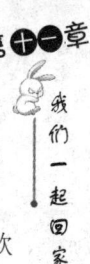

此时，接到飞鸽传信的穆将军与赫连宇澈前来会合，徐京墨便把赫连郁交与他。双方达成一致后，徐京墨保证不会冒犯金砂国领土，天一亮就撤兵退出国境。

赫连宇澈本该杀了赫连郁这个叛国贼，但始终没能痛下杀手。然而他的心慈手软却换来赫连郁的反击，他趁身旁守卫不注意，夺剑刺向赫连宇澈，奈何寡不敌众，还是被制伏在地。

"你们人多势众，有本事单挑！"赫连郁仍不知悔改。

在别人打算放你一条生路的时候，偏偏又立马往死路上跳，不得不说赫连郁很固执。

赫连宇澈欣然接受，抛下话："放开他。"

士兵们面面相觑，最终还是听从命令放了赫连郁。

"我赢，你交出雪魄瑶。若输，任你处置。"赫连宇澈提出决斗条件。

"一言为定！"

赫连郁拾起地上的剑，他到底是皇族人，骨子里也有着穆族子孙的骄傲，容不得他人轻视，哪怕是他的亲人。

所谓胜者为王，在以往无法定夺时，穆族人喜欢用决斗做决定，这也是他们的习俗。

刚开始的时候两个人谁也不占优势，但随着时间的推移，差距被拉得越来越大，几个回合之后，赫连郁失手被伤，最终落败了。

"你走吧，不要再回金砂国。"赫连宇澈把剑收回剑鞘中，已无意再斗。

赫连郁咬牙切齿，扶着受伤的臂膀，丢下雪魄瑶后落荒而逃。

"你这样放过他真的好吗？没准儿以后那个赫连郁又折腾出什么幺蛾子来。"久微好心劝他，心想，以赫连郁的性格，说不定回头就会联合秦世封对付他们。

"由他吧，毕竟兄弟一场。他日皇兄若再犯下什么滔天大罪，我定不会手下留情。"

久微有些纳闷，他都打算弑父继位，还想杀了你，这还不算滔天大罪？

接下来，便是部署祈雨祭的作战，久微提议将王都百姓都疏散出城。

"为何你执意在城外作战？"赫连宇澈别有深意地看了她一眼，"就好像你早已知道在城内作战对我们不利一样。"

"呃，你想想，万一打起来了，遭殃的可不就是百姓嘛，要是打坏了房子，到时候重建王都又是一笔巨大的开支。"久微扯出一抹僵硬的笑容，"还有，我们借这个机会把牢里的囚犯都放走，这样秦世封就会拿我们没辙，祈雨祭也就只能是个仪式了，对吧？"

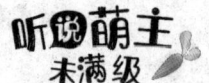

"你说的有道理。"赫连宇澈终于放下成见,采纳了她的意见。

呼,好险好险,久微摸了摸小心肝,差点儿就说漏嘴自己经历过一次祈雨祭。

这时,从王都打探消息的青黛回来了。

"穆帝似乎打算在祈雨祭宣布储君,我们要提前采取行动吗?"

看见青黛依然活着,久微顿时喜极而泣。

"姐姐,太好了,你还活着!"她扑进青黛的怀中一阵欢喜,搞得青黛有些不明所以。

"说什么傻话,我不是一直好好地活着吗?"青黛笑着揉了揉她的头,不知道她究竟在感动些什么,明明早上才见过面,怎么一副生离死别的样子?

久微点了点头,暗中发誓一定要帮青黛改写死劫,她煞有介事地提醒青黛:"姐姐,你千万千万不能靠近法坛,一步也不许过去。"啊,对了,她是要保护赫连宇澈才会牺牲自己的。久微立马把矛头指向赫连宇澈:"你也不能过去!绝对不能过去!听到没有?"

主仆二人一头雾水,这丫头怎么神经兮兮的?

"久微,穆帝可能会在祈雨祭当天遇刺,我和六皇子怎么可能袖手旁观?"青黛冷静地分析道,"秦世封很有可能操纵穆帝宣告自己为储君,到时候一切就没法挽回了。"

久微早就知道他们会这么说,得意地挑眉道:"不用等到祈雨祭那天,我们先下手为强就好了。"

"你的意思是,先收拾秦世封?"

虽然不清楚饕餮此时去了哪里,但他损耗了妖力,在祈雨祭到来之前,想必也不会胡乱使用法术给自己增加负担。

"秦世封想瓮中捉鳖,那我们就以其人之道还治其人之身。"久微把夺回的雪魄瑶亮出,"就待他入瓮来。"

二

穆将军与其亲信部队悄悄入城,睡梦中的百姓醒来,一见是被发配至远方的忠心大将穆老将军,都十分激动。

夜半,巡哨兵察觉到了异象,却为时已晚,前来助阵的夜徨和夜莺,一个负责暗夜侦查，一个负责唱歌催眠，哨兵们很快陷入了沉睡之中。于是，短短几个时辰，王城半数百姓都撤到了城外。

"离天亮还有一段时间，夜叔，麻烦你帮忙盯紧宫内的情况。"久微临危受命，成为总指挥，烈云则与赫连宇澈等人前往大牢营救奴隶，众人约定五更天在宫中会合。

"你真会使唤人，别以为喊我一声叔，我就真把你宠上天。"夜徨叼着久微的后衣领，费劲儿地边说边扑棱着翅膀，还得兼顾侦查，真是累死鸟了。

久微嘿嘿一笑，伸手戳戳它肥嘟嘟的肚腩。

"哎哟，别这样说嘛，正好给你们小两口制造一段美好的回忆。"能把远在南方的夜徨请来实属不易，夜徨一想到北方都是情敌聚集地，坚决不来，最后还是被夜莺妹妹给逮了过来。

"哪里美好了？"夜徨一时反应过激松开嘴，差点儿让久微摔了下去，好在久微及时使用凌空术。

"臭丫头，你会凌空术还压榨我的体力！欺负鸟！"

久微完全没有在意它的指责，而是指着皇宫的方向："夜叔快看，那里发生了什么？"

夜徨立马收缩瞳孔，看向几里之外的皇宫，只见那里人头涌动，火光冲天，惊讶道："似乎起火了。"

"起火？"

此时还是二更天，赫连宇澈他们应该已经按计划把牢里的奴隶给放了才对。这时，夜莺飞了回来。

"不好啦，烈云他们劫狱被发现了。"夜莺随烈云等人顺利送走了东区牢狱的囚犯，但在西区救人期间，她的歌声似乎被什么奇怪的法术干扰，丝毫不起作用。士兵通风报信，很快就有越来越多的官兵追来。

"一定是被秦世封发现了。"久微嘱咐它们把剩下的百姓撤出去，自己则只身前往王宫。

等赶到皇宫，双方已经打得难舍难分，秦世封操控士兵为自己挡剑，不时又施术偷袭，使得战局一片混乱。

"别管那么多，快把那个白慕风杀了。"秦世封体内的饕餮命令道。

秦世封扬唇应声："遵命，饕餮大人。"然后剑锋一改，袭向正掩护囚犯离开的白慕风。白慕风闪身躲避，拔剑迎击，秦世封见情况不妙，立马使用咒术将他定住了。

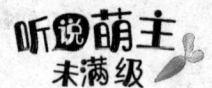

眼见秦世封的剑就要插入白慕风的胸膛，久微及时出现，将其一脚踹开。

"饕餮，你的嗜血法阵恐怕要白费心机了，城里的百姓都已被疏散到城外，我看你要怎么恢复妖力！"久微说完就开始念缚仙咒。

"嗜血阵？"秦世封似乎毫不知情，"饕餮大人，这与你所说的聚灵咒印是同种阵法吗？"

饕餮想要再度冒险使用逆行之术，可缚仙咒将它牢牢禁锢在秦世封的体内无法动弹，离不开这具肉身，它自然就无法回到它原本的身体，这在极大程度上削弱了饕餮的力量，而秦世封同样无法使用咒术。

"接下来，你该把欠慕风的东西还回来了！"说着，久微就对身后的烈云努了努嘴，"云哥，动手。"

烈云往掌心哈了哈气，笑眯眯地说："放心，我会温柔点儿的。"

耳边是一阵痛苦的哀号，秦世封捂着肚子，鼻青脸肿地说："你们就不能把饕餮大人分离出来再打吗？连我也打上一份，很疼的。"

饕餮自然也承受不住，这具肉身并不是金刚不坏之躯，一点儿皮肉之苦都能加倍放大，何况还有缚仙咒带来的痛苦。

"停！停！饕餮大人问你们到底要取回何物？"秦世封问。

久微开门见山道："我要慕风的一魂一魄，当然了，如果你打算用那句'都是五年前吃的东西了，你让我怎么吐出来？早就被消化，上茅厕解决掉了'的话，我会让云哥用十成之力把你揍成肉饼，这与战神龙渊相比，已经很温柔了。"

一提到他的克星龙渊，饕餮不由得打了个寒战。

不一会儿，秦世封就吐出两道金光，飘向白慕风，正是被他夺走的一魂一魄。

一魂一魄收回后，白慕风依然免不了要承受巨大的冲击，虽然久微看得很是心疼，但毕竟是他珍贵的记忆。

"慕风，你是不是想起五年前所有的事情了？"

白慕风点了点头："不只平和镇的记忆，连我是玄冥的所有事情，都想起来了。"其实他没有告诉久微，在重新踏入淮南国时，他就多少记起了一些，尤其是作为星辰神祇的责任。

见他取回自己丢失的记忆，久微心中的大石终于落下。但现在不是该庆贺的时候，虽然大部分百姓已经撤离王都，但那个未被破坏的嗜血法阵仍在威胁着王都内的生灵。

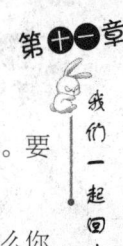

"云哥,青黛,麻烦你们随我去一趟法坛,我需要你们的协助击破嗜血法阵。要破阵眼,必须先把东西石柱的阴阳鱼结界破坏掉。"

烈云与青黛面面相觑,忍不住开口问道:"这法阵我还是第一次听说,为什么你连它有结界守护阵眼这么隐秘的事情都知道?"

白慕风也有同感:"久微,你好像事前就知道了饕餮所做的一切。"

众人纷纷看向秦世封,秦世封冷哼一声,道:"看我干吗?我会傻到把秘密告诉别人吗?"

众人"哦"了一声,觉得也很有道理。

久微忙摆手,转移大家的注意力,催促道:"这些事情以后再跟你们解释,当务之急,是把法阵破坏掉,否则后患无穷。"

话音刚落,就听到一阵衣帛破裂的声音,原来是饕餮强行打破了缚仙咒,他吸食了秦世封所有的精气,彻底占据了他的身体。

天刚破晓,鱼肚白的天很快就暗云密布,空中裂开一道口子,大雨倾盆。久微最不愿意看到的"天漏",还是出现了。

只是一眨眼的时间,王都就成了汪洋大海。

久微庆幸还好大部分百姓都已经撤出城了,可还没来得及逃走的士兵和囚犯则惨遭水淹。烈云见状,立起结界救人。夜徨、夜莺纷纷加入救援行列,赫连宇澈主仆二人想替代他们前往法坛破坏阵眼,却被久微阻止了。

"你们快进结界,我去就可以了。"久微正要动身,手却被人一把拉住。

回头便见白慕风望着自己:"我陪你一起去。"

三

两个人成功击破了阵眼,嗜血阵失效。可烈云等人无法支撑太久,结界几乎被饕餮踩得变形,天象越发混乱,风雨交加的惨况完全不像是金砂国的秋季该有的景象。

"这是毕宿失控导致的'天漏'。"白慕风感应到了星象紊乱,心中自责没有掌管好星辰,"大家都因我的离开变成一盘散沙,这才会让饕餮钻了空子,利用星宿的力量召风唤雨,给百姓带来灾难。"

"怎么会是你的错呢?明明是饕餮把大家害成这样的!"久微见他脸色苍白,忙探过手去,"好冰,为什么会突然这样?"

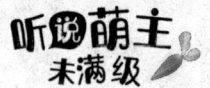

一道低沉的声音介入两个人之间,原来是战神龙渊。

"那是因为仙尊的仙体仍在天山,他如今的仙力即将耗尽。"

久微吃惊道:"仙体在天山?这是什么意思?"她头一次听说这种事情,天山素来由天山之神掌管,如今山神大人已和天山融为一体,又怎会与白慕风牵扯上关系呢?

龙渊看出她的困惑,冷笑道:"这你都不知道?天山之神即是玄冥仙尊的分身。"

又是一个令把她震惊不已的真相。

"怎么会这样?"久微惊愕地看向身旁的白慕风,"是真的吗,慕风?你就是山神大人?"

白慕风歉然道:"天山之神是我意识的一部分,我将己身化作天山,用以抑制刑天之力,避免妖物滋生。"这是最有效的方法,但也几乎耗尽了他的神力。

"所以说,你一直都是以这种方式陪在我的身边,而我从来不知道。"久微心中感到五味杂陈,她孤独倾诉的对象,那个总是耐心聆听的老者,原来一直都是他啊。

龙渊不得不提醒他:"仙尊,请尽早回归神职,保重仙体要紧。"

可白慕风拒绝了他的好意,他看向天空,微笑着说:"龙渊,我已经不是什么仙尊,我已经失去当神的资格。这一切都是因我而起,我有责任收拾残局,就当是我曾经作为神祇最后一点儿本分吧。"

龙渊似乎听出了他的言外之意,忙阻止道:"不,仙尊,此事万万不可!"

"我心意已决。"白慕风突然看向久微,摸了摸她的头,对龙渊嘱咐道,"她资质不错,本该飞升入仙班,因为我,被迫滞留人界,以后麻烦你多照顾照顾她。"

"仙尊,你……"龙渊一时语塞。

就算久微再迟钝,也能从他这交代遗嘱般的话里听出点儿什么。她恼怒地拍掉头顶上的手,质问他:"慕风,你打算做什么?我不许你又擅自离去。"

"很抱歉,久微,我又要失言,不能陪你游历四海。"见她一副快要哭出来的样子,白慕风不禁扯出一抹苦笑,"我似乎有些理解瑶姬当初离开时的决定,她一定也像我这样,放不下心中最重要的人。但我们都有不得不去做的事,所以,久微,你别让我为难,好吗?"

"不好!我不要!这世界就让它毁了算了,凭什么三番四次从我身边夺走你?凭什么?"久微抱住他,企图用眼泪留住他,"要不你也把我一起带走,我不要留下。"

第十一章 我们一起回家

没有他在的世界，活着又有什么意义？

白慕风与龙渊交换了个眼神，龙渊叹了口气，用缚仙咒定住她。

"放开我！龙渊！"没想到用来对付饕餮的这招，用在她身上格外奏效，久微当场就哭了出来，"不要，慕风……玄冥，不要离开我，我舍不得你……"眼泪模糊了视线，久微哽咽得连话都说不利索。

"你还答应……要娶我的……骗子！"

"对不起，若有来生，我定会做个好夫君。"一想到还没看到久微红妆喜服的模样，白慕风的内心就感到一阵遗憾。

"呜呜，我送你的大礼，明年春天……就可以竣工了，你……还没有看。"她哭得越发伤心，她不要一个人孤零零地参加完工仪式。

"那一定是很棒的礼物，我先谢谢你。"白慕风吻了一下她的额头，就转身不再看她，怕多看一眼，就会窝囊地改变主意。

察觉到他要赴死的意图，久微突然惊慌起来："我不要谢谢……慕风，你说过这次为我……所以，我要你留下，慕风……"

只是无论她怎么恳求，那道背影始终不动如山。有关玄冥的记忆彻底复苏，白慕风背上的星宿印记发出烙印般的火光，他念着咒令，缓缓释放出身上所有的潜在力量。

凝神聚集在掌间，他将所剩无几的星辰之力全部投向上方。天空骤然闪亮，那阵强光甚至令饕餮停下了进攻的动作。

"二十八星宿，正方归位。"在他的指示下，星辰重新排列。失控的毕宿回到星辰正位，使天漏的趋势得以减弱。

龙渊见白慕风渐渐有些撑不住了，遂结印助他一臂之力。

发现天漏出现异状，饕餮连忙阻止他们结印，不承想那印结变成了一个巨大的牢笼将它囚禁其中。

看到毕宿归位，星辰重新运转，白慕风终于心满意足地倒下。

"仙尊！"龙渊不忍地转过头，正在这时，烈云等人也赶了过来。

青黛见久微哭得不能自已，又看了眼躺在地上的白慕风，仿佛明白了什么。

"龙渊，这是怎么回事？"

不待龙渊回答，烈云已替他向众人道明了一切："玄冥仙尊为助星辰归位，耗尽了神力。天漏虽然被阻止了，仙尊却……"

他说着，解开久微身上的缚仙咒，一被解开，久微就急不可待地冲向白慕风，近

乎迁怒地责备:"都怪你!是你眼睁睁看着他送死的!"

"你这又是何苦,仙尊是为了天下苍生才选择牺牲自己。"龙渊想要劝她冷静,却忽然变了脸色,"你要做什么?"

"久微!"青黛和烈云齐声道。

只见久微伏下身,缓缓地凑到白慕风的唇边,将一颗金色的内丹渡到他的口中。

"我不会让你死的,正如你所说,你能体会到瑶姬的感受,我也一样,我宁愿牺牲的是我自己,也不要你离开。是你保护了我,让我在这个世界上看到了美好的事情。可你知道吗?若没有你,这世界再美好,又与我何关?"

她不舍地抚摸着他的脸庞,他已没了气息,安静得像个熟睡的孩子。

"我刚才说的礼物你一定要记得去收,让阿霜代替我游历五湖四海吧,他至今还是个没出过门的小毛孩,你正好带他出去长长见识。至于娶妻……我同意你纳妾了,但你今生的妻子只能是我。"她笑着笑着,就开始哭了起来。

"其实,我也好想和你一起回到平和……"

话未说完,一粒豆大的种子落到地面上,孤零零的,正是失去金丹的久微被打回的原形。

得到金丹的力量,白慕风再次复生。他茫然地看了看自己的双手,还有身边神色各异的众人,感到十分疑惑,为什么他还活着?可眼前巨大的结界里还锁着饕餮,证明他并不是在做梦。

"久微呢?"

龙渊不知该如何开口,还是烈云适时地转移了大家的视线。

"久微去难民营医治百姓去了。话说慕风,这可怎么办?天漏虽然补好了,但这雨看来还会再下上几天,王都内一片狼藉,真是令人头疼啊。"

尽管白慕风心急如焚,但他还是决定优先为百姓考虑,便提议道:"既然这雨是饕餮带来的,那就让它负责吃掉。"他说着,就要在缩妖壶上立下同生咒,却被龙渊抢先一步。

"仙尊,看管凶兽本是我的职责。如果不是因为我疏忽大意让它逃了出来,也不会发生这么多事,我该负上全部责任。"

见龙渊如此执着,白慕风便随他了。

据说那之后,饕餮被罚吃了几天几夜的雨,直到吞食殆尽,才被封入锁妖壶,归位的星宿神们也逐渐稳定了下来。

金砂国损失惨重,洪涝过后,绿洲畜牧几乎化为乌有,这次祈雨祭对他们而言,是一生无法磨灭的伤痛。

天帝仙示,将饕餮打入天牢,龙渊因疏于职守,流放至北凉山看守仙兽一百年,玄冥因补天救民有功,即日归位复职。

但白慕风并没有立刻回天界复命,"神职、荣耀、歌颂"对于他来说一点儿都不重要,他在意的只有久微的去向。他终日流连于难民营,始终没有在人群中发现她的身影,他不禁觉得事有蹊跷。

"你们不要再瞒着我了,久微根本就没有去难民营,她到底去哪里了?"在他的咄咄逼问下,青黛捂住唇暗暗啜泣,其他人也陷入了沉默之中。

许久,青黛朝他递来一条绢帕,里面包裹着那颗属于久微的种子。

那天,他们看到一向高傲的神祇竟然流下了眼泪,他一言不发,带着那颗种子离开了金砂国,从此无人知道他的去向。

四

又是一年春,金砂国在新一任领袖的带领下,重新振作,渐渐恢复了生机。

"皇子,噢不,现在应该叫你一声穆帝了呢。"烈云拍了拍身旁身着帝袍的男子,揶揄道,"就一个愿望,你可想清楚了?"

赫连宇澈看了看身旁的青衣女子,握住她的手坚定道:"嗯,我决定将皇陵宝库的财富全部赠予百姓,至于皇陵,就把它销毁了吧,以免再引来纷争。"

烈云托腮,打量着二人,这个死脑筋居然也会开窍?大概是他那日与青黛促膝长谈,不小心被赫连宇澈听到了吧?

当初青黛决定放下心结,与赫连宇澈坦白楚子苓的死,还现出了自己的真面目。结果是,赫连宇澈备受打击,而她则越发变得沉默寡言,在她认为,只要他一切安好,便足够了。于是离别前,她叮嘱烈云,希望他好好辅佐赫连宇澈。

"你接下来有何打算?"

"也许会先去拜祭陆广白。"青黛摸着手中的佩剑,感触道,"这是他留给我的唯一信物,烈云,你能帮我把它转交给赫连宇澈吗?"

烈云笑道:"鬼知道那几百年前的坟还在不在。你可别闹,此行一去,怕是很难再见了。我就问你舍不舍得?"

"这几百年来,我守护着陆广白的子子孙孙,时常问自己,是赎罪还是自怜,总是陷入一个无解的怪圈，直到遇见赫连宇澈，是他将我从深渊里解救出来。"青黛笑着把剑递给烈云，"能陪在他身边十几年，我已经很满足了。"

唉，一个个的都不让人省心。烈云早已把青黛视为义妹，感情上自然会有所不同，这个女孩的经历，都让他心疼不已。他的这几个傻妹妹，为人类付出了那么多，却没一个能换来好结果。

一个甘愿放弃貔貅的大好前程，为地府咬财度过惨淡的余生；一个孤独千年世代相守，却落得老死不相往来的下场；一个痴心等待一生，最后连自己的命都搭上了。

想起久微，烈云心头又是一阵酸涩。

"那丫头走了快一年了吧。"他突然感慨道。

赫连宇澈也难得感叹："我如今已是金砂国国主。虽称不上是一代明君，但我很感激久微的出现。"那些她时常在自己耳边唠叨的苛政，他都铭记在心，如今出台了不少惠民国策，逐渐恢复邦交，也修复了与淮南国的关系，"之前一心只想着楚子苓，就连争夺王储也只是为了方便行使权利，如果不是久微，我或许从未想过为这个国家做些什么。"

"你现在努力还来得及。"青黛笑他太过谦虚，明明已经为城民付出了那么多，他不知道现在坊间都是他的美谈吗？

"是吗？"赫连宇澈回以一笑。

见两个人一脸幸福甜蜜的模样，烈云顿时起了一身鸡皮疙瘩，溜了溜了，实在是受不了。

"不知道阿霜现在人在哪里？"

正打算溜走的烈云在听到这句话时不由得停下了脚步："也许去淮南国了吧，前段时间我听说晏城的白家医馆又开了间新分铺，想必是去找白慕风了。"

千里之外的淮南国，一派欣欣向荣的景象，自新王登基以来，国泰民安，盛世太平。

近日，晏城又传来一件喜事，七公主与徐将军的两位公子特地还乡为父母过五十大寿。这两位公子一个成了优秀的外交官，另外一个则成了名震天下的破案奇才，可谓是晏城之光。徐怀璟似乎还招惹上一个不得了的女飞贼，不过那都是后话了。

白家医馆将分铺开遍了周边市镇，新来的掌柜是个极其神秘的人，只要他一现身，就会引来少女们一阵尖叫，他叫什么名字来着？

啊，对了，叫眉上霜。

"啧啧，瞧你们心急的，慢慢来，伤了这美丽的肌肤，那可是多少美颜露都医不回来的。"眉上霜抛了一个媚眼，惹得姑娘们又是一阵神魂颠倒。

"买买买！"

"十瓶，再来十瓶！"

"掌柜你也帮奴家看看嘛。"

"你走开，明明是我先来的！"

……

眉上霜微微一笑，对身后看得一愣一愣的伙计说道："学着点儿，你们现在的服务态度是不行的，这世道，顾客就是玉皇大帝，明白了吗？"

"明白了，掌柜的！"

呜，掌柜的好帅！可是，他是不是忘了，这世道还要看脸？

忙了一整天，眉上霜拨冗去了趟清歌坊。除了帮忙打理医馆，他更多的是四处游历。

他一边等待故人归来，一边赠医施药，与人们讲述一个个惊心动魄的冒险故事，没有人知道他曾是那些故事中的主角。

"所以说，后来那个仙女怎么样了？"台下嗑瓜子的看客们一脸紧张地问。

眉上霜环视四周，对众人笑嘻嘻地道："欲知详情，请听下回分解。"

"喊……"

人群中传来一阵不满的唏嘘声，最讨厌这种关键时刻卖关子的了！

待到吃瓜嗑瓜子的观众纷纷离开，眉上霜这才斟上一杯酒，细细品着。

看着静谧的洛河，他若有所思地摸了摸手中的珠坠。

师父，你还好吗？

尾声

几百年过去，人间改朝换代，故人们都已离世，他们的后人却与世长存。

天山上有一名白衣少年，千百年过去，他的容貌依旧没有变化，生灵们都唤他为玄冥仙尊。

然而他更偏爱另外一个名字——白慕风。

白慕风是个极为耐心的种参人，他日复一日，年复一年，在天山上灌溉一株灵参。但三百多年过去了，这株灵参仍然没发芽的迹象，但他始终没有放弃，一直期待着这株灵参发芽结果的那天。

他还有另一个身份，那就是平和镇医馆的大夫。

天山上虽然有不少草药，但一些珍贵的药材仍然稀缺，所以每月初他都会到晏城走一趟。

每次到晏城，都会看到白家医馆挤满了人。医馆生意好，来客多，本应是一件值得开心的事情，他却摇了摇头。

白家医馆流传于世，成了人尽皆知的百年老字号。那传说中的美颜露，也仅在坊间的话本里有记载，时而还会被后人反反复复地说起，家中若有传承下来的美颜露瓷瓶，那可是有市无价的古董，也难怪白家医馆在坊间如此受欢迎。

偶尔看见集市上有人吹嘘着手中有美颜露的秘方，白慕风都会一笑置之。若这世上真有美颜露，他也想买上一瓶。纵使心有配方，可再也见不到那位灵参少女了。

"白大夫，你今日也来城里采购呀？"一名老摊主一眼认出了他，热情地招呼道，"我这里有一些新鲜的梨，你拿回去尝尝吧。"

"这怎么好意思？"

老摊主顿时笑得一脸褶子，麻利地包上几颗甜梨送给他，感激道："多亏白大夫之前送的那几服药，我孙子的咳嗽都好了。"说着又感激地给他塞了一些山莓。

"客气了。"白慕风礼貌地收下，寒暄几句便匆匆告辞。

刚要踏入白家医馆，就听见身后有人叫他。

"小白。"

身后的男子有着一张出色姣好的面容，正是现任白家医馆的掌柜，因为跟记忆中熟知的长相大不相同，白慕风愣是一点儿也没有认出来，直到他嬉皮笑脸地搭上他的肩膀，这才反应过来。

"阿霜，你又换了个模样？"

眉上霜笑道："你真是老糊涂了，我在人间数百年，总不能用一张脸过一辈子吧？会引人怀疑的。"光是化名他就有好几个，"你也留个心眼儿，平和镇不大，你

尾声

若一直保持这副模样,早晚会被人发现问题。"

他受教地点了点头。

"对了,她……还好吗?"眉上霜突然收敛神色问道,这是他们每次见面,他必然会问的一个问题。

白慕风浅浅一笑,拍了拍他的手臂:"还是老样子,别担心。"

尽管这个答案已经听了几百回,眉上霜依旧感到有些失落,更别提在天山上守了三百多年的白慕风了,每当看见他落寞地守在天山的身影,眉上霜的心就不禁一阵钝痛。

"都三百多年了,你还没有放弃?"眉上霜有些泄气,"相比于无望地等下去,我更希望她变成了天上的一颗星星,这样,只要我一抬头,就能看见她。"

"若真如此,我一定会感应到她。"但种子是由他亲手埋下去的,他始终坚信有一天,他们会再次见面。

为了缓和气氛,白慕风转移了话题:"最近医馆怎么样?听说你又开分铺了,别太忙忽视了身体。"

"还行吧,没想到我竟然还有经商天赋。"

说到这里,眉上霜得意地叉腰,劝说道:"你也别窝在平和镇当什么小大夫了,搬来晏城和我一起打理分铺,岂不快哉?"

白慕风忍不住笑了起来:"谢谢你的好意,但平和镇是我的家。"

更重要的是,他不想错过她。

傍晚,白慕风回到镇上大宅,正打算收拾一下晾晒的草药,就被敲门看诊的刘大婶叫了出去。她的闺女圆圆突发高热,一宿未退,他听了病症,带上药箱就急忙赶了过去。

忙到晚膳时分,他被刘大婶留下来吃了顿饭,前脚刚踏出刘家,又被邻村的林大爷请到了家中看风湿。他深受镇上之人的信任,虽然每次问诊,他都是一分钱也不收,但大家总会以不同的方式报答他。

一天夜里,他踩着鹅卵石小路往家走,正是繁星布满天空的季节,他抬头望向星海,竟真想从那里找出那颗属于她的星星。

就在这时,天山顶上发出一道诡异的光芒。

白慕风心中一凛,立马赶到了栽种着灵参的小园,果不其然,光源的方向就是来自这里。

远远的,他看到一个模糊的身影,白慕风难以置信地向前,每走一步,都能清晰听见自己急促的心跳声。

园地上站着一名少女,眨着水润的双眸,一脸土灰,甚是可爱。她笑着,咿咿呀呀地,说着他听不懂的话。

新生的灵参女娃已经没有了之前的记忆,但她在看到玄冥的时候,露出与之前一模一样的喜爱之情。这些都不重要,重要的是,他终于等到她了。

白慕风克制住内心的激动,走到少女的跟前紧紧地抱住她:"久微,久微……"

"久……微?"她牙牙学语般重复道。

他点了点头,指着她,耐心地说:"嗯,久微,你的名字。"

虽然她对周遭的一切懵懂不知,但她下意识地觉得这个人似乎等了她很久。她指了指自己说:"久微。"然后又指了指他,"你的名字?"

真是个聪明的女孩,都会现学现用了。

"我叫白慕风,是名大夫。"他从未如此幸福过,紧紧地握住她的手,"我们一起回家吧。"

前尘往事随风逝,携手天山隐仙乡。

千年等待,换君一片深情。待到久微忆起前尘过往,飞升成为玄冥座下的灵参小仙,那都是后话了。

——本季完——

一

  圆圆很喜欢镇上的白大夫，因为他救了差点儿高烧死掉的自己，于是她从小就立志长大后一定要嫁给他。大人们都笑她理想有些远大，因为镇上想嫁给他的女孩多得都快要排到平和镇外了。她突然就不服气了，大夫虽然对大家都很好，但最宠爱的是她呀！

  所以，只要一闲下来，圆圆就会缠着大夫，让他给自己讲故事。

  起初她对天山的传说感兴趣，大夫便给她讲了种参人与小仙女的故事，但后来大批镇民感染风寒，大夫忙着照顾病人，这个故事她始终没能听到最后。

  因为她常待在白慕风的身边，也不曾见他与哪个女子过往亲密，所以从未想过，有一天她最喜欢的男子会被另一个人夺走。

  那天，圆圆看见白慕风身边多了名少女，她的年龄比自己稍长一些，看起来十六七岁的模样，但她不太会说话，给人的感觉还有点儿傻。

  "圆圆，这是久微姐姐，我不在的时候，还请你多陪陪她。"白慕风给她们一人递了一串糖葫芦，便又背着药箱出门看诊了。

  久微拿着糖葫芦开心地舔吮，不时眨着一双水汪汪的大眼睛打量她，然后一阵傻笑："你不吃吗？"说着，伸出手，想要替圆圆消灭掉另外一串糖葫芦。

  见状，圆圆立马躲了过去，瞪了她一眼："当然吃啊，这是大夫送给我的，你别抢。"

  圆圆后来发现这个女孩不仅傻，还没什么心眼儿。她好几次故意把她丢在路上，让她待在原地不要乱跑等自己回来，她就真的在那里等上几个时辰哪里也不去。

  白慕风见她们成为好朋友，似乎很开心，每天都会温柔地问久微今日做了什么开心的事。尽管她说得很不利索，他依旧听得非常专注。

  最令圆圆嫉妒的莫过于白慕风送了久微一条发带，还亲手为她系上，这就令圆圆更加好奇他们之间的关系。

  趁白慕风出诊的时候，圆圆问久微："你是大夫的什么人？"

  久微歪着头，答不上来，倒不如说她根本就没有理解圆圆话中的意思。她只是笑着说："他是白慕风，我是久微。"

  "我当然知道你们的名字，你不用再特地重复一遍，我是说，你和大夫是什么关系？你是他的家人吗？"

一连串的问题还是没能让这个傻女孩开窍，简直把圆圆气得七窍生烟。她跑回家与父母大吐苦水，却遭到刘大婶的训斥："你可别再给白大夫添麻烦了，那傻姑娘说不定是哪里走丢的，大夫好心收留了她。"

"我哪有添麻烦了？那个傻妞才真的给大夫生事，昨天还把田里的水车弄坏了。"圆圆很小人地告状，本想为自己的顽皮转移焦点，哪想换来母亲一记白眼。

她知道跟一个傻子计较确实不像话，但她就是不服气，凭什么久微就能得到大夫如此温柔的照顾？正因如此，她故意把久微丢在山间，自己独自扬扬得意地回家。可她没想到那个小小的恶作剧，急得白慕风翻遍了整座山头。

面对白慕风的询问，圆圆没有说出实情，只假装什么都不知道。她至今都无法忘记大夫听到久微失踪的消息后那张近乎惨白的脸。

"如果你看见久微，一定要马上通知我，好吗？"得到她的承诺后，白慕风马不停蹄地上了山，一路呼叫的声音，附近的镇民都听得一清二楚。

热情的镇民也都纷纷上山帮他寻人，白慕风不再是印象中那个温文尔雅的大夫，此时的他焦躁不安，像失去了至爱之物一般，近乎疯狂又绝望地喊着久微的名字。

圆圆还是第一次看见白慕风这副心急如焚的模样，她意识到自己做得太过火，但罪恶感令她越发难以向当事人启齿。终于，在饱受良心的折磨后，她向父母坦白了一切。那晚，白慕风一无所获地疲惫归来，刘大婶就拉着圆圆向他赔罪道歉。

"真是对不住，大夫，我这个傻闺女，我都不知道她在想些什么，竟然做出如此过分的事。"刘大婶推了推身旁的女儿，恼怒地催促道："还不快些告诉白大夫！"

"圆圆，你告诉我，久微在哪里？"白慕风没有责备她的心思，他只想尽快找到久微。她现在一定很害怕，不知道躲在哪个角落里，忍冻挨饿。一想到她可能受到的伤害，白慕风就不受控制地焦虑起来。

"在后山。"圆圆垂着眼，小声道。

"你没有说谎骗我们吧？"

刘大婶依旧喋喋不休地责骂个不停，这让圆圆更不愉快了，她反驳道："怎么啦？她都这么大个人了，我哪里知道她连回家的路也认不得！"

"你啊，真是个不懂事的孩子。"刘大婶突然压低声音，生怕让身后的白慕风听见，"那傻妞只有三四岁智力，你这样丢下她不管，真要出什么事儿了，白大夫会难过的。"

虽然大家都没说出口，但这段日子，看着白慕风与久微朝夕相处的样子，明眼人都知道久微对白慕风有多重要，指不定是他的亲人或是未过门的妻子。

而且，白慕风多年来一直拒绝说媒，大家或多或少都能明白其中的缘由。至今藏着掖着不让人见，想必也是怕久微被人欺负吧。毕竟家家有本难念的经，大家也就默契地没有对久微的身份刨根问底。

白慕风扶着圆圆的肩膀，弯下腰与其平视，语重心长道："我不见了久微，就像种参人不见了小仙女，一旦错过了，恐怕又要花上很长时间才能相遇。圆圆，你明白我的意思吗？"

她点了点头，似懂非懂，安慰他说："种参人会找到小仙女的，所以我带你去，我们一起去找久微？"

二

在圆圆指路下，他们来到了后山一处偏僻的地方，这里远离山腰，寻常人一般都不会到这里来。白慕风怎么也没想到她们两个女孩竟会跑到这么远的地方来，几次搜寻他都选择在山脚附近的草丛找人，所以总是错过。

"我就让她在这里等着，然后我就自己回去了。"圆圆说着说着越发觉得惭愧，她竟会如此孩子气，将傻妞哄骗到荒山野岭。

"我们一起分头去找。"

白慕风一边呼叫着久微的名字，一边使用神力感应周围的灵气，终于在一个崎岖的山壁前感应到了她的气息。

"久微？久微你在吗？我是慕风。"

听到熟悉的呼唤，不远处立马传来一阵惶恐的哭喊："慕风，呜，慕风……"

那是个很难被人发现的小洞穴，成年男子几乎没法通过，没想到久微竟会躲了进去，大抵那里阴暗潮湿，能让灵参感到安心吧。

白慕风施法挪开石壁，一眼就看到那张无比熟悉却惊慌失措的脸。仅仅分开了两天，就已经让彼此牵肠挂肚，久微一把抱住白慕风哇哇大哭起来。

圆圆听到哭声，忙赶了过来，看到两个人紧紧相拥在一起。

白慕风脸上是极为罕见的温柔，他揽着她，一遍遍地哄着，声音又轻又缓，像捧着世上最珍重的宝物："别怕，我在这里，我哪里也不会去，再也不会丢下你。"

那一刻，圆圆明白了这两个人之间是任何人都无法介入的。她的心里有一种说不上来的苦闷，却又有点儿羡慕，一瞬之间，竟觉得他们在一起的画面是如此美满，好像他们本该就是天生一对。这让她想起那个没有讲完的故事,不知道种参人最后能否像白慕风一样,找到他的小仙女。

回家的路上,久微在白慕风的背上累得睡着了,一路上都是她偶尔惊乍的呓语,看来这两天她受到的惊吓不小。

"对不起,白大哥,我只是一时嫉妒才会……"圆圆生怕白慕风因为此事讨厌自己,一想到会被他讨厌,她就感到很难过,眼眶也红了起来。

不承想,白慕风只是揉了揉她的头,"别太自责,我知道你没有恶意。"

他原谅了她,却让圆圆的心里更加五味杂陈。这个男人真的好温柔,她越发觉得能够喜欢上他是一件多么幸福的事。

"白大哥,我能问你一下吗?久微是你的什么人?"

白慕风偏头看了眼身后的久微,说道:"是我很重要的人。"

又是这种暧昧不明的答复,圆圆不服气,问他:"她是你的妻子吗?还是说我不够她好?我也要做你的妻子!"

这下可把白慕风给逗乐了,虽说童言无忌,但他并不打算敷衍对方的感情。面对圆圆的告白,他郑重地婉拒道:"谢谢你喜欢我,但很抱歉,我有她就够了。你以后一定会遇到一个很珍惜你的人。"

"她完全离不开你吗?"

白慕风点了点头:"嗯。"

目前来说,久微还没有独立生活的能力,她对他更多的是雏鸟情结。这也是白慕风自责的原因,他没能好好地教导她,以致她从发芽到炼化人形,什么都不懂。

"好吧,她看起来好笨,一定会遇到坏人,白大哥你人这么好,一定会好好照顾她的。"被心仪的对象拒绝,说不出心里是难过多一些,还是茫然多一些。这和娘亲拒绝给她买新簪子一样,她大概要郁闷上好几天吧。

虽然有点儿难受,不过算了,她这么棒的人,一定会遇到比白大哥更棒的夫婿。

半夜,久微从睡梦中惊醒,趴在案上假寐的白慕风一听到声响,便起身来到她的身边,伸手探向她的额头。

"久微,你好点儿了吗?"因为受到惊吓,久微现出了灵参的原形,现在的她还无法很好地控制自己,所以脚下几乎都是参须。

"慕风?"

"嗯,我在这里。"白慕风笑着摸了摸她的头。

久微看到身旁的人是他,露出了一个安心的笑容,一旦安心,肚子也跟着"咕噜

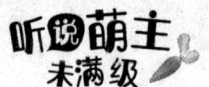

噜"地叫起来。

白慕风识趣道:"你也该饿了,我去弄点儿吃的来。"

简单准备了些食物,久微在榻上吃完,心满意足地舔舔唇,这才开始好奇自己的双脚。她指着被子里凹陷下去的脚,全都是四散出来的参须,脸上满是困惑:"脚,奇怪?"

白慕风从医书中抬起头,来到她身边坐下:"你是说你的脚变成参须很奇怪吗?"

她猛地点了点头,指了指自己,又指了指他:"不一样。"

"是有些不一样,但久微就是久微,怎么样都好,明天就会自己复原,别担心。"他安慰她,希望她不要因为这副异样感到沮丧。如今还没能让她明白精怪神魔是怎样的存在,白慕风想等她再长大一些,足够理解这些事情时,再同她说明一切。

可久微对这个答案似乎并不满意,她缠着白慕风,想要知道更多。

"我和圆圆,一样吗?"她看着和圆圆是一样的,但又显然和她有点儿不同,所以对他所说的"别担心"充满了不解。

白慕风将她抱坐在腿上,让她看清脚下的参须和自己的腿,耐心地说明,希望她能理解这并不是一种令人羞耻的事。

"你和其他人确实不一样,你是灵参精,只是现阶段你炼化人形还不够稳定,很多时候仍需要我帮助你炼化成形。"

白慕风不打算隐瞒她,她应该知道一切,包括他至今所做的所有事。

久微已经没有了之前的记忆,可以说她已经不再是久微,她不需要承担回忆的痛苦,她有她自由的选择。一旦有一天,她独立成长起来,不再需要他的时候,白慕风会放手让她离开。

"人形?灵参?"她摇了摇头,表示不懂。不过,既然白慕风都不觉得她这副模样奇怪,那她就安心了。之后,她沉沉地睡去,却不知身旁的男人为她一夜失眠。

三

入冬后,天山上覆盖了一层厚厚的大雪。偶有雪崩发生,把山路阻断,还有许多潜在的危险。

清晨吃过早膳,白慕风就被镇上的人请去看诊,久微在家里等他,但他直到响午都没有回来。就在她饿得快要不行的时候，她开始在家翻箱倒柜找吃的，最后翻出一块早上吃剩的羊乳糕，但已经又冷又硬，变得十分难吃。

她想试着像白慕风一样，张罗一桌好菜，这样他一回来，就能吃上热腾腾的食物，可淘米生火她完全做不来，于是想找隔壁的大婶帮忙。谁料一出门，就听到街上有吵吵嚷嚷的声音，就好奇地聚上去看。

"老赵啊，老赵，你怎么就忍心丢下我们一家老小？"老赵的妻儿三两抱成一团，跪在那张草席上痛哭流涕，至于席子上躺着的人，被白布披着，看不清模样。

久微对他们有点儿印象，偶尔会看见老赵的妻子来医馆抓几服药。

"听说是昨夜雪崩，把人活埋在山道上的，早上大伙儿铲了许久的雪才把老赵挖出来。"周围的人七嘴八舌地说起来。

"还有人受伤没？"

"不清楚，早上好像又下了点儿雪，怕又雪崩，把老赵挖出来后，大家暂时避到了安全的地方。等雪停了再动手，不过这么久过去，估计也没命了吧。"

久微听大家你一言我一语地说着，只隐约听懂雪崩死了人。她心里记挂着白慕风，可他早上出去后就一直没回来，想到这里，她突然惊慌了起来。

猛然间，从山上滚下一个大雪块，把围观的人吓了一跳，可就是这样一声震颤，让久微如遭雷击般呆住。

记忆中曾有铺天盖地的雪浪涌向自己，她努力护着怀中的白慕风，他是上山采参的大夫，她是……她是……

久微脑袋一阵钝痛，直到看见垂到肩上的鹅黄色发带，她终于想起来了平和镇的种种，眼泪顿时扑簌而下。

她从人群中挤出，不管不顾地跑到雪山堆就开始徒手挖掘，大伙儿一见是白大夫家的傻妞，都上来劝阻她。

"傻妞别挖了，瞧你的手都冻红了。"好心的大叔把她拉了回来。

"慕风，他在里面！"

刘大婶看不过去，把毯子给她披上，却被她哭红的双眼吓坏了："白大夫没事儿的，说不定去哪家看诊了呢？乖，回来，别挖了。"

她摇了摇头，口中念念有词："慕风，你不能有事。"她一边擦着泪，一边继续挖，手指已经僵硬得没有知觉，只能感觉到眼泪的热意。

众人面面相觑，直到身后传来一声呼叫，她才停下了手中的动作。久微在人群中，一眼就看见了白慕风的身影，急不可耐地朝他跑了过去。

白慕风不明所以，不过是到山腰樵夫家里添点儿柴的时间，怎么这镇上就变得这么热闹？而且他的久微还是被围观的对象。直到看见她身旁那些遇难者的吊唁亲属，他才反应过来。

久微估计是误会他也遇到危险了，唉，这个傻丫头，白慕风无奈地叹了一口气，心中却没来由地一阵温暖。

见他平安无事，久微总算安心下来："你没事就好，吓死我了，我差点儿以为你要成为第一个被大雪砸死的神仙。"

"你……你说什么？"白慕风不确定自己有没听错，她竟知道他是神？

"你还笑？"

白慕风笑着问她："你说我是神，那你可知道我的名字？"

"我当然知道啊，你是玄冥仙尊，呜哇……你怎么突然抱着我，这里好多人看着呢。"她拍着他的手臂，让他注意点儿周围的目光。

由于太过激动，白慕风已经忘了自己还身在围观人群中，激动地将她抱了起来。

"对，我是玄冥，我是玄冥。"他开心得像个大孩子一样。

镇民们从头到尾一直处于状况之外，有人率先发声问道："大夫，傻妞这是想起了以前的事情了吗？"

白慕风只微笑着，一切尽在不言中，大家都很替他们开心。看着大夫抱着佳人远去的身影，应该不会再有人好奇他们的关系了吧。

冬至，镇长邀请大家一起吃饺子，一大早，他的家中就已经十分热闹了。大婶们教久微包饺子，不时闲话家常一下，似乎对她这个傻妞的过往很感兴趣。

她已经是公认的白夫人，尽管白慕风从未有过明示暗示，刘大婶开他们的玩笑时，他也从不纠正，但久微明白他的心意。

大家包的饺子里，数久微包的最难看，唯一一个包得完整好看的，还是在白慕风的帮助下包出来的。她不禁有些沮丧，明明大婶们那么热情地教她包饺子，她却怎么也学不好，难道她还是比较适合制药？

不过，白慕风似乎不愿意让她掺和医馆的事了，他说："这一生，我只想你像个普通女孩一样，过着无忧无虑的生活，反正有我养你呀。"

这是多么甜蜜的话啊，害她都有些不知所措了。

饺子出锅后，镇上的年轻女孩都争着将自己包的饺子送给白慕风，但白慕风唯独选了那碗又散又塌的"饺子皮"，至于这"饺子皮"出自谁手，不言而喻。

"你吃一点儿别人做的饺子嘛，我又不会生气。"久微比较担心他吃不饱，肉馅

都沉到锅底了，实际盛到他碗里的东西没多少。

她想盛一碗新的饺子给他，他却如获至宝，护着碗里的饺子皮不放。

"不行，这可是你第一次为我下厨包的饺子，我得好好品尝。"

瞧他这话说的，虽然她厨艺不好，可之前也没少帮他打下手切菜呀，竟然这么小瞧她。就在这时，圆圆走到了他们身边。

"久微姐姐，我为之前的事情向你道歉。"圆圆许久不见久微，正好借着送饺子的机会，想和她冰释前嫌。

"圆圆，倒不如说我要谢谢你。"久微握住她的手，发自内心地感激道，"谢谢你一路陪着慕风，因为有你，他才不至于那么孤单。"

眼前的久微与之前的傻妞判若两人，她的笑容像融化冬雪的暖阳，温柔而明媚，圆圆当场看痴了。再看看身旁温柔笑着的清俊男子，她由衷地祝福他们："我终于明白，你们才是现实生活里的'种参人'和'小仙女'。"

就在不久前，她从白慕风的口中得知了那个故事的结局。

种参人用心浇灌，五百年后终于收获了新的灵参，后来灵参修炼成了小仙女，却把曾经和他的约定都忘记了。可他没有气馁，他付出所有的爱，一如既往地守护着小仙女，终于唤醒了她的记忆。

久微听了这些，哭得不能自已，圆圆却以为她是被故事中的人物感动了，还安慰她说："小仙女一定会明白种参人有多爱她的。"

"嗯，她会明白的。"久微破涕为笑，点了点头。

四

镇上张灯结彩，两个人偷得浮生半日闲，难得晚膳之后出来逛逛。

走在熟悉的街道上，不时有人向他们打招呼，可见白慕风在镇上的人缘有多好。也多亏他在这里有这么多的朋友，否则他该如何度过这段没有她的漫长时光？

"你等了我很久了吧？"圆圆告诉她的那个故事，她知道种参人就是白慕风，他为了让她重生，耗尽心力，日夜守候，她不敢想象这五百年来，他是如何度过的，那种孤独的滋味她尝过，实在是太苦了。

但他只是云淡风轻地一笑而过。

"不久，你都能等我千年，区区五百年对我来说算不了什么。"白慕风突然感叹道,"不过,我从没想过你会送我如此大的一份厚礼。"那是在久微走后的第二年春天,他失意来到平和镇,发现平和镇的建造工程已经竣工。

曹胜按照久微的嘱咐,将一份地契交给他,那上面写的正是他的名字。这块新生的平和镇,是她用多年来的存款差人重建的。她给了他一个新的家,他却失去了她,这对他而言,是多么大的打击。后来他想不能就这样糟蹋了久微的心意,便收容了许多无家可归的人,给了他们新的住所,也教会他们如何自力更生。

那些住民后来都离开了人世,他们的子孙却依然留在这里。几百年下来,他一边过着隐姓埋名的生活,一边守在天山照顾灵参。

"那可是我辛苦打理医馆攒下的钱,你得好好珍惜。"久微故意用脑袋撞向他的手臂,让他再也不要擅自离开自己。

白慕风扶起她的脑袋,重新牵住她的手。

"这么说来,你那么早之前就已经开始给自己准备嫁妆了?"

久微突然红了脸,口是心非道:"我当时没有这么想,你可别会错意。"

白慕风看着她涨红的脸,心里一阵得意和温暖,他曾因为家乡遭到破坏而孤单飘零,她却如避风港一般,让他在这个世上有了唯一的归宿。这也是他宁愿被贬谪到凡间,也要陪她看尽人世繁华的原因。

路过市集的绸缎庄,白慕风向掌柜的要来一匹红绫罗,在她身上比画了一下。

"怎么了?"

"久微,我考虑了很久,我欠你一场盛大的仪式,你愿意嫁给我为妻吗?"那块红绫罗突然披在她的头上,就像新娘子的红盖头。

久微强忍着感动的泪水,哽咽着点了点头。

白慕风揭开红盖头,吻上他的额头,感激道:"我爱你。"

也许这一生最长情的告白,唯有矢志不渝的陪伴。

我终其一生,都不过是为了遇见你。

能够喜欢上你,真是太好了。

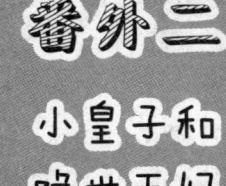

番外二

小皇子和隐世王妃

一

殿外锣声不断，弦乐齐鸣，观台下挤满了百姓，法坛之上巫女旋舞，为金砂国祈求一整年的风调雨顺，国泰民安。

一年一度的祈雨祭，是金砂国几百年来的传统。据闻曾有凶兽伏击金砂国，水淹王都，幸有澈帝率众制服凶兽，肃清叛党，他带领城民重建灾后家园，积极邦交，使金砂国再次走向繁荣兴盛。他几乎是史册有记载以来最值得称颂的君王之一，如今宫中仍然保留着他的故居，与他生前的摆设毫无异样。

"阿兰，小皇子去哪里了？快去找找。"侧座上的穆后悄悄嘱咐身旁的婢女，以免被穆帝和其他嫔妃听见，却还是落入了穆帝耳中。

"这祭奠确实久了些，寡人小时候也曾偷溜出去，就随他吧。"年逾四十的穆帝仍老当益壮，思及儿时经历，不禁笑弯了眼。

"可是……"见穆帝一脸笑意，穆后不禁好奇道，"是想起了什么有趣的事儿吗？"

"你可记得皇爷爷的寝宫？"

"记得，澈帝一生勤俭，与民同甘共苦，而且一生只娶一妻，实在令人钦羡。臣妾记得那房中似乎还有外洋使官为他们作的画像？"这些事迹，都是穆后从小听父母说的，真正能进入皇家亲眼所见，已是很久之后。

穆帝点了点头，意味深长地说："说不定迟儿也会看见她。"

"她？"穆后不解道。

"皇爷爷的黛后。"

穆后笑了起来："穆帝你真是的，别吓唬臣妾了。"

这事儿说来确实令人费解，穆帝不再多说，继续与城民一同观赏这场庆典。远离弦乐的宫中一角，一道小身影悄悄地推开门扉，溜了进去。

赫连未迟跳上椅背，打量着寝宫里的一切。这间屋子里的装饰十分简朴，可以说连他见过的仆役们住的房子都要比这奢华，不过，柜子上倒是有许多新奇的小玩意儿。

赫连未迟举起一支形似竹筒的管子，凑过去一看，发现远处的景象竟然被放大了，惊得他连连发出感叹。

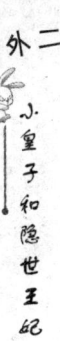

番外二 小皇子和隐世王妃

"真好玩,下次也带铃儿一起来。"

铃儿是御史大人的小千金,也是他众多玩伴中最意气相投的。只可惜铃儿没能从她爹爹身边溜走,赫连未迟只好自己一个人去皇太爷爷的房里冒险。

不一会儿他又拿起了一个小瓷瓶,上面写着他看不懂的别国文字。揭开瓶盖,还能闻到一股浓郁的参香,这味道闻起来不错,不知道喝起来怎么样?

他正想践行此举,忽然听到一个声音。

"这可不能乱喝哦。"

赫连未迟一怔,回过头,并没有发现任何人,他紧张地打量了一眼四周,依旧没有发现。他挠了挠头,有些疑惑,那声音是从哪里传来的?直到他抬头看见皇太爷爷的画像。

那是一幅油画,皇太爷爷入画时正值青年,身旁是一位美丽的女子,她青丝披肩,头上戴着穆族传统的薄纱,凝眸浅笑,温婉动人。

"从祈雨祭偷跑出来,你不怕被你父皇责备吗?"

又是这道声音,赫连未迟猛然回头,终于看到了声音的主人。

眼前的女子仿佛是从画里走出来一样,赫连未迟用力揉了揉眼睛,又看了眼身后的画像,惊讶地指着她:"你不就是画里的……"

女子在嘴边竖起食指,做了个嘘声的动作。

"你想不想听皇太爷爷的故事?"

小家伙点了点头。

她在榻上坐下,朝他招了招手,赫连未迟便走了过去,一屁股坐到她的膝盖上。鼻间萦绕着一股淡淡的参香,赫连未迟抬起头,问道:"你跟皇太爷爷很熟吗?"

"嗯,很熟悉。"

毕竟她陪着他走过了一生呢。

二

金砂国历经凶兽重创后,用了一年多的时间,才逐渐恢复生机。

而大家也从久微离去的悲伤中重新振作了起来,但青黛为了一件事终日辗转难眠,那就是该不该向赫连宇澈坦白楚子苓的事。

赫连宇澈将沙虎帮的余党捕获,逼他们交出噬心蛊的解药,但那一纸配方,仍旧没能救醒楚子苓，他终于察觉到事态的不寻常。

"你们给的配方是假的？"赫连宇澈将剑抵在虎涯的脖子上威胁他道。

虎涯吓得连忙说："是真的，千真万确！我怎么会有那个胆子骗你呢？穆帝若是不信，大可找人试毒。"

"你说的很有道理，那就由你亲自试毒吧。"赫连宇澈说着就要往虎涯口中灌下剧毒，却被一旁的青黛扬手制止。

"放手！我说，放手！"赫连宇澈的眼里开始现出愠色。

青黛却不为所动，而是正色道："穆帝，我知道有一个方法可以解毒，请随我到外边去。"

之后，她把所有的事情毫无保留地全都告诉了他，包括他并非皇室之子，而是陆广白的子孙的事实。赫连宇澈拒绝相信，直到青黛当着他的面，解除楚子苓身上的法术，并现出自己的真面貌。

她和久微有着一模一样的面容，是双生灵参的其中一株不容置疑。而楚子苓的肉身也早已化作一堆白骨，种种事实摆在面前，容不得他不信。

"你竟然从头到尾都在欺骗我！"赫连宇澈气愤地指着她，"你给我滚！"

看着赫连宇澈如此悲愤的模样，青黛知道是时候离开了，以君臣之礼向他作了最后的道别，她便离开了王都。

在冷静了一个晚上之后，赫连宇澈看着青黛的房间，忽然觉得心头空荡荡的。

烈云向他转交青黛的佩剑，剑身斑驳，布满了随他征战的痕迹，赫连宇澈此时才意识到，青黛陪伴着他度过了多么漫长的一段时光。

他骑着快马追了几天几夜，在绿洲驿站将她拦了下来。

看到赫连宇澈，青黛激动不已，第一反应是赫连宇澈来找她了，可转瞬，她的眼神又黯淡下来，这怎么可能呢？他怎么会来挽留她？

果然，赫连宇澈将她那柄佩剑丢了过来。

青黛接住剑，心头一阵钝痛，没想到他竟厌恶至此要亲自送还，他就这么不愿意留有与她相关的东西吗？还是说，这是陆广白的信物，会令他想起自己的真实身份？

就在她胡思乱想的时候，赫连宇澈抛下一句话："随我回王都。"

"欸？这……"青黛惊讶得瞪大了眼睛。

"这是命令。"

"可是，我已经不是你的侍卫了。"青黛垂下眸，用悲伤的语气诉说着这个事实，从她离开王都的那一刻起，她就知道自己再也没有资格留在他的身边。

赫连宇澈耐心用尽，近乎发怒地朝她说道："你从未征求我的意愿，就擅自替我决定了人生。为楚子苓耗费心力寻药，你也从未问过我愿不愿放她离去，我也想过放弃，但因为有了你的陪伴，我才能坚持下去，可恶……"他突然跳下马，将她用力拥入怀中，"你真的舍得从我的身边离开？"

青黛的泪水模糊了双眼："如今天下太平，你身边有那么多忠心耿耿的人，有没有我，又有什么不同？"

"如果我说不同呢？"

"别让我为难。"她痛苦地闭上眼睛，咬着牙，不让哭声从嘴里溢出来。

赫连宇澈苦笑道："你又何尝不是在让我为难，你不知道我有多任性，我可以为了你，丢下这个国家，你若不信，尽管试一试。"

青黛一怔，惊愕道："你真的好狡猾。"

"知我者，非你莫属。"

三

可即便她留下，也改变不了两个人身份悬殊的事实。

大臣们为赫连宇澈的终身大事操碎了心，让他尽快纳妃，以巩固大业，但赫连宇澈迟迟未定下人选，朝中上下已经出现许多对他不利的谣言。

"穆帝该不会还对子苓郡主余情未了吧？"在大殿清扫的宫女们交头接耳起来，其中一人还悄悄向众人分享了今日的八卦。

"应该不是，子苓郡主入殓的日子已经定下来了，我看啊，应该是和那个神兽大人有关。"

"你是说烈云大人吗？"

那名宫女猛地点头："我曾见神兽大人幻化成一位天姿国色的美人，说不定穆帝正是被他迷了眼。我听说神兽是没有性别的，也许……"

之后便是宫女们发出的"咯咯"的笑声。青黛默默在心里翻了一记白眼，谣言果然是谣言，没有一个可信。

直到看见青黛的身影，宫女们这才闭上了嘴巴，纷纷退出大殿。青黛踏入殿中，径直朝赫连宇澈的书房走去。

"你可知道宫里的人如今都在议论你的事吗？"

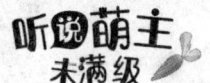

"哦？看来大家很关心我的婚事。"赫连宇澈头也不抬，继续批阅卷宗。

青黛伸手夺过他手中的笔，迫使他看向自己。

"你为何不接受大臣的提议纳妃？"

赫连宇澈闻言，眼里闪过一丝不悦，他皱眉道："你就这么希望我纳妃？"

"我……"她当然不希望，但她也开不了口让他别纳妃子，灵参精又怎能和人类长相厮守？她只想他寻得一人，与他白首不分离。

赫连宇澈叹了一口气，站了起来，走到书架前，翻出前不久大臣们送来的画卷，在她面前一一展开。

"张御史之女，长相秀丽，擅琴棋书画，还能歌善舞，你觉得她如何？"

青黛点头："挺好。"

"那就是一般了。"他放下画卷，又展开另一幅，"刘将军之妹，骁勇善战，武艺超群，贤良淑德，又长得眉目如画，可以说是个能文能武的奇女子了，你觉得这个呢？"

青黛还是一样的反应。

赫连宇澈无心再看了，他转过身，伸手将她困在书架与自己的胸膛之间，低头问她："这也不行，那也不行，那你觉得我该选一名什么样的妃子？"

"青黛不知。"

赫连宇澈神色复杂地盯着她，见她不敢正视自己的眼睛，情不自禁地亲了一下她的脸颊，惹得她浑身一颤。看到她如此可爱的反应，赫连宇澈沉声笑了起来。

"论武艺，我的青黛无人能比；论相貌，我的青黛亦有倾国倾城之容。至于贤良淑德，知书达理，虽然这些你都没有，却是我的红颜知己。"赫连宇澈轻轻地抚摸着她的头发，将垂落的青丝绾到她的耳后，温柔地说，"青黛，你为何总想着将我推开？"

"穆帝……"

"叫我的名字，你我不再是君臣，我也从来没有把你当作下人看待。"赫连宇澈知道她在与自己保持距离，她从不敢越雷池一步，只敢在远处观望自己。

"多年的习惯，请恕青黛一时无法改变。你是一国之主，能够站在你身边的人不会是我。"青黛说着，想要钻出他的手臂，却被他从身后抱住。

"你是不是因为我曾经喜欢楚子苓，觉得自己成了替代品？"

怀中的身躯不由得一怔，果然被他说中了。赫连宇澈微微叹了一口气，这个傻瓜。

"我知道这是你的心结,我说过,你若想走,我不会再阻拦你。但如果你真的要走,请带走所有属于你的东西。"赫连宇澈突然松开手。

"好……"青黛咬了咬牙,决定再也不会回头。

她正打算离开,却听赫连宇澈说:"包括我。"

他的意思是,属于她的东西也包括他吗?

"当日你救了我一命,还付出如此深情,我怎可辜负你?"

他走近她,贴在她的耳边柔声道:"为了金砂国的未来,这一生再陪我走到最后好吗?"

青黛捂住不住颤抖的红唇,将脸埋进他的胸膛,无声地给出她的答复。

四

"故事还没说完,这小家伙就睡着了。"青黛摸了摸膝盖上酣睡着的赫连未迟,这睡相可真像赫连宇澈小时候。她低头在他的脸蛋落下一吻,看着自己的曾孙儿,眼里满是宠溺。

他若还在世,真想让他看看儿孙满堂的盛景。

赫连宇澈离世以后,青黛以黛后的名义随他入葬。她陪他走完最后一段人生,有幸成为他唯一的妻子,为他育有两儿一女,已经是她此生最大的幸福。

之后,她彻底放下心结,决心向善,洗净魔障,重新修仙寻道。离别之前,她想要回来看看金砂国的人。

"最后能见到你,我很开心。"

庆典结束前,宫女阿兰在故居的龙榻上发现了熟睡的赫连未迟,忙把他摇醒:"皇子,你怎么跑到这里来了?"

赫连未迟揉了揉眼睛:"嗯?我刚才在听姐姐说故事。"

"姐姐?"阿兰看了看四周,十分疑惑,"可这里没有任何人啊。"

小家伙指着墙上的油画,说就是那位姐姐。这下可把阿兰吓得不轻,忙捂住他的嘴:"哎哟,我的小祖宗,你可别乱说话,黛后与澈帝早已仙逝多年,你要恭恭敬敬的,不要乱指手画脚。"

"可是,真的是她跟我讲故事的,身上还有香香的人参味儿!"

阿兰一边点头,一边敷衍道:"是,阿兰明白,待会儿会让御厨准备一盅人参鸡汤。来，亲爱的小皇子，快随我回去，庆典马上就要结束了，你不露面可不行。"

赫连未迟气得直跺脚，她竟然不相信他！

"阿兰笨蛋！"

在房外偷听的青黛微微一笑，这才心满意足地离开了金砂国。

回到天山脚下，正巧碰见从北凉山受罚归来的龙渊。青黛难得有了开玩笑的心情，主动向他寒暄道："许久不见，你身上竟有了些小动物的气息。"

"哪里是小动物，都是九尺仙兽。"龙渊还是一副不苟言笑的样子。他抬头看了她一眼，心情似乎很不错，便问："你总算下定决心走出牢笼了吗？"

"是，这次我不会再逃避，总有一天，我会得道飞升。"

龙渊的脸上难得地露出一抹笑意，他以为她还会继续钻牛角尖呢。其实，自千年前的孽缘开始，他就把她的倔强和固执看在眼里。

"你可真有毅力。"

青黛莞尔一笑："你不也是吗？千年来一直盯着我看。"

龙渊不由得一怔，看着她倾世绝美的笑颜，他才惊觉，原来他不知不觉在意了她这么久。

一晃眼，千年暗恋，不过眨眼之间。

番外三
眉掌柜和小不点

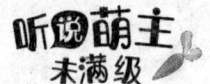

一

眉上霜有个烦恼,他有一条甩不掉的小尾巴。

"我警告你,不要再跟着我了!"他转身,指着身后的小不点儿破口大骂,"别以为请你吃了个包子就可以厚颜无耻地赖上本大爷我!"

小不点儿眨了眨无辜的眼睛,他看起来只有七八岁的模样,奶声奶气:"师父,求你收我为徒吧!"

眉上霜立马摆摆手,一副赶苍蝇的模样:"去去去,谁是你师父?不要胡乱相称。我又不是开学堂的,没那个时间没精力,你去找别人吧。"

况且他能教他什么?如何当一只凶兽?还是如何撩得姑娘们芳心大乱?

"不啊,师父,我想跟你学医。"小不点儿满脸崇拜道,"昨日你妙手回春,几剂药就把口吐白沫的张大叔给救活了!"

喂,那不过是他吃得太撑,给他开了点儿消食茶而已。

"还有,村口的活死人王婶婶也被你救活了!简直是华佗再世,令人佩服佩服。"

呃,那其实是王婶气虚贫血,他顺手给开了点儿补血的草药……

"师父,我要怎样才能像你一样,长得帅气不说,又有医德才华?"小不点儿揪着他的裤子,摇晃了起来,仔细一看,颇像只黏腿肚的小狗。

不过,他说的话倒是挺中听的,眉上霜被他夸得眉毛上挑,万分得意。

"你呢,还差得远了,我可是天生的医学奇才,再加上我师承……"低头又迎上了小不点儿闪闪发光的双眼,他清了清嗓子,"关你啥事,反正我不收徒。你快走吧,该回哪里就回哪里,小孩子别乱跟着外人跑。"

看这小不点儿衣着也不算差,应该是从富人家逃出来的小公子。要不然就好人做到底,去报官算了。

哪想小不点儿立马伤心地哭起来了:"我没有地方去,我没有家。"

眉上霜一怔,不是吧,这么惨?就在他不知如何是好时,碰巧遇见了医馆的伙计。

"呀,掌柜的,你怎么在这儿?"眼尖的王二立看着挂在眉上霜腿上嘤嘤哭泣的小不点儿,然后又别有深意地打量着眉上霜,"这是你的……私生子?"

这下可把眉上霜气得直跳脚:"喂,饭可以乱吃,话可别乱说,我一个洁身自好的大男人,哪来这么大的儿子,别信口开河。"

王二立捂着嘴嘻嘻笑道:"这我咋知道,平日里有那么多姑娘围着你打转,怕不是哪个与你……哎哟,好痛!掌柜的,我这能算工伤吗?"

"去你的,再乱说话,我就真的把你揍成工伤好不好呀?"眉上霜作势就要再赏对方一拳,王二立缩了缩脑袋,连声求饶。

"不过掌柜的,这娃儿究竟是谁家的孩子?"

眉上霜白了他一眼:"我咋知道。"可他不经意瞥见小不点儿凄楚可怜的模样,心忍不住一紧,啧,良心会痛啊!

"就收留你一晚!就一晚!"

闻言,小不点儿破涕为笑,跳到他的怀中,结结实实地亲了他一口,弄得他满脸都是口水。

"谢谢师父!"

事实证明,他这是在搬石头砸自己的脚。

那小不点儿不仅完全赖上了他,还笼络了医馆一众伙计的心。只用了一宿,就培养出一段深厚的感情,临别前还惹得大伙哭得撕心裂肺。

"喜儿,我舍不得你啊。"负责伙食的曼姨哭得仿佛骨肉分离。

小不点儿吸了吸鼻子,眼泪说掉就掉:"我也不舍得,曼姨的香酥卷做得最好吃了。"

喂,他分明是舍不得你的香酥卷啊!曼姨醒醒!

就连无比抠门的王二立也掏出几张钞票,塞到小不点儿的怀中:"以后谁要是敢欺负你,就买几个打手打回去知道吗?"

等等,你这种教育方式不对吧?

"还有这是我做的小香囊,喜儿你带上,要时刻想着我们啊。"

"我这里有一套武功秘籍,以后华山派掌门舍你其谁。"

"对了,我这里还有之前客人送的八卦镜,留作你路上辟邪护身。"

……

这一送就送了大半个时辰,小不点儿手上已经堆满了伙计们的送别礼,包袱里全都是医馆里的瓶瓶罐罐,不知道的还以为他这是去逃难。

"都给我消停会儿,你们这是在干吗?"眉上霜忍无可忍,一个两个搞得跟生离死别似的,他不就打算带着小不点儿去官府打听他的亲属吗?至于弄出这么大的阵仗?

哪想,他的无情换来众人的指责。

"哼,掌柜的,你没良心,人家喜儿都无家可归了,你收留一下人家会怎样?"

王二立也插嘴应和道："就是，多一双碗筷你又不是养不起。"

"喜儿不在，我都无心烧菜了。"曼姨以伙食相逼，引来众人叫苦连天。

"……"

瞧他都养了些什么伙计，一个两个胳膊肘往外拐。

眉上霜把小不点儿身上累赘的饯别礼都丢了回去，抱起小鬼就往外跑，无视众人的指责，一路往官府狂奔而去。

二

经过一番打听，眉上霜得知小不点儿原名秋言喜，父亲是个外来米商，上个月死于海难，其他亲属不详，家住何方亦无人知晓。

"那你是怎么流落到晏城的？"

小不点儿说："就飞……游到了岸上呀，然后一路走来晏城。"

什么？游来？

"不，我是说，海难凶险，以你的能力，应该是游不来的。是不是有人救了你，然后把你丢在岸上？"这也仅是眉上霜的推测，据说那场海难整艘船的人都没能幸免，他能活下来实属奇迹。

"可能吧。"

小不点儿的回答模棱两可，眉上霜只当他年纪小不懂事，也没有深究。

事到如今也没有办法，既然摊上了麻烦，唯有自认倒霉。眉上霜还是把他带回了医馆。众人见掌柜的良心发现，把喜儿带回来，立马欢欣鼓舞，就差没放鞭炮庆祝了。

这群吃里爬外的家伙，他每次游历回来也不见得他们这么开心！

就在这时，眉上霜收到一封来自平和镇的信，原来是白慕风寄来的请柬，他不经意地拆开一看，差点儿没气红眼。

"这家伙，竟然没经过我的同意就要娶走我师父！"眉上霜立刻收拾行囊，临行前还仔细打扮了一番，东挑西选，把医馆最上等的药材捆了一大箱，这才让马夫送行。

谁料刚爬上车，就发现小不点儿也跟了上来。

"你跟来做什么？"

小不点儿指了指他手上的请柬："我想见师父的师父。"

"都说了我不是你……唉，算了算了。"懒得跟他争辩，反正这小家伙从不听人说话。眉上霜靠着车窗，心事重重地望着外面，内心焦急，只觉得马车行得太慢。

似乎注意到了他的心事，小不点儿又问："你很担心你师父？可是她要成亲，不是该值得高兴吗？"

眉上霜斜眼看了他一下，叹气道："对，我不高兴，我怎么会想到她一醒来，就要嫁人。"

久微早在几个月前就已经苏醒了，白慕风担心眉上霜因她失去心智忘了自己感到伤心，就没有第一时间告诉他。可他也没有觉得第一时间被告知师父出阁是件值得开心的事呀？

"她嫁得不好？"

"好。"

"那你为什么不开心？"

眉上霜轻哼一声："你怎么问题那么多？烦死了。"

"不多呀，我才问了四个问题。"他很用心地掰着手指算给眉上霜看，证明自己有理有据，问得相当合理。

真是被气得无话可说，眉上霜突然有些哭笑不得。

"你这个傻小子。"他戳了戳他的脑袋，被他这么一闹，心中的不快忽然消散了，"累的话，就靠着我睡好了。"

马车摇摇晃晃，小不点儿似乎真的困了，他听话地枕在他的腿上，不一会儿就睡着了。

没想到他竟被这个小不点儿给开导了，也对，他喜欢的师父要嫁人，嫁的还是与她两情相悦的白慕风，他该替她感到开心才对，可心里为什么就是高兴不起来呢？

眉上霜伸手揉了揉小不点儿的头，一瞬间觉得他似乎不那么碍眼了。

不足半日，两个人就到了平和镇外。

眉上霜站在久违的白家大宅前，还没来得及敲门，门就径自打开。门后立着位黄衣少女，肩上扛着大竹筐，似乎要去采药。

看到愣在门外的眉上霜，她立马展露笑颜。

"阿霜！"她一把丢下竹筐，欣喜地跑到他的面前，上上下下打量一番，不敢相信他就是以前那个小个子，"你长大了，变得和从前一样。"虽然发色不再斑白，但黑发的阿霜也十分俊俏。

眉上霜也十分激动，他望着久微不确定地问："师父，你还记得我吗？"

久微笑着点头："当然记得，你是我的徒弟阿霜呀。"

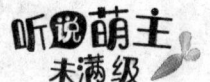

"那就好。"几百年未见,她对他的关爱依旧没变,这让眉上霜感到十分开心,他正想抱抱师父以缓解思念之苦,不承想又被人打断了。

"师父,她就是你的师父吗?"

小不点儿扯了扯他的裤腿,拉回了他的注意力,也让久微注意到了他的存在。

久微蹲下身,看了小不点儿一眼,然后对眉上霜嘿嘿一笑:"阿霜,没想到你现在也当起人家师父了,是不是能体会到我的感受了?"

眉上霜只是尴尬地笑了一笑,眼神却分明在说"臭小鬼,晚点儿收拾你"。

在镇上小住几日,眉上霜也帮忙张罗婚礼。

"哇,才一个金镯子,也未免太寒酸了吧!阿福,把我准备的贺礼全拿过来。"只听"咚"的一声,眉上霜向众人面前展示了一箱箱金银绸缎,把镇民们震得目瞪口呆。

白慕风礼貌婉拒道:"阿霜,我们都觉得一切从简比较好,你这样会把大家吓坏的。"看,他们的嘴巴张得都可以塞进一只鸡了,待会儿都不知要如何解释他们在晏城有个土豪亲友,想想就头疼。

"我师父一定要嫁得风风光光,十里红妆少不得,你不在意,我可在意了。"作为娘家人,怎么能让师父委屈?

久微和白慕风相视一笑,真拿他没有办法。

"你叫喜儿对吧?饿不饿,我给你弄点儿吃的好不好?"久微决定把琐事都交给男人处理,自己带着小不点儿出去填饱肚子,她忙了一个早上,一口饭都没吃呢。

小不点儿却摇了摇头,对她说了一个惊天秘密。

"师祖,其实师父一直喜欢着你。"

三

久微愣住,反应过来哈哈大笑。

"我也喜欢阿霜啊,就像喜欢你一样。"她抱起喜儿走向厨房,让他乖乖坐定,自己则去烧水下面条。

小不点儿知道她误会了,忙解释说:"是男女之情的那种喜欢,他在金丹被毁之前,就深爱着你。"

"哐当"一声,不仅久微手中的锅瓢摔在了地上,连正要踏入厨房的眉上霜都惊得跟跄了一下。他快步走了过来,佯装无事地笑道:"哎呀,你这小家伙怎么乱跑,又来烦着师祖让你做好吃的？不是才给你吃了一大盘红豆糕吗？走走走，出去玩儿。"

"阿霜，刚才……"

久微的话还没说完，眉上霜就抱起小不点儿，背过身去。

"师父，他乱说的，你别在意，你只要专心嫁给小白就好，我是真的替你感到高兴。"

久微这才注意到他对白慕风的称呼变了，原来，他已经记起了从前的事情。

金丹破碎，打回原形，理应会失去前半生所有记忆，但幸运的是，他与久微喝过天山灵泉，使得记忆融入魂体，只是恢复的时间因人而异。

从以前到现在，久微从未细想过眉上霜对自己的感情，她一直将他视作自己的亲人，哪里会想到，原来眉上霜曾经爱过她。

她还以为他的心里仍然记挂着沈梦雨。

事实上，眉上霜几乎落荒而逃，他根本就没有勇气面对久微，生怕从她的脸上看到一丝困扰的表情。

"你个臭小鬼，我跟你说，我已经忍你很久了。你以为你是谁？凭什么对我的事情指手画脚，还为我表露心迹了。"眉上霜恼羞成怒地指责小不点儿，气到极点反而笑了起来，"连我金丹碎过的事情都知道，你可真是神通广大。说，你究竟是什么人？"

眉上霜知道，小不点儿绝不像他外表看起来这么简单，他不是寻常人家的小孩。只是他当时太糊涂了，一时没能察觉出来。

小不点儿知道再也瞒不下去了，只好向他坦白："秋言喜是我杜撰的身份，其实我是栖息在天山的蝴蝶精。"说着，小不点儿在他面前恢复了原貌。

俏丽的脸蛋，如瀑的长发，身后是一对美丽的翅膀，之前的小不点儿不见了，取而代之的是一个十六七岁的女孩。

眉上霜整个人都呆住了，他……不对，应该是她，小不点儿竟然是个女孩儿。

"我认识你吗？"眉上霜的第一反应是努力在脑海中翻找有关这只蝴蝶精的记忆，却发现对她一点儿印象也没有。

小不点儿摇了摇头，十指交叠，忐忑道："是我单方面记得你。"

"哦，那一切好说，既然我不认识你，是你单方面认识我，那我们实际上还是陌生人，那再见，啊不，还是别再见了。"说罢，眉上霜掉头就要走人。

她却忽然叫住了他："等等，我来找你是为了报恩的。"

"施恩莫忘报，你的好意，我心领了。"

但她还是试图唤醒他的记忆："你曾鼓励我破茧化蝶，还有一次我差点儿被螳螂折断翅膀，也是你好心帮我解围。我常常在你身边飞来飞去，你……你真的一点儿印象都没有吗？"

"没有。"

他否定得太快，叫她心里微微刺痛了一下。

眉上霜见她这副沮丧的模样，忍不住叹气："每天发生的事情那么多，我总不可能记得住这么小的事情吧？反正也不是大不了的事，你也别放在心上。"

可是，她没法忘记啊，那都是她生命中的大事，她努力化蝶，就是为了来见他，跟他说一声谢谢，为什么他就不愿意接受自己呢？

久微的喜宴上，众人都喝得醉醺醺的，大伙起哄要去闹新房，白慕风连连求饶，可实在架不住众人的哄闹，房门都快被他们给拆了。

眉上霜看不过眼，把闹事的人给一一踹回去喝酒，催促道："快去，别让师父久等了。"

"阿霜，谢谢你。"白慕风微微颔首，推门而入。

在合上房门的那一刻，他瞥见了床头上那抹披着红盖头的身影，心突然空落落的。

果然，有了"心"以后，他常常会为了一些小事而心生愁闷。

此时此刻，没有人发现危险正在向他们悄悄靠近，一群盯上眉上霜彩礼的土匪不知何时潜入了喜宴，正开始洗劫醉得一塌糊涂的宾客。

看见倒地不醒的客人，眉上霜惊觉不妥，而后发现有人正搬着箱子往外面走，门外似乎还停着几辆马车。

眉上霜忙上前制止道："你们都是什么人？快把东西放下！"

土匪见状，纷纷操起家伙向他袭来，眉上霜自然没把他们放在眼里，可他今日有些喝多了，头晕眼花的，以至于法术都不灵了。

"啧，又没打中。"

只把土匪脚边的石块给击飞了，一眨眼的工夫，他们的刀子就已经架到了眉上霜的脖子上。眉上霜的肚子上还挨了一脚，谁会想到有一天他白眉蝮蛇竟会被人欺负？从来都只有他欺负人的份。

就在这时，土匪们纷纷倒下，空气中弥散着一股花香的味道，眉上霜的眼皮不由得沉重了起来，一阵困意袭来，他很快进入了梦乡。就在他彻底陷入昏睡之前，他隐约看见有一道轻盈的身影朝自己走来。

翌日，白家擒拿四个江洋大盗的事迹传遍了整个平和镇，而眉上霜则莫名其妙地成了这次事件的英雄。他被乡亲们的反应弄得一头雾水，他是想收拾土匪来着，可不是被他们收拾了吗？怎么就成了大英雄？

"阿霜，你真棒，上皇榜了。"久微抱着阿霜就是一顿猛夸，就像自家儿子考上状元一样激动得不得了。

那几个大盗据说是官府重点通缉的要犯，没想到如此轻易地被制伏了。连镇长都亲自上门致谢，前来祝贺的街坊更是络绎不绝。

眉上霜红了脸："呃，也还好啦。"

"阿霜你别谦虚，你真的很了不起。"白慕风也夸奖道，"来，吃了午膳再回去，我烧了很多你喜欢吃的菜呢。对了，你那小徒儿呢？从昨天到现在就一直没看见他。"

眉上霜忽然想起那天晚上的曼妙身姿，抛下一句"我出去一下"便朝天山的方向跑去。

"喂，你在不在？"

许久没有得到回应，倒是有一只小蝴蝶停在他的肩上。

眉上霜笑笑："唉，我果然是招蜂引蝶的体质。今天天气不错，那就暂且陪我看看风景，再去师父家蹭上一顿午膳好了。"

小蝴蝶扑棱着翅膀，表示认同。

"对了，我还不知道你叫什么名字？"

突然，不知从哪个草丛蹿出一个小不点儿，朝他扑了过来，惊得他肩上的蝴蝶飞走了。眉上霜看了看那只蝴蝶，又看了看小不点儿，忍不住哈哈笑了起来。

原来不是同一只蝴蝶，那他刚才岂不是自作多情了？

"师父，你在笑什么？"

"谁是你师父？一声不吭就跑掉，怎么现在又有脸回来了？骨气呢？节操呢？"眉上霜白了她几眼。

小不点儿委屈地扁扁嘴："我有听话滚了呀。"不过，滚了一天就回来了。

"强词夺理。"面上嫌弃，嘴上却率先出卖了自己，眉上霜抱着小不点儿就朝山下走，"今天师祖烧了很多好吃的，我们可要卖力吃光！"

"嗯！"

蝴蝶虽然飞不过沧海，但它能永驻心间。

眉上霜后来花了很长一段时间才终于明白，幸福其实就是和喜欢的人相伴一生。

非常感谢大家看到最后。

不知不觉第二部的故事也告一段落了，写稿的半年多以来，感觉自己和久微一同成长了不少，不知道在努力拼搏的各位，最近还好吗？

很开心能够把在第一部里埋下的伏笔，在第二部里一一解开。在上一部里留下的疑问，小伙伴们是否都猜中了呢？

这次书中同样引用了一些有趣的典故，比如刑天与昊天争夺帝位。

刑天作为古代神话传说人物，相信大家都不会陌生，据《山海经·海外西经》中记载：刑天与帝至此争神，帝断其首，葬之于常羊之山，乃以乳为目，以脐为口，操干戚以舞。

熟知我的人，都知道我是个游戏迷，我曾经一度非常沉迷仙侠游戏，所以对《山海经》里的神魔妖怪充满了浓厚的兴趣。刑天无疑是个很有"魅力"的存在，因为他的形象一直深入人心嘛，哈哈。至于昊天有一说法是，玉皇大帝别称为昊天大帝，所以就引用其形象作为文中的天帝。

还有关于神女瑶姬的传说，这个人物也不是我架空出来的，同样引自典故。据《水经注》《襄阳耆旧记》记载：天帝赤帝（炎帝）之女，名曰瑶姬，未嫁而死，葬于巫山之阳，精魂依草，实为灵芝。《墉城集仙录》更称其为西王母之二十三女。

在我印象中，瑶姬是个不那么被人所熟知的神话人物，但她是个非常讨喜的仙女。不仅因为她的名字美好高洁，还有她无私善良，常心系人间疾苦的美好心灵。于是，我就将她设定成了玄冥的恋人，作为促使玄冥违背天命的关键人物。

当然了，这次故事中也加了不少新人物，比如小狐苏魁、猫头鹰夜徨、夜莺妹妹，还有在番外篇里登场的小蝴蝶。至于小蝴

后记

蝶到底真名叫什么，如果将来有机会再续写他们的故事，说不定我会告诉大家！（众人：明明就是你没想好！）

其实，番外篇我本没想过要写这么多，久微和白慕风他们一路磕磕绊绊，写着写着自己也会为此感动，真的会有那么矢志不渝的长情相守吗？

人的一生很短暂，很多事情来不及做，时光已经飞逝。如果给你一千年去兑现，又怕誓言易逝，初心难再，所以坚持一件事情也是相当不易。我的初衷就是想写个从一而终的故事，并且他们真的如愿以偿了，这不是很美好吗？因为这世上最难能可贵的，就是坚持啊。

我曾自我怀疑，努力做一件没有任何回报的事情，真的有意义吗？

不看结果，就过程而言，是有意义的。如果你不去努力兑现，你不知道自己能不回头走多远。不管是学习还是工作，希望久微能带给大家无尽的勇气，去努力兑现梦想。就算最后结果未能如愿，可你得到的远不止眼前的这些。被锤炼过的心只会更加坚强，你努力的样子，也一定是最美好的。

回到正题上，也许是我的写作习惯，我真的不太喜欢写坏人。这本书里最坏的估计要算上赫连郁和饕餮了，一个是权力大鳄，一个是妖界凶兽，全都是自私自利的化身。赫连郁是个矛盾的人，但因为篇幅关系，关于他的心理描写有太多没能写到，其实在我的设定中，他并不是一个坏到骨子里的哥哥，他也渴望过亲情和爱情，所以才会因嫉生恨，盲目追求权利，是个很可怜的人。

至于其他人，眉上霜是我很喜欢的角色，实不相瞒，他的出现本身就是一个意外，我最初的大纲根本就没有他的戏份儿，是后来临时追加的一个角色。没想到他竟然过分抢镜，连我这个作者亲妈都控制不住，而且只要一写眉上霜的部分，我的心情就特别愉悦，于是就衍生了那个关于他的番外了。他跟小蝴蝶的关系定位，我觉得更像是相互扶持的伙伴，所以大家不必抱有太多复杂的想法，轻松看看就好！

　　相比较活宝阿霜，赫连宇澈和青黛这对就纠结很多，一到他们的剧情就没办法嬉皮笑脸了，他们就像大家的哥哥姐姐，背负的事情要更多更深沉，也许这就是成长的代价吧。

　　哦，对了，其实严格上来说，并不能算我埋了伏笔不填，关于烈云妹妹璃儿的去向，其实她的故事在14年的时候，就以短篇故事《倾世芙颜小貔貅》的形式在《意林·轻小说》上发表过。当时我就对烈云这个角色十分钟爱，于是私心又找机会把他拉出来写了一遍。说不定将来有机会，还想把徐将军的两个小公子……

　　最后，大家一定很好奇，为什么书名到了第二部就变成了"萌主"。其实，在我提交了后续新大纲后，发生了一些趣事。

　　主编大人掐指一算，觉得咱们久微还没历经够九九八十一难，怎么能轻松放她通关？我和责编一拍大腿，举四手赞成！于是众人为了好好磨练这位半吊子的小仙女，务求全面提升她的德智体美劳，我们决定把原定的"萌仙"系列，扩张为全新的"听说"大系列，让久微同学在挑战中积累更丰富的经验值，去通关更多光怪陆离的世界版图，逐步升级为满级大神！让她成为浩瀚江湖中攻克未知的先驱"哥伦布"！

　　这就是"听说"系列的诞生由来，第三部也会在不久的将来以"听说"系列第三弹的形式跟大家见面。关于书名给读者们造成购书时的辨识麻烦，在此我们深感抱歉，但看在我们都这么萌的份上，新书还请大家请多多支持啊，哈哈哈！